एक BANKER की रोमांचकारी कहानी

''···अजय मोहन जैन ने सफलतापूर्वक एक मोहक उपन्यास की रचना की है। आई.आई.टी., कानपुर के एक स्नातक, लेखक ने एक बार फिर यह साबित कर दिया है कि आई.आई.टी. के डिग्रीधारी प्रखर बुद्धि और दुनिया भर में करोड़ों रुपए कमाने के अतिरिक्त एक पुस्तक भी लिख सकते हैं। —*द ट्रिब्यून*

★

''उपन्यास हैदराबाद, कलकत्ता और उत्तर प्रदेश में घटित शहरी मध्यवर्गीय जीवन का सजीव-चित्रण करता है।'' —*द पायोनियर*

★

''यह अपनी किस्म की पहली पुस्तक है, जो उच्चवर्गीय नौकरी-पेशा लोगों की जिंदगी दरशाती है।'' —*I Next*

★

''पढ़कर ऐसा लगता है कि हम भी वही हैं।'' —*NBT Bulletin*

★

''पाठक चरित्रों और प्लाट के साथ अपने आपको बहता हुआ पाता है। लेखक शुरू से आखिर तक पाठकों को बाँधने में सफल रहा है।''

—*क्रेजी इंजीनियर रिव्यू*

★

''···भाषा बातचीत की है। कुल मिलाकर एक पूर्णतः पठनीय पुस्तक।''

—*BTW मैगजीन*

★

''···कहानी हैदराबाद, कलकत्ता और उत्तर प्रदेश में घटित शहरी मध्यवर्ग के जीवन के द्वंद्व का अच्छा चित्रण है।'' —*DNA*

एक BANKER की रोमांचकारी कहानी

अजय मोहन जैन

प्रभात पेपरबैक्स
प्रभात प्रकाशन
ISO 9001 : 2008 प्रकाशक का उद्यम
www.prabhatbooks.com

प्रकाशक

प्रभात पेपरबैक्स

4/19 आसफ अली रोड, नई दिल्ली-110002

फोन : 23289555 • 23289666 • 23289777 ❖ फैक्स : 23253233

इ-मेल : prabhatbooks@gmail.com ❖ वेब ठिकाना : www.prabhatbooks.com

संस्करण

प्रथम, 2013

अनुवाद

श्री वीरेन वर्मा

मूल्य

एक सौ पच्चीस रुपए

अ.मा.पु.स. 978-93-5048-259-9

मुद्रक

भानु प्रिंटर्स, दिल्ली

EK BANKER KI ROMANCHKARI KAHANI

by Ajay Mohan Jain

Rs. 125.00

Published by **Prabhat Paperbacks** (A Division of Prabhat Prakashan)

4/19 Asaf Ali Road, New Delhi-2

ISBN 978-93-5048-259-9

परिवार के उन सभी सदस्यों और
मित्रों को समर्पित
जो मेरी सनकों को मुसकराकर झेलते हुए
मेरे साथ खड़े रहे हैं।

आभार

अगर मैं यह कहूँ कि दो व्यक्तियों—मेरे पिता, स्वर्गीय सी.एल.जैन, जिनसे मैंने सबसे पहले लिखने की कला सीखी, और पुस्तक को पूरा करने के लिए प्रताड़ना की हद तक मुझे प्रोत्साहन देनेवाले मेरे बेटे अभिनव--के बिना यह पुस्तक अस्तित्व में नहीं आती तो यह अतिशयोक्ति न होगी। और स्वाभाविक रूप से मेरी स्वर्गीय माँ ऋषि देवी, जिन्हें एक बार मुझे 'बहरा' घोषित करने का गौरव भी प्राप्त है, के बिना भी। यह कहानी मेरे संरक्षक स्वर्गीय चाचा एम.सी. जैन और चाची सावित्री तथा मेरे सबसे बड़े भाई स्वर्गीय ब्रिगेडियर ए.एम.जैन के बिना भी अधूरी रह जाती और सतत सहयोग विशेषत: हिंदी संस्करण के लिए मेरी पत्नी सिंधु का योगदान भी कम नहीं है।

मेरी लेखन सामर्थ्य पर पूरा विश्वास बनाए रखने के लिए मैं अपने बड़े भाई डॉ. आदित्य मोहन का आभारी हूँ और साथ ही हौसलाअफजाई के लिए अपनी भाभियों उषा और नीता का भी। बेशक, मुझे एक कंफर्म्ड साइकिएट्रिक केस घोषित 'न' करने के लिए मेरे जीजा और बहन डॉ. सुभाष-सुधा (वे मनोचिकित्सक हैं) का भी। मैं आदरणीय इंदुबेन-भास्करखे, सरोजनी-महेश जैन (ले. कर्नल रिटायर्ड) और नीरज भाई-ऋचा भाभी का भी उनके स्नेह के लिए आभारी हूँ।

मैं उन बहुत से लोगों को, जो इस पुस्तक के साथ प्रत्यक्ष या अप्रत्यक्ष रूप से जुड़े हैं, धन्यवाद देता हूँ—

- पुस्तक का प्रारूप पढ़ने के बाद अपनी बेबाक और कीमती राय देने के लिए मेरे बेटे के दोस्तों अश्विनी दीक्षित और देवायन मलिक तथा पुस्तक के लिए अद्‍भुत स्केचेस बनाने के लिए सनी।
- मुझ पर भरपूर प्यार और स्नेह लुटाने के लिए मेरे कजंस : पंकज-ममता, राजीव-सुनीता, नीरज-अनीता, नीलू-रवि; भतीजे : अक्षय-शिखा, अतुल-ज्योति, अमित-अलका, सुमित-प्रिया, उदित, अपूर्व, मयंक, मोहित; भतीजियाँ : अवनी-मुकुल, अतशी-प्रियेंद्र, सुचि-आरिफ, प्रियंका, श्वेता, स्वाति, नेहा और मेरे खासम-खास

प्यारे नन्हे (दोस्त) शैरी, हर्ष, खुशी, अतिज, इशान, अरमान और जाकिर।

- मुझे कभी गंभीरता से न लेने के बावजूद हमेशा मेरे साथ बने रहने के लिए विभिन्न समय और स्थानों पर बने मेरे तमाम दोस्त और सहकर्मी, विशेष रूप से आलोक, जॉर्ज, ओहरी, भारद्वाज, व्यास, एम.एस. रावत, नरेंद्र, ग्यानेंद्र, अनिल–रागिनी बंसल, मंजुली–अतुल अग्रवाल, राजीव, जोशी, डी.बी., के.डी.आर., रेड्डी, गिरी, रॉय, मुकुल, संजय, प्रदीप खत्री और मधुसूदन, आई.आई.टी. सन् 76 के सभी दोस्त विशेषतः तोशनीवाल और शशांक।
- कोलकाता में साथ रहने के दौरान उनके सारे सहयोग के लिए मौली शंकर राव को विशेष धन्यवाद।
- सभी पारिवारिक मित्र और परिचित व्यक्ति, विशेष रूप से बाबू मामाजी, डॉ. पी.एन. जैन, श्री देवेंद्र देशवाल, डॉ. रीना–श्री आशीष कुमार मित्रा, स्व. सियाराम चाचाजी तथा स्व. अमर सिंह मामाजी और उनके परिवार।

इन सभी के सहयोग के लिए, जिसके बिना यह प्रोजेक्ट कभी आकार न ले पाता। अंत में, जो कुछ भी मेरा है वह सर्वव्यापी परम कृपालु शिरडी के साईं बाबा के कारण है।

यादों में

वह शनिवार की एक सामान्य दुपहरी थी। मैं अपने ऑफिस के चेंबर में, ए.सी. के घरघराने की आवाज के बीच अलसाया, आराम से बैठा था। अचानक कमरे की खामोशी को तोड़ते हुए अपनी तीखी आवाज में टेलीफोन की घंटी बज उठी। उस वक्त दिन का करीब एक बजा था और मैं काम समेट ही रहा था। चैन की बंसी बजाते सप्ताहांत व्यतीत करने की आशा ने मुझे पहले ही सुस्त बना दिया था। कुछ देर तो मैंने फोन को वैसे ही बजने दिया। जब घंटी बजनी बंद नहीं हुई तो बड़ी मुश्किल से और बेमन से रिसीवर उठाया। कॉल बैंक के कंट्रोलिंग ऑफिस से आया था। मैं सोच ही रहा था कि क्या बात हो सकती है कि दूसरी ओर से आ रही एक कठोर आवाज ने मुझे निर्देश दिया कि मैं बैंक के पद-क्रमानुसार उपयुक्त व्यक्ति को तुरंत अपना चार्ज सौंपकर खुद को रिलीव करा लूँ और अपनी नई पोस्टिंग के लिए तुरंत निकल पड़ूँ। यह मुझे वज्रपात जैसा लगा, क्योंकि इस ऑफिस का चार्ज लिए हुए मुझे आठ ही महीने हुए थे और अभी-अभी यहाँ के कामकाज को लाइन पर ला पाया था। मेरे लिए वह जोर का झटका था। 'इससे ज्यादा पीड़ादायक कुछ और नहीं हो सकता!' आहत भाव से मैंने खुद से कहा। यद्यपि मैं पूरी तरह हक्का-बक्का रह गया और टूट गया, मैंने अपने आपको शांत रखने का प्रयास किया। मैंने अपनी सारी ताकत और समझ को इकट्ठा किया और उस वक्त जितने तर्क मेरे दिमाग में आए, उनसे उन्हें कायल करने की पूरी कोशिश की, मगर कंट्रोलिंग ऑफिस के वे सज्जन अड़े हुए थे और मुझे सुनने के मूड में नहीं थे।

सत्रह वर्षों की सेवा के बाद अपने पद से ऐसी अपमानजनक विदाई का सदमा इतना पीड़ादायक था कि रिलीव होने के बाद भी मैंने अपनी पदस्थापना के अगले स्थान पर जाकर रिपोर्ट नहीं किया। मेरा ऑफिस जाने का कतई मन नहीं हुआ। आप कह सकते हैं मैंने विरोध प्रकट किया था या क्षोभ या दोनों ही। इसीलिए मैंने एक लंबी छुट्टी के लिए आवेदन कर दिया।

जिंदगी एक बड़ी अबूझ पहेली है। एक आदमी अपने जीवन को नियंत्रित और

निर्देशित करने का दावा करके झूठा संतोष और खुशी पा सकता है, परंतु सच्चाई यह है कि नियति का अदृश्य हाथ अपनी भूमिका अदा करता है। कंट्रोलिंग ऑफिस से बस एक फोन कॉल आया और पलक झपकते ही मेरी जिंदगी पूरी तरह से बदल गई। पूरा घटनाक्रम इतना झकझोर देनेवाला था कि उसने मुझे अपने आपको बिलकुल नाचीज समझने और अपने पूरे जीवन—मेरी जड़ें, मेरा अतीत, मेरी डिग्रियाँ, मेरे परिवार का इतिहास, उसकी विश्वसनीयता और सभी कुछ—पर नजर डालने के लिए मजबूर कर दिया। जैसे मेरा सबकुछ दाँव पर लग गया हो ।

एक पल में मेरी सारी उपलब्धियाँ ताश के पत्तों की तरह बिखर गई थीं : सत्रह वर्षों का शानदार सेवा-रिकॉर्ड, संस्था के प्रति मेरा अडिग समर्पण भाव, लोगों में ईर्ष्या जगानेवाली मेरी हैसियत! ऑफिस की गंदी राजनीति के बोझ तले सबकुछ चूर-चूर हो गया था! मुझे यह सब झेलना पड़ा, क्योंकि घपले के दोषी कुछ लोगों के खिलाफ उसकी लड़ाई में मैंने एक ईमानदार सहकर्मी का साथ दिया था!

यह तिरस्कारपूर्ण विदाई मेरे लिए बेहद अपमानजनक थी। यह घटना, जो एक घटनाक्रम की अंतिम परिणति थी, दूसरी घटनाओं से अछूती नहीं थी। मेरे बैंक ज्वाइन करने से लेकर अब तक के मेरे अनुभव इतने आँखें खोल देनेवाले थे कि उन्हें कागज पर उतारने के लिए मैं बेताब हुआ जा रहा था ।

पीछे मुड़कर देखने पर मुझे अचरज होता है कि क्या वह परिस्थिति होती है या किसी चीज के लिए आपका सोया हुआ जुनून, जो अपने सपनों को साकार करने में आपको सक्षम बनाते हुए इन परिस्थितियों तक ले जाता है। मैं समझता हूँ कि कई बार, जाने या अनजाने में, परिस्थितियाँ वे स्वरूप धारण कर लेती हैं जो आप उन्हें देना चाहते हैं। निश्चित रूप से, कुछ गंभीर लिखने की इच्छा बहुत समय से मेरे मन में थी। मैं अपनी भावनाओं और जीवन पर अपने विचार व्यक्त करना चाहता था। इससे पहले, यद्यपि मेरे कुछ लेख और कहानियाँ छपी थीं जिन्हें अच्छा प्रतिसाद मिला था, मुझे एक पूरी पुस्तक लिखने में अपना हाथ आजमाने का मौका नहीं मिला था। इन परिस्थितियों ने, चाहे वे बेतुकी और निरंकुश ही क्यों न रही हों, मेरा जीवन भर का यह सपना पूरा करने का मौका दिया। कुछ समय के लिए सेवा से अलग हो जाना स्वागत योग्य ही था। यह भी कहा जा सकता है कि छद्म रूप से वह एक वरदान ही था। मुझे ऐसा लगा कि अब कम-से-कम कुछ समय के लिए, मुझे स्थूलतर ऑफिस लाइफ से मुक्त होने का मौका मिलेगा। वैसे भी लेखन एक व्यक्ति को अद्भुत आनंद देने के अतिरिक्त अमृत की तरह काम करता है और पुराने घावों को भरता है। वह इतना तल्लीन कर देनेवाला है कि व्यक्ति बाकी सब चीजों को भूल जाता है और क्षुद्र बातों से ऊपर उठ जाता है। यद्यपि लेखन व्यक्ति को अपने परिवेश से पूरी तरह अलग कर देता है, किंतु वह उसे अपने परिवेश के प्रति अत्यंत

संवेदनशील और सजग भी बना देता है। यही विरोधाभास उसका सौंदर्य है। वह एक परम आनंदमय अनुभव है, शुद्धत: एक दिव्य अनुभूति और उससे कम कुछ नहीं। स्वयं को शब्दों में व्यक्त करना अत्यधिक धैर्य की माँग करता है, वैसे ही जैसे एक होनेवाली माँ जो सभी पीड़ाओं को चुपचाप सहती है और माँ बनने से पहले कई अनिश्चितताओं से पार पाते हुए धैर्यपूर्वक नौ महीने प्रतीक्षा करती है। ऐसा इसलिए कि एक लेखक और एक माँ, दोनों ही मामलों में, एक जन्मदाता के रूप में मिलनेवाला संतोष असीम है।

ठीक यही कारण था कि मैंने चुपचाप ऑफिस के कामकाज से एक ब्रेक लेने और लेखन को कुछ समय देने का निर्णय लिया।

दोबारा ऑफिस न जाने की मेरी घोषणा मेरे परिवार पर एक बम की तरह गिरी। मैंने उनसे तर्क करने का प्रयास किया कि मैं कुछ समय केवल अपने आपको देना और कुछ मुक्त लेखन करना चाहूँगा। मुझे यह अपेक्षा जरूर थी कि मेरा निर्णय मेरे मध्यमवर्गीय परिवार में, जिसके लिए लीक से हटकर कुछ भी करना वर्जित था, कड़ी प्रतिक्रिया और विरोध पैदा करेगा। परंतु वह मेरे घर में इतना बड़ा तूफान पैदा कर देगा, इसकी उम्मीद कतई नहीं थी।

निश्चय ही, मैंने जान-बूझकर 'लेखन' शब्द का उपयोग नहीं किया था, क्योंकि मुझे यह पक्का विश्वास नहीं था कि मैं कुछ ढंग का लिख पाऊँगा। यद्यपि मैंने कुछ लेख लिखे थे परंतु गंभीर लेखन का अनुभव न होने के कारण मेरे मन में थोड़ा संशय भी था। इसलिए सुरक्षा की दृष्टि से मैंने उसे लेखन के बजाय फ्रीलांसिंग कहा। अपने प्रयास में असफल होने की दशा में वह कम-से-कम मुझे हँसी का पात्र बनने से बचा लेगा। यह भी सच है कि लेखन प्रक्रिया में सबकुछ बिलकुल अनिश्चित है। एक रचना को पूरा करने में कितना समय लगेगा? कुल मिलाकर उसका नतीजा क्या होगा? उसे किस तरह का प्रतिसाद मिलेगा? इन सभी सवालों से बचने के लिए मैंने 'फ्रीलांसिंग' शब्द का उपयोग किया था। यह मैं ठीक से नहीं जानता कि अगर मैंने 'फ्रीलांसिंग' के बजाय 'लेखन' शब्द का उपयोग किया होता तो उससे मेरे परिवार को क्या फर्क पड़ता।

जैसे ही मैंने अपना इरादा जाहिर किया, मुझ पर सभी पक्षों से सभी तरह की प्रतिक्रियाओं की बौछार होने लगी।

"यह सब बकवास है। यह फ्रीलांसिंग क्या है; जैसे अभी जो कुछ कर रहे हो, वह काफी नहीं है," अपने व्यंग्य बाणों के साथ मेरी श्रीमतीजी सबसे पहले तैयार थीं।

अगला नंबर मेरी माँ का था, "मगर ये फ्रीलांसिंग है क्या बला?"

"वह खुलकर लांस करेगा (बल्लम चलाएगा)। यह कुछ न करने और फालतू घूमने-फिरने का दूसरा नाम है।" मेरे बड़े भाई ने टिप्पणी की।

"ओह! वे सयाने आदमी हैं। उन्हें जो ठीक लगता है, करने दो।" मुझे बचाने के

लिए मेरी भाभी ने दखल दिया। महिलाएँ आमतौर पर दूसरों के पतियों के प्रति उदार होती हैं।

"मेरी तरफ से भाड़ में जाएँ, मुझे परवाह नहीं, पर मैं कहे देती हूँ कि मैं इन्हें सपोर्ट नहीं करूँगी। यह जो भी है, उन्हें अपने बल पर करना होगा," मेरी पत्नी ने दो-टूक जवाब दिया।

"वह ऐसा कैसे कर सकता है? वह इस तरह अपनी जिम्मेदारियों से बच नहीं सकता।" आखिरी फैसला सुनाते हुए मेरी माँ ने कहा।

ये टिप्पणियाँ, चाहे जितनी कड़वी और रूखी रही हों, मेरे लिए कोई मायने नहीं रखती थीं और मेरे कानों पर जूँ तक न रेंगी, क्योंकि तब तक मैं वह करने के लिए कृतसंकल्प हो चुका था, जो मैं करना चाहता था। स्वयं को व्यक्त करने और लिखने की लालसा इतनी गहरी और उत्कट हो चुकी थी कि कुछ भी मुझे डिगा नहीं सकता था। लेखन में अपना हाथ आजमाने के लिए मैं कोई भी कीमत चुकाने और कुछ भी बलिदान करने के लिए तैयार था। और इस पुस्तक के लिखे जाने की नियति पर तब मुहर लग गई जब मेरी पत्नी का इतना उग्र विरोध मेरे सामने आया। पुरुष किसी भी बात पर अपनी पत्नी का विरोध सहन नहीं कर सकते और यह पक्की बात है कि वे पत्नी द्वारा दी गई सावधान रहने की सलाह के खिलाफ जरूर जाएँगे।

शायद यह सब पहले से तय था। इसलिए मैंने लंबी छुट्टी के लिए आवेदन कर दिया, एक सेकंड हैंड लैपटॉप खरीदा और एक कहानी बुनने लगा; एक ऐसे व्यक्ति की कहानी जो जिंदगी में अब तक एक नौसिखिया ही था; एक मध्यमवर्गीय भारतीय की कहानी; तकलीफों, निराशा, छल, षड्यंत्रों, कुचक्रों, प्यार, नफरत और निपट अस्तित्व की कहानी!

परंतु इससे पहले कि हम आगे बढ़ें, मैं स्पष्ट करना चाहूँगा, और आप भी इन बातों पर गौर करें कि :

1. यह पुस्तक न तो ऑफिस लाइफ की कोई हैंडबुक है और न ही जीवन के किसी पहलू को भला या बुरा करार देती है।
2. यह कहानी एक व्यक्ति जीवन में जो कुछ देखता, महसूस करता और अनुभव करता है, उससे प्रेरणा लेती है। परंतु किसी को इस पुस्तक के चरित्रों में किसी वास्तविक व्यक्ति का अक्स देखने की कोशिश नहीं करनी चाहिए।

अनुक्रमणिका

आभार 7

यादों में 9

भाग-1 : सनक भरे दिन

1. सभी रास्ते हैदराबाद जाते हैं 17
2. सपनों का प्रवेशद्वार 21
3. चाँद के पार 30
4. बिंदास दिन 36
5. मगर बॉस, तुम उतने स्मार्ट लगते तो नहीं 47
6. खट्टा-मीठा सफर 49
7. कल्पनालोक की उड़ान 59
8. कलकत्ता में 64
9. मैं कौन हूँ 67
10. एक बड़ी दरार 72
11. सिटी ऑफ जॉय 74
12. कलकत्ता की खोज 77
13. सपनों का शहर 81
14. पंगेबाज फिर साथ आ गए 85
15. कार्यक्रम, जैसे कभी हुआ ही न हो 95
16. ट्रेनिंग के बाद का जीवन 98
17. मोनालिका का खत 100

भाग-2 : सनकी तौर-तरीके

18. दस साल और जिंदगी चलती रही 105
19. प्रबंधन कौशल 107
20. परिवार से अलग रहने के खतरे 110
21. मालिनी का कहना है··· 113
22. गार्ड ऑफ ऑनर 115
23. पेशागत जोखिम 119
24. बीस दिन बाद 130
25. निष्क्रियता का अंतराल 138
26. दूसरी पारी 141
27. खोई हुई एफ.डी. का रहस्य 143
28. बहुत दिया देनेवाले ने तुझको··· 148
29. नौकरी के लिए अनुपयुक्त 153
30. उन्नीस वर्ष बाद 159
31. ऑफिस में आखिरी दिन 172

उपसंहार 174

भाग-1

सनक भरे दिन

1

सभी रास्ते हैदराबाद जाते हैं

ट्रेन अपनी पूरी रफ्तार से भागी जा रही थी और भोपाल पहुँचनेवाली थी जब फर्स्ट क्लास कंपार्टमेंट के साथवाले कूपे से मैंने किसी को अमीरपेट के बारे में बातें करते सुना। यह नाम मुझे कुछ जाना-पहचाना सा लगा। यह समझने में मुझे कुछ वक्त लगा कि मैं हैदराबाद के अमीरपेट ही जा रहा था। मैंने अगले कूपे में झाँककर देखा तो पाया कि एक 'बिलकुल संयत' युवक अपने सहयात्री से बात कर रहा था। मैंने उन्हें अभिवादन किया, "हैलो! मैंने आप लोगों को अमीरपेट के बारे में बात करते सुना। क्या आप हैदराबाद में अमीरपेट जा रहे हैं?"

"हाँ। क्यों? क्या आप भी वहीं जा रहे हैं?"

"ओह, हाँ। मैं पी.बी.आई. (प्रीमियर बैंक ऑफ इंडिया) के स्टाफ कॉलेज जा रहा हूँ।"

"अरे, मैं भी वहीं जा रहा हूँ। मैं एक प्रोबेशनरी ऑफिसर के तौर पर चुन लिया गया हूँ और ओरिएंटेशन प्रोग्राम के लिए वहाँ जा रहा हूँ।"

"ओह, तो आप भी एक प्रोबेशनर हैं! मेरा अनुमान सही था। वेल, मैं कानपुर का सुरेश चंद्र हूँ और उसी प्रोग्राम के लिए जा रहा हूँ।" उससे हाथ मिलाते हुए मैंने कहा।

"मैं दिल्ली का फिलिपॉज हूँ। आपसे मिलकर सचमुच बड़ी खुशी हुई।"

"मुझे भी।" उसके साथ बैठते हुए मैंने कहा।

"ओरिएंटेशन प्रोग्राम के बाद क्या हम लोग सीधे अपनी इंडक्शन ट्रेनिंग के लिए जाएँगे?" उसने मुझसे पूछा।

"हाँ, जैसा कि जॉइनिंग लेटर में लिखा है, इसके तुरंत बाद कलकत्ता में एक इंडक्शन प्रोग्राम होगा।" मैंने जवाब दिया।

बातचीत के दौरान हमें पता चला कि हम दोनों को पी.बी.आई. का लखनऊ (सर्किल) दिया गया था। इसी बीच हमारी ट्रेन भोपाल स्टेशन पहुँच गई और धीरे-धीरे रुक रही थी।

"क्या हम कुछ देर के लिए नीचे उतरें? मेरा सिगरेट का स्टॉक खत्म हो गया है। हम थोड़ा घूम भी लेंगे और पीठ भी सीधी कर लेंगे।" फिलिपॉज ने सुझाव दिया।

"हाँ, हाँ। क्यों नहीं?" मैंने कहा।

जैसे ही हमने प्लेटफॉर्म पर कदम रखा, एक युवती ने हमारा ध्यान आकृष्ट किया। वह बेसब्री से कोच अटेंडेंट को ढूँढ़ रही थी। लगभग साथ-साथ ही हमने एक-दूसरे से कहा, "दोस्त, यह तो अपनी ही बिरादरी की होनी चाहिए।" और कुछ ही समय में यह साफ हो गया कि वह हकीकत में वही थी। उसे मुझसे निचली बर्थ पर आना था, जो भोपाल स्टेशन पर एक यात्री के उतर जाने पर खाली हुई थी। ट्रेन फिर चल पड़ी और हमारे कूपे के एक यात्री से अपनी बर्थ एक्सचेंज करके फिलिपॉज भी हमारे कूपे में आ गया।

"हाय, मैं दिल्ली से फिलिपॉज हूँ और ये हैं कानपुर से सुरेश चंद्र। ट्रेन के भोपाल पहुँचने से पहले हम अभी-अभी ही मिले हैं। हम दोनों को लखनऊ सर्किल दिया गया है।" हम सबके बैठने के बाद उसने बात शुरू की। जब हम पूरी तरह व्यवस्थित हो गए, कुछ रुककर उसने आगे कहा, "क्या यह थोड़ा अजीब नहीं है कि हम तीनों ने एक ही ट्रेन पकड़ी?" वह बातचीत को जारी रखने की कोशिश कर रहा था।

"इसमें इतना अजीब क्या है? डिटेल्ड जॉइनिंग लेटर में इस ट्रेन का नाम पहले ही दे दिया गया था।" उसने बड़े ही रूखे, तथ्यपरक अंदाज में फिलिपॉज की बात काटी।

"अगर आपको इस ट्रेन में हमारे कुछ और बैचमेट्स मिलें तो कोई ताज्जुब नहीं। बहरहाल, सुबह जब तक हम हैदराबाद पहुँचेंगे, कई और लोग भी हमारे साथ हो लेंगे। एनी वे, मैं मोनालिका हूँ।" उसने कहा।

उसने हमें बताया कि उसने दिल्ली के एक महिला कॉलेज, लेडी श्रीराम कॉलेज से ग्रेजुएशन और बड़ौदा यूनिवर्सिटी (महाराजा सयाजीराव यूनिवर्सिटी, बड़ौदा) से पोस्ट-ग्रेजुएशन किया था। बातचीत से यह भी पता चला कि उसे दिल्ली सर्किल आवंटित हुआ था। उसके पिता थल सेना में थे और शायद यही कारण था कि उसके व्यवहार में इतना आत्मविश्वास और परिपक्वता दिखाई देती थी।

जब वह अपनी पृष्ठभूमि के बारे में बता रही थी, मेरी नजरें उसके फिगर का मुआयना कर रही थीं। उसके हिप्स कुछ भारी थे परंतु उसकी ऊँचाई उसे छिपा लेती थी और एक सुगठित शरीर का आभास देती थी। शायद यह आभास उसके साड़ी पहनने के ढंग के कारण ज्यादा था। उसकी साड़ी उसके बदन पर कसकर लिपटी हुई थी। साड़ी का पल्लू उसके बाएँ कंधे पर पीछे की ओर गिरा हुआ था। उसका एक सिरा उसकी कमर पर साड़ी के फोल्ड में खुंसा हुआ था और दूसरा सिरा उसके हिप्स के नीचे तक झूल रहा था।

गपशप के दौरान पता चला कि फिलिपॉज ने एम.बी.ए. किया था और यह उसकी दूसरी नौकरी थी और मोनालिका ने कुछ फ्रीलांसिंग करने के लिए ग्रेजुएशन और पोस्ट-ग्रेजुएशन के बीच एक ब्रेक लिया था। मैंने उन्हें बताया कि यह मेरी तीसरी नौकरी है हालाँकि पहली दो बहुत थोड़े समय के लिए थीं। उन्हें यह जानकर आश्चर्य हुआ था कि एक स्पेशलाइज्ड टेक्निकल क्वालिफिकेशन होने के बावजूद मैंने एक बैंक जॉइन किया था। मुझ पर कई सवाल दागे गए—

"इसका मतलब है तुमने बी.टेक. किया है?"

"सही है।"

"कहाँ से?"

"आई.आई.टी. से।"

"आई.आई.टी. से! यह मत कहना कि तुम आई.आई.टी. के एक बी.टेक. हो और एक बैंक जॉइन कर रहे हो! कम ऑन, यह बंदा कह रहा है कि वह आई.आई.टी. से एक बी.टेक. है!" पूर्ण अविश्वास के भाव से फिलिपॉज फट पड़ा।

"हाँ, निश्चित रूप से। इसमें इतने ताज्जुब की क्या बात है? क्या मैं एक बी.टेक. जैसा लगता नहीं?" मैंने तथ्यपरक लहजे में कहा, परंतु वे इसे अब भी हजम नहीं कर पा रहे थे।

"फिर तो तुम्हें सिलिकॉन वेली या ऐसी ही किसी जगह पर होना चाहिए था। तुम यहाँ क्या कर रहे हो?" मोनालिका ने रूखेपन से कहा।

"मगर फिलिपॉज, तुम भी तो एक एम.बी.ए. हो और मोनालिका, तुमने एम.एस. बड़ौदा से पी.जी. किया है। क्या आप लोग भी उतने ही क्वालीफाइड नहीं हैं," मैंने प्रतिवाद किया।

"मगर मैंने एक साधारण सी यूनिवर्सिटी के रेग्युलर कॉलेजों से एम.बी.ए. किया है। यह कोई बड़ी उपलब्धि नहीं है, असल में कोई उपलब्धि ही नहीं है।" फिलिपॉज ने कुछ कुंठात्मक लहजे में कहा।

"और मैंने एम.एस. बड़ौदा से वैसे ही पी.जी. कर लिया। कोई बड़ा तीर नहीं मार लिया।" मोनालिका ने कुछ कष्टपूर्ण स्वर में कहा।

"वैसे देखा जाए तो मैं केवल एक ग्रेजुएट हूँ, एक पी.जी. भी नहीं।" मैंने विनम्रता दिखाने का प्रयास किया।

"पर तुम एक आई.आई.टी. से निकले हो!" फिलिपॉज ने प्रतिवाद किया।

"हाँ, यह तो है।"

"और यह भारत में सबसे ज्यादा ईर्ष्या जगानेवाली क्वालिफिकेशंस में से एक है। आपको इससे ज्यादा कुछ होने की जरूरत ही नहीं है। वह अपने आप में एक क्लास

है।'' फिलिपॉज ने कहा।

''यह धारणा सही नहीं है। अगर ऐसा होता तो मैं यहाँ क्यों होता?'' मैंने कहा।

''मुझे विश्वास है कि यह बस तुम्हारी मर्जी के कारण है। हमारी तरह नहीं, जिन्होंने इसके लिए घोर परिश्रम किया और जमकर पढ़ाई की है। वैसे भी, तुम दो बढ़िया नौकरियाँ छोड़कर यहाँ आए हो। अब इससे ज्यादा सबूत तुम्हें और क्या चाहिए?'' फिलिपॉज ने कहा।

''बस कुछ नया करने के लिए आए होगे, मौजमस्ती करने और कुछ देर जिंदगी को एंजॉय करने।'' कुछ उदास स्वर में मोनालिका ने जोड़ा।

(इसमें नया कुछ नहीं था। मेरे साथ अकसर यह होता है और इसीलिए जब तक मुझसे पूछा न जाए, मैं कभी नहीं कहता कि मैं आई.आई.टी. में पढ़ा हूँ। मैं नहीं जानता कि क्यों, परंतु लोग आपको कुछ अलग नजर से देखने लगते हैं।)

हम बातों में इतने खो गए कि हमें समय का पता ही नहीं चला। एक-दूसरे को जानने का यह सत्र समाप्त होने के बाद जल्द ही हम ऊँघने लगे। मोनालिका सही थी; सुबह हैदराबाद स्टेशन पर दो और प्रोबेशनर्स हमारे साथ हो लिए—नागपुर से नगेंद्र और आगरा से जावेद।

□

2

सपनों का प्रवेशद्वार

स्टाफ कॉलेज का कैंपस कई एकड़ में फैला और बहुत शानदार था। वातावरण बहुत प्रभावित करनेवाला और बैंक के स्टेटस से पूरी तरह मेल खाता था। चारों ओर चीड़ के वृक्षों से घिरा कैंपस रमणीय था। मेरे मूलस्थान में पड़ रही कड़ाके की सर्दी के मुकाबले यहाँ मौसम बहुत सुहावना था। पूरे भारत से और जीवन के सभी क्षेत्रों से संबंधित लोग आए थे—पुरुष और महिलाएँ, एम.बी.ए. और सी.ए., इंजीनियर्स और पी-एच.डी., रणजी ट्रॉफी विजेता और राज्यों के हॉकी खिलाड़ी। वयस्क, पर उतने वयस्क भी नहीं···और निस्संदेह, सभी जोश से भरे थे जिनसे ऊर्जा और उम्मीदें छलक रही थीं।

"हैलो! मैं जाजो हूँ, मुख्य जनसंपर्क अधिकारी। आप सभी का पी.बी.आई. और स्टाफ कॉलेज में हार्दिक स्वागत है।" फ्रेंच-कट दाढ़ीवाले छह फुट से ज्यादा लंबे एक सुगठित पुरुष ने, जिसके चेहरे पर खिली हुई मुसकान थी, ब्रिटिश उच्चारण में, कॉलेज के स्वागत-कक्ष में हमारा स्वागत किया। उसका एक-एक अंग इतना तराशा हुआ, कुलीन और आकर्षक था कि कोई भी क्षण भर के लिए तो चकित और मंत्रमुग्ध हो जाता। "अगर आपको कोई भी समस्या हो या आप हैदराबाद में कुछ भी चाहते हों, बस मुझे याद करें। आपकी सेवा के लिए मैं हर समय हाजिर हूँ," उसने एक आँख को थोड़ा दबाकर कहना जारी रखा, "वैसे भी, उद्घाटन सत्र में मैं एक बार फिर आपसे मिलूँगा और उन चीजों के बारे में बताऊँगा जो आप यहाँ कर सकते हैं···यहाँ आपका प्रवास अत्यंत सुखमय हो, ऐसी कामना करता हूँ।" कहते हुए वह विदा हो गया। मैं तो पूरी तरह उसका मुरीद हो गया। यह उसके हार्दिक स्वागत के कारण था या उसके मनोहर और प्रभावशाली व्यक्तित्व के कारण, मैं तय नहीं कर पाया।

स्वागत-कक्ष में कुछ औपचारिकताओं को पूरा करने के बाद हमें हॉस्टल की ओर निर्देशित किया गया। स्वागत-कक्ष के ठीक पीछे हॉस्टल थे और एक विशाल अहाते के दोनों ओर दोमंजिला विंग्स दिखाई देते थे। दोनों विंग्स और कमरों के बीच भी काफी

जगह थी और उनमें सूर्य का प्रकाश सभी ओर से आता था। कमरों के सामने चौड़े गलियारे थे। अहाते में एक बहुत बड़े डाइनिंग हॉल और एक जिम-कम-रिलेक्सेशन लाउंज सहित कुछ अन्य सुविधाएँ भी थीं। हॉस्टल ब्लॉक कैंपस के बीचोबीच स्थित था। कैंपस देशांतर रेखाओं के पैटर्न पर फैला हुआ था और गहरे भीतरी भाग तक गया था और उसकी बाउंड्री वॉल्स के समानांतर लंबे ड्राइववेज बने हुए थे। प्रशासकीय और शैक्षिक ब्लॉक्स कॉलेज के सामने स्थित थे। कॉलेज में कई प्रोग्राम एक साथ संचालित करने की क्षमता थी और वह न केवल पी.बी.आई. बल्कि पी.बी.टी. (प्रीमियर बैंक ऑफ त्रावणकोर) और पी.बी.पी. (प्रीमियर बैंक ऑफ पटियाला) जैसी उसके संबद्ध बैंकों की शीर्ष-स्तरीय प्रशिक्षण जरूरतों को भी पूरा करता था। हॉस्टल की पुरुष विंग में पहुँचने पर लॉबी में एक हट्टे-कट्टे आदमी ने बहुत ही रूखे स्वर में अपना परिचय देते हुए हमारा स्वागत किया, ''मैं रामनैय्या हूँ, हॉस्टल सुपरिंटेंडेंट। अगर आपको कोई भी समस्या हो तो मुझसे संपर्क करें।'' उसकी आँखों में शून्यता थी और जरा भी अपनापन नहीं था—जाजो के उमंग भरे स्वागत के बाद हमें यह सबसे 'ठंडा' वेलकम मिला था। क्या एंटीक्लाइमेक्स था! मैं सोच रहा था कि इनमें से बैंक का असली चेहरा कौन सा था—जाजो का या रामनैय्या का? उस वक्त मैंने सोचा था, शायद दोनों ही। (बेशक, अब कहा जा सकता है कि बैंक के असली चेहरे का अधिकांश रामनैय्या और नाममात्र भाग जाजो में था।)

अपने कमरों में पहुँचने पर तुरंत ही हमें सुबह ही चाय सर्व की गई, क्योंकि साढ़े सात बज चुके थे और हमारा उद्घाटन सत्र सुबह 9.30 बजे शुरू होनेवाला था। हॉस्टल का वातावरण बहुत खुला और उदार था। अन्य कार्यक्रमों में भाग ले रहे लोग और वहाँ पहले से ही रह रहे लोग गलियारों में ही चाय की चुस्कियाँ लेते हुए बतिया रहे थे। सामनेवाली विंग का कॉरिडोर महिला प्रोबेशनर्स के लिए था और लगभग अनचाहे ही हमारा ध्यान उस ओर चला गया था। उस विंग की रेलिंग्स पर टाइट जींस में बैठी हुई महिलाओं का पृष्ठ भाग बहुत मजेदार दृश्य उपस्थित कर रहा था। एक महिला कुछ आगे की ओर झुकी हुई पोजीशन में बैठी थी, उसकी कुर्ती हवा में उसकी जींस से काफी ऊँची उठ गई थी और पुरुषों को उसकी रीढ़ के निचले हिस्से का दर्शन करा रही थी। यह दृश्य देखकर हमारी आँखें और जीभें बाहर निकल आईं, हममें से कुछ ने एक-दूसरे की ओर अर्थपूर्ण नजरों से देखा, परंतु किसी ने कोई टिप्पणी नहीं की। फ्रेशर्स में स्वाभाविक रूप से होनेवाला संकोच अभी दूर नहीं हुआ था।

चाय की चुस्कियाँ लेते और कॉरिडोर में टहलते हुए हम एक-दूसरे से अनौपचारिक परिचय कर रहे थे। नए, ताजे चेहरों से मिलकर बहुत अच्छा लग रहा था। दिल्ली से आया रोहन बेपरवाह सा था जिसके पिता एक सार्वजनिक उपक्रम में सीनियर एक्जीक्यूटिव

थे। फिर वह सुदर्शन युवक अमित था जिसके चेहरे पर हमेशा चिंता का भाव झलकता था। मेरा एक और बैचमेट फिलिपॉज एक परिपक्व और विचारशील व्यक्ति दिखाई देता था जबकि नगेंद्र उससे ठीक उलट था और उसके रोम-रोम से शैतानी झलकती थी। यह वह दौर था जब हमारे मन में दूसरों के बारे में पहले से बनाई गई धारणाएँ और अनुमान आकार ले रहे थे, जो समय के साथ पुष्ट होने या बदल जानेवाले थे…एक-दूसरे से परिचित होने का सत्र जल्द ही समाप्त हो गया, क्योंकि आठ बज गए थे—यह ब्रेकफास्ट का समय था। डाइनिंग हॉल सचमुच विशाल था और टेबलें बहुत ही करीने से रखी गई थीं। एक पल के लिए ऐसा लगा मानो हम एक पाँच सितारा होटल के डाइनिंग हॉल में हों। वहाँ उपस्थित वरिष्ठ अधिकारियों में से एक ने हमारे चेहरों पर साफ झलकते चमत्कृत होने के भाव को पढ़ लिया और रूखेपन से बोले, "आज के माहौल से इतना अभिभूत न हों। आज आप लोगों का पहला दिन है और इसके अलावा प्रोबेशनरी ऑफिसर्स के प्रोग्राम के उद्घाटन के लिए ई.डी. (कार्यकारी निदेशक) आनेवाले हैं। इसीलिए इतना तामझाम है। वे कभी भी आ सकते हैं।" उनके पास बैठे एक दूसरे अधिकारी ने शरारत के भाव से उन्हें टोका, "क्या? क्या तुम पागल हुए हो? वे इस घटिया जगह पर क्यों आएँगे? वे तो मि. जाजो…बल्कि ठीक से कहूँ तो मिसेज…की मेहमाननवाजी का आनंद ले रहे होंगे।"…आगे की चर्चा कानाफूसी में करते हुए उनमें से हर कोई दूसरे को एक रहस्यमयी मुसकान संप्रेषित कर रहा था, जिसे हम समझ नहीं पाए।

ब्रेकफास्ट खत्म करके हम उद्घाटन सत्र के लिए ऑडिटोरियम की ओर भागे। इस अवसर के लिए ऑडिटोरियम को अच्छी तरह सजाया गया था। प्रोग्राम के औपचारिक उद्घाटन के लिए ई.डी. के आने से पहले कार्यक्रम संयोजक ने ट्रेनिंग शेड्यूल के बारे में संक्षेप में बताना शुरू कर दिया, "जैसा कि जॉइनिंग लेटर में पहले ही बता दिया गया था, यह ओरिएंटेशन प्रोग्राम दस दिनों की अवधि का होगा। हर दिन चार सत्र होंगे—दो सुबह और दो दोपहर को। सुबह के सत्र की समाप्ति के बाद चाय के लिए और दोपहर के दोनों सत्रों के बीच भोजनावकाश होगा। हैदराबाद के दस दिनों के इस ओरिएंटेशन प्रोग्राम के तुरंत बाद कलकत्ता में चार हफ्तों का इंडक्शन प्रोग्राम होगा। उसके बाद बैंक की विभिन्न गतिविधियों से परिचित कराने के लिए आपको अपने आवंटित सर्किल के पाँच विभिन्न केंद्रों में ऑन-द-जॉब ट्रेनिंग दी जाएगी। अगले दो वर्षों में, समय-समय पर इस तरह का संस्थागत प्रशिक्षण दिया जाता रहेगा। दो वर्ष पूरे होने के बाद आपको रेग्युलर पोस्टिंग दी जाएगी। प्रशिक्षण अवधि के दौरान आपके काम का सतत मूल्यांकन किया जाता रहेगा।"

"क्या टेस्ट भी होंगे?" संयोजक के आखिरी वाक्य से आशंकित होते हुए अमित ने कुछ घबराहट के साथ पूछा।

"हाँ, प्रत्येक संस्थागत प्रशिक्षण के बाद एग्जिट-टेस्ट के अतिरिक्त जरूरी समझे जाने पर दूसरे टेस्ट भी हो सकते हैं।" इस जवाब से क्लास में घबराहट फैल गई और कोई बोल पड़ा, "ओह, गॉड! और टेस्ट्स! हम तो समझे थे कि वर्स्ट को हम पीछे छोड़ आए हैं।"

इसी बीच किसी ने पूछा, "सर, क्या एक सर्किल एक राज्य तक सीमित है?"

"हाँ, मोटे तौर पर। बड़े राज्यों के मामले में, वह अकेला राज्य ही सर्किल है। परंतु जहाँ तक छोटे राज्यों का सवाल है, एक सर्किल में कई राज्य हो सकते हैं। हर एक सर्किल का नियंत्रण उसके सर्किल हेड ऑफिस (सी.एच.ओ.) के पास है और उसके प्रमुख हैं सर्किल जनरल मैनेजर (सी.जी.एम.)। यह भी कि रोजमर्रा के मामलों में एक सर्किल एक स्वायत्त इकाई के रूप में कार्य करता है।" संयोजक ने स्पष्ट किया।

जल्द ही ई.डी. वहाँ पहुँच गए। उन्होंने 'पिल्लई कमिटी' नामक किसी अजीब से राक्षस के साथ लड़ाई में अपनी बहादुरी की दास्तान के साथ अपना उद्घाटन भाषण शुरू किया। उन्होंने कहा, "प्रोबेशनरी ऑफिसर्स को चार अतिरिक्त इन्क्रिमेंट्स दिलाने के लिए मैंने पिल्लई कमेटी (की सिफारिशों) को रद्द करते हुए उसका डटकर मुकाबला किया।" नगेंद्र ने मुझे कोहनी मारकर मजाक उड़ाया, "यह पिल्लई कमेटी कौन सा जानवर है?"

"तुम उसी से क्यों नहीं पूछते? मुझे विश्वास है कि उसके पास और भी किस्से होंगे।" मोनालिका ने फुसफुसाते हुए कहा।

शायद पिछली रात के हैंगओवर के कारण ई.डी. इससे ज्यादा बोलने की स्थिति में नहीं थे, "दोस्तो, मैं अब आपका ज्यादा वक्त नहीं लूँगा। किसी अर्जेंट काम की वजह से मैं अपनी बात यहीं समाप्त करता हूँ। वैसे भी मैं आप लोगों से डिनर के समय मिलूँगा। तब तक के लिए बाय।"

नगेंद्र ने धीमे स्वर में ई.डी. की 'उस' व्यस्तता के बारे में मुझे याद दिलाया जिसके बारे में सुबह वरिष्ठ अधिकारी चर्चा कर रहे थे, "पट्ठा 'वहीं' जा रहा होगा!"

"मगर हमें उस जनानी को देखना होगा, आखिर वह चीज क्या है? क्या हम कभी उसे देख पाएँगे?" पिछली पंक्ति से रोहन कुछ हताशा के साथ बुदबुदाया। अमित ने उसका उत्साह बढ़ाया, "बेशक, हम उसे देखेंगे। आज 'बड़े भोज' में—मैं समझता हूँ वहाँ वह जरूर आएगी।"

उद्घाटन सत्र में आखिर में बोलनेवाले थे पी.आर.ओ. मि. जाजो। उन्होंने स्टाफ कॉलेज में उपलब्ध सुविधाओं, जैसे टी.वी., म्यूजिक लाउंज, टेनिस-बैडमिंटन कोर्ट्स, लायब्रेरी, वहाँ आनेवाले डॉक्टरों, कपड़े धोने की सुविधा, यात्रा की योजनाओं में सहायता, बैंकिंग आदि की विस्तृत जानकारी दी। शहर में कौन से स्थान देखने योग्य हैं और कौन

से नहीं, उनकी विस्तृत जानकारी दी और आनेवाले सप्ताहांत में शहर की एक संचालित यात्रा के आयोजन में मदद का प्रस्ताव किया। चूँकि कलकत्ता इंडक्शन प्रोग्राम के लिए हमारे ट्रेनिंग शेड्यूल का अगला पड़ाव था, उन्होंने हमें जल्द-से-जल्द वहाँ की यात्रा को अंतिम रूप देने का अनुरोध किया। फिर उन्होंने महिला अधिकारियों से साथवाले हॉल में जाने का अनुरोध किया, जहाँ वाइस प्रिंसिपल—जो खुद एक महिला अधिकारी थीं—उन्हें अलग से संबोधित करना चाहती थीं।

जैसे ही महिला अधिकारी विदा हुईं, जाजो ने गिरगिटान की तरह अपना रंग बदल लिया। अब वे अपने पूरे फॉर्म में थे और अपने 'अमृत वचन' बोलने के लिए तैयार थे। इस मामले में अपनी स्थिति पहले ही स्पष्ट करने, कि 'ये उपदेश पूरी तरह से अनऑफिशियल हैं' और उन्हें कहीं भी उनके नाम से उद्धृत नहीं किया जाना चाहिए, के बाद अपने 'सबकुछ उघाड़' 'दस आदेशों' के बारे में बताना शुरू किया :

- अगर आप शराब पीते हैं तो बहुत ही अच्छी बात है। अन्यथा एक या दो पेग लेना तुरंत शुरू करें। वे आपको जीवन में और अपने कॅरियर में दूर तक ले जाएँगे। आप आज शाम से ही उसका अभ्यास शुरू कर सकते हैं। मैंने मेस के चार-पाँच लड़कों को पक्की ट्रेनिंग दी है, वे आपके लिए सारा बंदोबस्त कर देंगे।
- आपसे रात के दस बजे तक कैंपस में वापस आ जाना अपेक्षित है, परंतु अगर आप तब तक न पहुँच सकें तो इसके बारे में शोर न मचाएँ और न इस बात को सार्वजनिक करें।
- अगर आप कैंपस से बाहर किसी अप्रिय स्थिति में फँस जाएँ या कोई उलटी-सीधी हरकत करते हुए पकड़े जाएँ तो अपना सही परिचय और कॉलेज का पता जाहिर न करें।
- इस एरिया में केवल 'चिड़ियों' को देखने की अनुमति है। इससे ज्यादा के लिए आपको कॉलेज के आसपास से दूर चले जाना चाहिए।
- जहाँ तक संभव हो, सामान्य समय के बाद महिलाओं के कमरों में दिखने से बचें; बल्कि उन्हें पटाकर अपने कमरे में लाने की कोशिश करें। एक बार एक महिला प्रोबेशनर ने बड़ी चालाकी से एक पुरुष प्रोबेशनर को अपने कमरे में फाँस लिया और आखिर में उस बेचारे को अपनी नौकरी बचाने के लिए उससे शादी करनी पड़ी।
- शहर में मनोरंजन के कई अड्डे हैं—हॉट से लेकर एक्स-रेटेड तक। अगर आप महज अच्छे संगीत और कैबरे में रुचि रखते हैं तो आप आबिद्स के 'दीवानजी' में जा सकते हैं। इससे एक कदम आगे के लिए पंजगुट्टा में 'ऑल

एसेज' है। मगर उसके मालिक एक सरदारजी से सावधान रहना। अगर आप चाहते हैं कि एक ही जगह सबकुछ मिल जाए तो 'शीबा' पर धावा बोलें। लेकिन याद रखें, इन अड्डों पर अकेले न जाएँ और अपने साथ कम-से-कम नकदी और कीमती सामान रखें।

- इन जगहों पर जाने से पहले एक 'डोज' लेने की सलाह दी जाती है और इस लाइन का स्पेशलिस्ट डॉक्टर लगभग हमारे पड़ोस में, अमीरपेट के मोड़ पर मिल जाएगा।

"आपको शायद पता होगा कि हैदराबाद मोतियों और गनमेटल शोपीस-आइटम्स के लिए मशहूर है। अगर आपको कुछ खरीदारी करनी है तो ऑफिस असिस्टेंट मि. राजू से संपर्क करें। और आखिरी बात, जिसे हलके में न लें, यह कि यहाँ की किसी चीज को मिस न करें, यहाँ तक कि बैडमिंटन और टेनिस के कोर्ट्स को भी, क्योंकि वहाँ भी निश्चित रूप से आपको अपनी मनपसंद चीजें मिल जाएँगी।"

शाम को, कैंपस की सैर करते हुए मुझे अचानक जाजो के शब्द याद आए। लंच के दौरान हुई गपशप से भी पता चला था कि कैसे मि. रामनैय्या (हॉस्टल सुपरिंटेंडेंट) की दो खूबसूरत लड़कियाँ नियमित रूप से कोर्ट्स में अपने हुस्न के जलवे बिखेरती हैं। इसलिए मैंने सुझाव दिया, "चलो, बैडमिंटन और टेनिस कोर्ट्स चलते हैं।"

"क्यों, वहाँ कुछ खास है? क्या आप कोई अधिकृत खिलाड़ी हैं?" मोनालिका ने सवाल किया।

"नहीं-नहीं, बस वैसे ही।" मैं बिलकुल ही नर्वस हो गया था, क्योंकि मैंने कभी बैडमिंटन या टेनिस, और सच कहूँ तो कोई भी खेल नहीं खेला था।

"असल में इसे कुछ-न-कुछ सीखने की धुन सवार है। वह ये खेल भी सीख लेगा।" नगेंद्र ने मेरी टाँग खींचने की कोशिश की।

"ये और क्या-क्या सीखना चाहेंगे?" मोनालिका ने एक दबी हुई अर्थपूर्ण हँसी के साथ एक बाउंसर फेंका। और उसकी नटखट हँसी का साथ देते हुए सब हँस पड़े।

कोर्ट्स पहुँचकर हमने पाया कि जाजो सही थे, और अफवाहें भी। वहाँ उपस्थित खूबसूरत महिलाओं को आवाज देते हुए नगेंद्र तुरंत अपने काम में लग गया, "सुनिए! क्या मैं शामिल हो सकता हूँ?"

"हाँ, जरूर, क्यों नहीं। जब तक यह गेम खत्म हो तब तक प्रतीक्षा कीजिए।" एक लड़की ने उत्साह से जवाब दिया।

"बॉस, मैं तो एक गेम खेलूँगा। तुम अपना काम जारी रखो।" एक शरारती मुसकान के साथ नगेंद्र मेरे कानों में फुसफुसाया। नगेंद्र की ओर से इतना इशारा काफी था कि उसे बैडमिंटन कोर्ट्स में अकेला छोड़ दिया जाए।

फिलिपॉज और ग्रुप के बाकी सदस्यों को अचानक साथवाले टेनिस कोर्ट्स में दिलचस्पी की कोई चीज दिखाई दे गई और वे वहाँ चले गए। मैं और मोनालिका अकेले रह गए। मैं थोड़ा नर्वस था क्योंकि मैंने सपने में भी न सोचा था कि मुझे इतनी जल्दी मोनालिका का बिन-बँटा साथ मिल जाएगा। हालाँकि मैं उसके लिए तैयार नहीं था, फिर भी मैं इस मौके को खोना नहीं चाहता था। मैंने तुरंत ही प्रस्ताव किया, "हम कैंपस की अपनी खोज जारी रखें!"

जब हम कैंपस के एक पार्क में टहल रहे थे, मैंने कलकत्ता के लिए हमारे ट्रेवल प्लान का विषय उठाया।

"इसमें चर्चा करने और अंतिम रूप देने के लिए क्या है? हर कोई यही कह रहा था कि वे कलकत्ता के लिए प्लेन पकड़ेंगे। यहाँ तक कि वहाँ बैठे सीनियर्स ने भी यह कहकर इस बात का समर्थन किया था कि चलन यही है और आमतौर पर प्रोबेशनर्स को हवाई यात्रा से वंचित नहीं किया जाता।"

"मगर मैं तो ट्रेन से यात्रा करने को तरजीह दूँगा, क्योंकि मैं रेलयात्रा को कहीं ज्यादा एंजॉय करता हूँ।" मैंने हवाई यात्रा की योजना का विरोध किया।

"कम ऑन बेबी," और उसने उसी समय मेरे कूल्हों पर थपकी मारी, "हर कोई हवाई जहाज से उड़ने के लिए बेताब है और तुम कह रहे हो तुम ट्रेन से जाओगे! क्या मजाक कर रहे हो?"

यद्यपि उसके अप्रत्याशित स्पर्श से एक पल के लिए मैं अवाक् रह गया था, मैंने सामान्य बने रहने का प्रयास किया, "नहीं, मैं मजाक नहीं कर रहा। देखो, अपने पूरे कॅरियर में तुम हवाई यात्रा करती रहोगी। परंतु तुम्हें भारत के इस भाग में ट्रेन से यात्रा करने और आश्चर्यजनक दृश्य देखने का मौका विरले ही मिलेगा।"

"तुम हवाई यात्रा से डरते हो क्या?" उसने पूछा, परंतु कुछ रुककर बोली, "वैसे तुम्हारी बात में दम है। व्यक्तिगत रूप से मैं भी ट्रेन से यात्रा करना पसंद करूँगी। उससे मुझे इस पागल कर देनेवाली भीड़ से भी कुछ देर के लिए छुटकारा मिलेगा।"

"ठीक है, तो बात पक्की। हम ट्रेन से जा रहे हैं," मैंने घोषणा की। उसने सहमति में अपना सिर हिलाया और मेरी बाँह थपथपाई।

महाभोज

महाभोज शाम के आठ बजे शुरू होनेवाला था। पौने आठ बजे लोगों का आना शुरू हो गया था और कुछ ही देर में लगभग सभी लोग वहाँ पहुँच गए थे। उनमें विभिन्न कार्यक्रमों के सभी सहभागी और परिवारसहित सभी फेकल्टी मेंबर्स और अन्य कर्मचारी शामिल थे। केवल ई.डी. और उनके साथ चलनेवाला काफिला अभी नहीं पहुँचा था।

करीब एक घंटा बीत गया लेकिन उन लोगों का पता नहीं था। सभी लोग बेचैन थे परंतु इसका कोई हल उनके पास नहीं था। बच्चे बेसब्र, उनींदे और उद्वेलित थे तथा टेबल्स और चेयर्स पर उछलकूद कर अपना टाइम पास कर रहे थे, परंतु उनके माता-पिता उस आयोजन को छोड़कर नहीं जा सकते थे। अंत में, सवा नौ बजे एक संदेश आया कि ई.डी. और उनकी टीम वहाँ पहुँचनेवाली है। इससे वहाँ के माहौल में जान आ गई और लोग एक बार फिर उत्सुकता से भर गए। अंत में ई.डी. आए, परंतु उससे भी बुरी हालत में, जितनी में वे सुबह थे। वे मुश्किल से ही अपने बल पर चलने की स्थिति में थे। बहुत कठिनाई से उन्होंने उपस्थित लोगों की ओर अपना हाथ लहराया। तुरंत ही उन्हें सहारा देकर मुख्य डाइनिंग हॉल से लगे हुए एक छोटे डाइनिंग हॉल में ले जाया गया। हालाँकि किसी भी मापदंड से उसे 'ई.डी. के साथ डिनर' नहीं कहा जा सकता था, परंतु इस प्रक्रिया में हमें मैडम जाजो की, जो ई.डी. के साथ चल रही टुकड़ी की एक अभिन्न सदस्य थी, एक झलक देखने का सौभाग्य प्राप्त हुआ। यद्यपि वह कोई असाधारण सुंदरी नहीं थी, उसके नैन-नक्श तीखे, उसके हावभाव में असाधारण गरिमा और बड़े जतन से तराशा हुआ बदन था। इसके अतिरिक्त, उसकी चालढाल एक हंसिनी की तरह परिष्कृत थी। और शायद सबसे बढ़कर, वह स्वेच्छा से सबसे मिलने के लिए तैयार प्रतीत होती थी। वह थी मैडम जाजो।*

डिनर के साथ जहाँ मेरे ग्रुप के साथी मौज-मस्ती के लिए हॉस्टल की पुरुष विंग में चले गए, मैं महिला विंग की लॉबी में मोनालिका के साथ बना रहा। मेरी विंग में वापस लौटते समय मोनालिका ने एक महिला प्रोबेशनर अपर्णा से मेरा परिचय कराया, जिसे फिलिपॉज और मेरी तरह ही लखनऊ सर्किल आवंटित किया गया था। वह लखनऊ की रहनेवाली थी परंतु मुख्यतया दिल्ली में ही रही थी।

मैं जब अपनी विंग में पहुँचा तो चुहलबाजी के दौर के बाद लड़के वहाँ से बिखर चुके थे और विश्राम के लिए अपने-अपने कमरों की ओर जा रहे थे। नगेंद्र और अमित अब भी लॉबी में ही थे।

मुझे महिला विंग से आते देख नगेंद्र ने ताना मारा, ''तो आखिर में तुम्हें वहाँ से

---

* कुछ वर्षों बाद मुझे एक समाचार पत्र में रिपोर्ट देखने को मिली जिसमें संसद् के शून्य काल में एक सवाल पूछे जाने का जिक्र था कि कैसे एक बैंक के पी.आर.ओ. को बैंकिग और वित्तीय मामलों के एक्सपर्ट के तौर पर एक फॉरैन डिप्लोमेटिक मिशन में भेजा जा सकता है? आगे पढ़ने पर यह साफ हो गया कि यह रिपोर्ट मि. जाजो से ही संबंधित थी। केवल एक जनसंपर्क अधिकारी होने के नाते बैंकिंग और फायनांस पर एक विशेषज्ञ की पोजीशन के लिए वे क्वालीफाइड नहीं थे परंतु इसके बावजूद, शायद बैंक के उच्च-पदस्थ लोगों से उनकी पत्नी के परिचय/नजदीकी के कारण वे फॉरैन डिप्लोमेटिक मिशन में एक ऊँची पोस्टिंग पा गए थे।

विदा लेने की इजाजत मिल ही गई?"

"या निकाल दिए गए?" किसी ने टिप्पणी की।

मैंने उलटा नगेंद्र से सवाल किया, "तुम्हारा गेम कैसा रहा?"

"अरे, उन खेलों में तो इन्हें कोई मात दे ही नहीं सकता। डेट पहले ही दी जा चुकी है, भैया," अमित ने उसकी टाँग खींची।

सभी हँसने लगे, अमित ने जिस तरह 'भैया' कहा था उस पर या जिस तरह मैं महिला विंग से आता हुआ पकड़ा गया था, उस पर, यह मैं नहीं जानता।

□

3

चाँद के पार

अगली सुबह हर कोई अपने-अपने कंट्रोलिंग ऑफिस को यह संदेश फैक्स करने के लिए प्रशासकीय कार्यालय में जमा था, ''कंफर्म्ड रेल आरक्षण संभव नहीं। हवाई यात्रा की अनुमति देने का अनुरोध है।'' लगभग हर कोई यही संदेश फैक्स कर रहा था। मैंने ऑफिस असिस्टेंट से ट्रेवल एजेंट के बारे में पूछा। मैंने ट्रेवल एजेंट से ऑफिस रूम से बाहर लॉबी में आने का अनुरोध किया, क्योंकि ऑफिस में पहले ही बहुत भीड़ हो चुकी थी। जब वह बाहर आया, मैंने उससे दो फर्स्ट क्लास ट्रेन टिकट बुक करने के लिए कहा। मेरे द्वारा रेलयात्रा को तरजीह दिए जाने से वह बुरी तरह चौंक गया। उसे दो अथॉरिटी लेटर्स देते हुए मैंने कहना जारी रखा, ''और देखो, एक और प्रोबेशनर मेरे साथ सफर कर रहा होगा और आपको यह सुनिश्चित करना है कि हम दोनों को दो बर्थवाला ही कूपा अलॉट किया जाए।''

जब उसने एक फॉर्म में मोनालिका का नाम देखा तो वह तुरंत समझ गया कि मैं दो बर्थवाले कूपे के लिए इतना आग्रह क्यों कर रहा था। एक बनावटी मुसकान के साथ उसने कहा, ''सर, मैं अपनी ओर से पूरी कोशिश करूँगा। पर आप तो जानते…।''

मैंने उसके चेहरे के भाव पढ़ लिए और बोला, ''ओह, उसकी फिक्र मत करो, मगर मैं केवल दो बर्थवाला कूपा चाहता हूँ, समझे?'' और मैंने उसके हाथ में पचास रुपए का एक नोट थमा दिया।

यहाँ तक तो सब ठीक था परंतु मेरे दिमाग में कई बातें घूम रही थीं। मैं इस बात से चिंतित था कि मोनालिका के नजदीक आने की प्रक्रिया में मैं अपनी 'पुरुष मंडली' का साथ खो रहा था। एक महिला का साथ लुभानेवाला था। परंतु पुरुष दोस्तों के साथ मस्ती के दौरों का अपना ही मजा था। इसके अलावा, मैं नहीं चाहता था कि मेरी मंडली के सदस्य मेरा मजाक उड़ाएँ, जैसा उन्होंने पिछली रात किया था। मैं दोनों तरह के मजे लेना चाहता था और एक संतुलन स्थापित करना चाहता था। मेरे सामने बड़ा धर्मसंकट यह था कि अगर मैं थोड़े समय के लिए भी पुरुष मंडली में शामिल होता हूँ तो इसके पूरे चांस

थे कि मोनालिका किसी दूसरे प्रोबेशनर की कंपनी में चली जाए। और यह मैं किसी भी कीमत पर होने देना नहीं चाहता था। ट्रेवल एजेंट से बात करने के बाद लॉबी में बैठकर मैं इसी समस्या पर सोच रहा था कि मैंने मोनालिका को अपनी ओर आते देखा।

"सुरेश, मेरे पास अभी-अभी सिकंदराबाद में रहनेवाले अपने एक रिश्तेदार का फोन कॉल आया है। आज शाम मैं उन लोगों के साथ बिताऊँगी, इसलिए आखिरी क्लास के तुरंत बाद मैं वहाँ के लिए रवाना हो जाऊँगी।" इसका मतलब था मैं आज अपनी मंडली के साथ हो सकता हूँ! कितने सुकून की बात है!

"तुम क्या अगले सत्र के लिए नहीं आ रहे हो?" मोनालिका ने पूछा।

"हाँ, हाँ," मैंने कहा और उसके पीछे चलने लगा। अपने दिवास्वप्न में मैं यह भूल ही गया था कि अगले सत्र का समय हो गया है। दोपहर की क्लास एक ब्रेन-स्टॉर्मिंग सेशन था और बहुत दिलचस्प क्योंकि मैंने पूरे अंक पाए थे। उनमें से एक कसरत ईंट के ज्यादा-से-ज्यादा ऐसे उपयोग गिनाने की थी जो निर्माण में उसके पारंपरिक उपयोग से अलग हो। मैंने लिखने, खेलने, रगड़ने, कुचलने, फेंककर मारने, भिगोने, चाकू की धार तेज करने से लेकर मूत्र की आखिरी बूँदों को सोखने तक के करीब बत्तीस उपयोग गिनाए।

ईंट के इतने सारे गैर-पारंपरिक उपयोगों को गिनाने पर चर्चा के सूत्रधार ने मेरे उच्च आई क्यू की सराहना करते हुए मेरी पीठ थपथपाई। सत्र के अंत तक मैं महिला प्रोबेशनर्स का दुलारा बन चुका था यद्यपि मैं पुरुष प्रोबेशनर्स चेहरों पर ईर्ष्या के भाव साफ-साफ देख सकता था।

मदिरापान में दीक्षा

लंच ब्रेक के दौरान आधे दर्जन गंदे लोगों की हमारी मंडली ने उस शाम के लिए एक योजना बनाई। हमने तय किया कि पहले मदिरा का एक दौर चलेगा और फिर हम 'दीवानजी' पर धावा बोलेंगे। असल में यह विचार मैंने रखा था, मैं पिछली रात की दोस्तों की महफिल से गैर-हाजिर रहने की भरपाई करने के लिए आतुर था। और जब मोनालिका यहाँ नहीं थी तो इससे बेहतर मौका मुझे कब मिल सकता था। सभी ने मेरे सुझाव का समर्थन किया, परंतु नगेंद्र ने तुरंत ही मेरे सुझाव में छिपे एजेंडे को ताड़ लिया और एक नटखट मुसकान के साथ बोला, "बॉस! ऐसा लगता है कि आज मोनालिका को कुछ और काम है, नहीं!" मैं चकित था कि कितनी आसानी से वह समझ गया था, परंतु औरों के साथ मैंने भी उसकी बात को हँसी में उड़ा दिया।

वह अमित ही था जो सबसे ज्यादा उत्तेजित था। दिन की आखिरी क्लास के बाद बाहर भागनेवाला वह पहला शख्स था। वह तुरंत हरकत में आया और मेस के लड़के की

सहायता से अपने कमरे में प्रस्तावित बीयर सेशन के लिए उसने सारा बंदोबस्त कर दिया।

शाम को, फ्रेश होने के बाद हम सब अमित के कमरे में बैठे और अपने-अपने पहले जाम हवा में टकराए। जोश से भरी 'चीयर्स' की बुलंद आवाज प्रोबेशनर्स के रूप में हमारे चयन को समर्पित थी। अपना पहला पेग गटकने के बाद अमित कुछ असहज लगा और कुछ अजीब सी मुद्राएँ बनाने लगा। वह पहली बार बीयर या कोई भी शराब ले रहा था और उसका झुनझुनी पैदा करनेवाला कड़वा तीखा स्वाद सहन नहीं कर पा रहा था। दूसरी ओर, नगेंद्र बिलकुल सहज था और बिना देर लगाए अपना गिलास गटक गया था। शायद इसका कारण यह था कि वह उत्तर प्रदेश की गढ़वाल पहाड़ियों का रहनेवाला था। अपना दूसरा गिलास खत्म करते-करते नगेंद्र यह बताने लगा कि कैसे वह अपने स्कूली दिनों में अपने पिता की कीमती वाइन चुरा लिया करता था और जब उसके पिता ऑफिस में होते थे, वह बोतल में कम हो गई वाइन को पानी या सोडा मिलाकर पूरी कर देता था। एक बार ऐसा हुआ कि किसी खास वाइन बॉटल में बार-बार वाइन हटाकर सोडा भरते रहने से बोतल में केवल सोडा ही बचा था। तभी उसके पिता को पता चला कि उनका बेटा वाइन चुराता था!

अमित थोड़ा असहज महसूस कर रहा था, जबकि उसका पहला गिलास भी खत्म नहीं हुआ था। उसे मूत्रत्याग करने की सलाह दी गई। इससे उसे राहत मिली और बाद में वह ठीक रहा। उसने गिलास में बची हुई बीयर भी खत्म कर दी। जाजो के शब्दों में, इस लाइन के कायदे-कानून सीखते हुए वह नए धर्म में दीक्षित हो रहा था।

जब तक हम अपना यह सत्र समाप्त करते, हमारी बैच के कुछ और साथी भी शामिल हो गए। हम सब अच्छे-खासे टुन्न थे और कुछ लड़खड़ा रहे थे। हमारी मूल योजना के अनुसार हमें 'दीवानजी' पर धावा बोलना था, परंतु बीयर के सत्र के दौरान हमने 'ऑल एसेज' जाने का फैसला किया क्योंकि वह सबसे नजदीक पंजगुट्टा में था और हमारे कई बैचमेट्स वहाँ जाना चाहते थे। ज्यादा अहम यह था कि उसकी एक्स-रेटिंग 'दीवानजी' से कहीं ज्यादा थी और हमने सोचा कि हमें पहली कक्षा से शुरू करने की जरूरत नहीं है। जल्दी से डिनर समाप्त कर हम 'ऑल एसेज' की ओर चल पड़े।

पहली मुठभेड़

'ऑल एसेज' मुख्य सड़क से कुछ हटकर पंजगुट्टा की एक गली में स्थित था। उसके प्रवेश द्वार पर धूमिल सी रोशनी थी, जो ऐसे अड्डों पर अमूमन होती है, पर जगह कुल मिलाकर इतनी गंदली नहीं दिखाई देती थी। कहावत थी, 'प्रवेश द्वार जितना धूमिल होगा, अड्डे की एक्स-रेटिंग उतनी ही ज्यादा होगी।'

प्रवेश द्वार पर जहाँ हट्टे-कट्टे आदमियों की आँखें बारीकी से हमारा निरीक्षण

कर रही थीं (ऐसा लगा जैसे उनकी आँखें एक्स-रे मशीन से ज्यादा दक्ष थीं), हमसे कहा गया कि हमें कुछ छोटे समूहों में बैठना होगा, क्योंकि हर टेबल केवल चार व्यक्तियों के लिए बनी थी। हमने प्रवेश शुल्क अदा किया और हमें अंदर ले जाया गया।

वह एक गोलाकार हॉल था, उसका फर्श समतल नहीं था और बाहरी दीवारों से हॉल के मध्य की ओर ढाल थी। रोशनी मद्धिम थी और हॉल खुला सा और हवादार था, क्योंकि उसकी छत के तौर पर एक ऊँचा सा गुंबद बना हुआ था। हॉल के बीचोबीच नाच-गाने के आयोजन के लिए एक छोटा गोलाकार मंच तैयार किया गया था। मंच एक सँकरे रास्ते के जरिए हॉल की बाहरी दीवार में बने एक दरवाजे से जुड़ा हुआ था। वह दरवाजा शायद कलाकारों के मेकअप रूम में खुलता था, क्योंकि बाद में मैंने कलाकारों को उससे आते-जाते देखा। दरवाजे पर मैंने एक हट्टे-कट्टे सरदार, जो संभवत: साठ की उम्र के करीब थे और पठानी सलवार-कमीज पहने थे, को चुपचाप खड़े देखा। वह हॉल में मौजूद हर व्यक्ति पर नजर रख रहा था। उसकी मौजूदगी उसके दबदबे का एहसास कराती थी। मंच के पासवाले रास्ते के एक ओर एक छोटा सा घेरा था जो म्यूजिक बैंडवालों के लिए बना था। टेबलें केंद्रीय मंच से शुरू होकर हॉल की बाहरी दीवार तक आड़ी-सीधी लगाई गई थीं। हॉल के एक कोने में रखी टेबलों के साथ-साथ कम ऊँचाई का एक पार्टीशन बनाया गया था जो उन्हें एक तरह की कम ऊँचाईवाली केबिनों का लुक देता था। हालाँकि काफी लोग धूम्रपान कर रहे थे, हॉल में एगजॉस्ट फेन लगे होने से माहौल दमघोंटू नहीं था। हमें साथवाली टेबलें नहीं दी गई थीं और कहा गया था कि हम अलग-अलग टेबलों के इर्द-गिर्द बैठें। उन्होंने कहा कि बीच की कुछ सीटें आरक्षित थीं। हालाँकि वह व्यवस्था हमें पसंद नहीं आई थी, फिर भी हमारे सामने और कोई विकल्प नहीं था।

जब हमने हॉल में प्रवेश किया, हमें बताया गया कि बैंड बजना अभी-अभी शुरू हुआ था और मुख्य शो कुछ देर बाद होनेवाला था। हमने ड्रिंक्स और कुछ खाने की चीजों का ऑर्डर दिया। एकाएक रोशनियाँ और मद्धिम हो गईं और स्टेज पर साइकेडेलिक लाइट्स फोकस की जाने लगीं। उसी दरवाजे से कलाकारों की पंक्तियों का आना-जाना शुरू हो गया, जहाँ कुछ देर पहले सरदारजी खड़े थे। खाने की चीजें बेकार थीं और उनके दाम भी ऊँचे रखे गए थे। अमित और जावेद, जो खा नहीं पा रहे थे, मुँह बिचका रहे थे। मैंने उनसे कहा कि ऐसी जगहों पर इससे बेहतर की उम्मीद न रखें।

दो-तीन नियमित नंबर्स के बाद कुछ गरमागरम आइटम शुरू होने लगे। स्टेज पर साइकेडेलिक लाइट्स की जगह पीली मोनोक्रोम सोडियम लाइट्स दमकने लगी थीं। लड़कियाँ अब और ज्यादा झीने वस्त्रों में आ रही थीं तथा और ज्यादा कामुक और

उत्तेजक मुद्राओं का प्रदर्शन कर रही थीं। उन्होंने अब ग्राहकों के बीच आना शुरू कर दिया था जिनकी ओर वे कभी मुसकान पास करतीं और कभी-कभी उनसे बतियाने भी लगती थीं। जैसे-जैसे समाँ बँध रहा था, उन्माद भी बढ़ता जा रहा था। हॉल के दूसरे कोने, जहाँ केबिन जैसे ढाँचे खड़े थे, वहाँ से कुछ खुसपुसाने की आवाजें आईं। अभी अमित कह ही रहा था, कि हमें वह टेबलें लेनी चाहिए थीं, हमने देखा कि एक बंदा, जो हमारे एक बैचमेट बृंदा जैसा लग रहा था, वहीं बैठा था। उन्माद अपने चरम पर था तभी अचानक हॉल में बने केबिन जैसे ढाँचों से कुछ शोर-गुल सुनाई दिया। हमने सरदारजी को उस व्यक्ति के साथ हाथापाई करते देखा, जिसे हम बृंदा समझ रहे थे। सरदार ने उसको गरदन से पकड़ा और उसकी बाँहों में अपने हाथ फँसाकर इतने जोर से जकड़ा कि उसका सारा जोश ठंडा पड़ गया। देखते-ही-देखते न जाने कहाँ से चार बाउंसर्स प्रकट हुए और बिजली की तेजी से उस आदमी को उठाकर हॉल से बाहर ले गए। उस शोरगुल में भी शो जारी रहा। शायद इस तरह की घटनाएँ वहाँ विरल नहीं थीं।

जब उस आदमी को अधर में उठा लिया गया था तो इस बात में लेशमात्र भी संदेह नहीं रहा कि वह व्यक्ति बृंदा ही था। यह जानते ही कि वह बृंदा था, अमित और जावेद गुस्से में तुरंत ही अपनी चेयर्स से उठ खड़े हुए। बड़ी मुश्किल से मैंने उन्हें रोका और उन्हें धकियाते हुए फिर से उनकी चेयर्स पर बिठा दिया, ''बेबकूफो, यह जगह अपनी दोस्ती दिखाने के लिए नहीं है। हम लोग यहाँ से चुपचाप निकलेंगे और उससे बात करेंगे। फिर देखेंगे कि क्या किया जा सकता है।''

जब हम हॉल से बाहर आए हमने उन पहलवानों को बृंदा को अपने कंधों से नीचे उतारते देखा। यह देखना अत्यंत दिलचस्प था कि उन्होंने यह सुनिश्चित करते हुए कि उसे कोई चोट न पहुँचे किस तरह से उतारा। उन्होंने यह काम वाकई बड़े पेशेवर तरीके से किया।

'अब कभी इस जगह के आसपास भी दिखाई मत देना, समझा!' उन्होंने बड़े सख्त लहजे में उसे चेतावनी दी और वे जैसे प्रकट हुए थे, वैसे ही गायब भी हो गए।

मुझे कहना होगा कि सारी काररवाई बहुत पेशेवर तरीके से की गई थी। शायद यह उनके धंधे की माँग थी। इस तरह की घटनाएँ अकसर घटती होंगी और अगर उन्हें इस तरह से हैंडल न किया जाए तो वह अड्डा बदनाम हो जाता।

इस सारे घटनाक्रम से यह साफ हो गया कि 'ऑल एसेज' में हर बात का ध्यान रखा गया था और जो कुछ वहाँ था वह महज एक संयोग नहीं था। केवल चार लोगों के बैठने लायक टेबलें, जिस तरह से हमें छितराकर रखा गया था, यह सब इसलिए किया गया था कि कोई व्यक्ति अनुचित छूट न ले पाए या वहाँ हुड़दंग मचाने की घटनाएँ कम-से-कम हों।

किसी तरह का प्रतिवाद किए बिना हम तुरंत वहाँ से निकल आए। न तो रास्ते में और न हॉस्टल में हमने इस बारे में एक शब्द भी मुँह से नहीं निकाला। असल में, उसके बाद हमने इस मामले का कभी जिक्र भी नहीं किया।

स्टाफ कॉलेज में हमारा दूसरा दिन समाप्त हो गया था, जिसे निष्फल नहीं कहा जा सकता। असल में, जीवन में बहुत से नए अनुभवों से—जिनमें से कुछ अच्छे और कुछ उतने अच्छे नहीं थे—समृद्ध होकर हम सोने चले गए थे…

□

4

बिंदास दिन

ओरिएंटेशन प्रोग्राम का वह केवल तीसरा दिन था और क्लासेज में उपस्थिति कम होने लगी थी, क्योंकि लोगों ने क्लासेज से गायब रहना शुरू कर दिया था। सुबह के सत्र में बृंदा दिखाई नहीं दे रहा था और यह स्वाभाविक भी था। रोहन लंच के बाद ज्यादा देर तक सोता रहा और इसलिए आखिरी क्लास में गैर हाजिर था।

हमारे बैच के लोगों के समूहों और संयोजन में फेरबदल शुरू हो चुका था। तब तक कुछ बैच सीनियर अधिकारी भी, जो कुछ अन्य प्रशिक्षण कार्यक्रमों के लिए वहाँ आए थे, हमारे बैचमेट्स से जुड़ने लगे थे।

पिछली शाम की घटनाओं के कारण मेरे ग्रुप का जोश ठंडा था और उसने आज शाम का कार्यक्रम बनाने में कोई दिलचस्पी नहीं ली। वास्तव में टी.वी. लाउंज में देर तक हमारा बुल-सेशन चलता रहा। हमारे ग्रुप में एक नई सदस्य शामिल हुई थी, नीता, जो मोनालिका के साथ बुल-सेशन में शामिल हुई थी। वह लखनऊ की रहनेवाली थी और सौभाग्य से उसे लखनऊ सर्किल ही दिया गया था। ऐसा लगा कि बुल-सेशन के दौरान ही रोहन और नीता के बीच दोनों की रुचि की कोई बात छिड़ गई, क्योंकि वह बड़े जोश से किसी विषय पर बहस करते देखे गए। मोनालिका ने मुझसे पूछा कि पिछली शाम हमने क्या किया था। इस सवाल का जवाब देना सचमुच मुश्किल था परंतु मैंने चतुराई से 'कुछ खास नहीं...' और फिर एक शरारती हँसी के साथ 'सिवाय तुम्हें मिस करने के' कहकर उसे टाल दिया। सभी ने हँसना शुरू कर दिया और मोनालिका का चेहरा लाल हो गया।

अगले दिन सुबह मैं कुछ आलस्य महसूस कर रहा था और कुछ चिंतन के मूड में था, इसलिए मेरे मन में पहला सत्र छोड़ देने का विचार आया। इससे भी बड़ी बात यह थी कि मैं दोपहर में होनेवाले केस-स्टडी सेशन के लिए तैयारी करना चाहता था—मैं पिछले ब्रेन-स्टॉर्मिंग सेशन में अर्जित अपनी 'बुद्धिजीवी' होने की छवि खोना नहीं चाहता था। जब अमित ने मुझे ब्रेकफास्ट के लिए पुकारा तो मैंने उसे यह बता दिया।

अमित के मेस चले जाने के बाद मैं चारों ओर फैली हरियाली और चीड़ के वृक्षों को निहारता हुआ पूरी तरह अपने विचारों में डूबा कुछ देर तक गलियारे में ही खड़ा रहा। कुछ देर बाद मैंने अमित को दौड़कर अपनी ओर आते देखा। मुझे थोड़ा ताज्जुब हुआ, क्योंकि उसे तो क्लास में होना चाहिए था। वह मुझसे कुछ दूर ही रुक गया और चेहरे पर एक रहस्यमय भाव लिए बड़ी मुश्किल से खुद पर काबू रखते हुए वहीं से चिल्लाकर बोला, ''अरे कमबख्त, तुम यहाँ क्या कर रहे हो? जल्दी से क्लास में आओ।''

''क्यों? क्या हुआ? कोई खास बात है?''

''पहले तुम क्लास में तो आओ, नहीं तो एक मजेदार चीज से हाथ धो बैठोगे।'' अमित लगभग फट पड़ा और क्लास के लिए वापस दौड़ गया जैसे उसका कोई महत्त्वपूर्ण लेसन छूट जाएगा।

ब्रेकफास्ट का विचार त्यागते हुए मैंने अमित के निर्देशों का पालन किया और भागकर क्लास में पहुँचा। जब मैं वहाँ पहुँचा तो सत्र अभी शुरू नहीं हुआ था और लोग क्लास से बाहर समूहों में शिक्षक का इंतजार कर रहे थे। वे बड़ा रस लेकर धीमे स्वरों में किसी बात पर आपस में चर्चा कर रहे थे और बीच-बीच में तिरछी नजर से कॉरिडोर की एक खास दिशा की ओर देखते भी जाते थे। अमित मेरी कोहनी पकड़कर गलियारे की उसी दिशा की ओर ले गया। उस जिज्ञासु भीड़ में से अपना रास्ता बनाते हुए मेरी नजरें उस पर टिक गईं जिसे सभी निहार रहे थे। मुझे अपनी आँखों पर विश्वास नहीं हुआ। वह दृश्य अवाक् कर देनेवाला था! हमारी एक बैचमैट नैना पूरी तरह से निर्लज्ज पारदर्शी कपड़ों में वहाँ खड़ी थी। वह कसकर बाँधी हुई पूरी तरह पारदर्शी सफेद शिफॉन साड़ी पहने थी और उसके भीतर पोलियेस्टर मटीरियल से बना उतना ही पारदर्शी सफेद ब्लाऊज था। वाकई वह देखने लायक दृश्य था। ऐसा लगा जैसे सीधे पौराणिक कथाओं के पृष्ठों से अपने पूरे मादक अंदाज में मोहिनी वीनस स्वयं धरती पर उतर आई हो। मुझे आज भी ताज्जुब होता है, वह मेरी कल्पना थी या साक्षात नैना!

अमित को जब थोड़ा छेड़ने के अंदाज में मैं बुदबुदाया कि क्या वह उसे भी इतनी मादक दिख रही थी तो वह झिड़कते हुए बोला, ''क्या तुम्हें नहीं दिख रहा जो मुझसे पूछ रहे हो!''

पूरे पीरियड में मुद्राएँ बदल-बदलकर नैना ने हमारी साँसें रोके रखीं। समय रहते मुझे संदेश देने के लिए मैं मन-ही-मन अमित को धन्यवाद दे रहा था।

शाम को एक और कारनामा करके नैना ने गॉसिप क्लब को दोहरी सौगात दी। उसे दुपट्टे में अपना चेहरा छिपाए, लगभग चोरी-चोरी एक वरिष्ठ प्रोबेशनर के साथ जाते देखा गया। अगले चौबीस घंटों के लिए वह हॉट टॉपिक बन गया। हर किसी को अचरज हो रहा था कि उसने अपना चेहरा क्यों छिपाया और ऐसा नाटक क्यों किया,

जबकि वह खुले-आम उस प्रोबेशनर के साथ जा सकती थी। शायद उसने सोचा होगा कि उसके सुबह के कारनामे ने उसकी अपेक्षा के अनुरूप लोगों का ध्यान आकर्षित नहीं किया था और वह हासिल करने के लिए उसने अब यह किया। या शायद अपने भाव बढ़ाने के लिए उसने ऐसा किया। जो भी हो वह एक पहेली थी।

देर शाम, मेरे दोस्तों ने अपने स्थानीय परिचितों से मिलने का निश्चय किया मगर मैं अपने परिचितों से दूर रहा।

समय-समय पर नई कहानियाँ बनती रहीं और दिन तेजी से गुजरते रहे। हर गुजरते दिन के साथ चेहरों से और ज्यादा मुखौटे गिरते रहे। जल्द ही कॉलेज की ऊपरी शानो-शौकत का दबदबा कम होने लगा, जिसने हमें बेतकल्लुफ और मित्रवत बना दिया। अब तक अमित का उपनाम 'भैया' रख दिया गया था, क्योंकि उसे हर किसी को 'भैया' कहने की आदत थी और इसी वजह से नगेंद्र का नाम 'बॉस' रख दिया गया।

नगेंद्र की 'डेट'

अर्जुन की तरह नगेंद्र को भी 'लक्ष्य' के सिवाय कुछ दिखाई नहीं देता था। पहले दिन से, जब वह बैडमिंटन कोर्ट्स में हॉस्टल अधीक्षक मि. रामनैय्या की बड़ी बेटी, साँवली लेकिन मादक राधिका से मिला था, उस पर लट्टू हो गया था। तभी से उसका एक-सूत्री एजेंडा था उससे दोस्ती गाँठना—संभवत: उस दोस्ती को आखिरी मुकाम तक ले जाने के विचार के साथ! और इन मामलों में उसकी मास्टरी के कारण पहली ही मुलाकात में नगेंद्र ने उसे एक 'डेट' के लिए राजी कर लिया। वह उस नियत दिन का बेसब्री से इंतजार कर रहा था।

जल्द ही डेटिंग का वह दिन आ गया। उस सुबह नगेंद्र ने तबियत ठीक न होने का बहाना किया और क्लास में नहीं आया। अमित को इस बात का अंदाजा था, क्योंकि उसे किसी तरह उनकी डेट और उनके कार्यक्रमों की भनक लग गई थी। इसलिए जैसे ही नगेंद्र ने अमित को अपनी अस्वस्थता के बारे में बताया, अमित ने बड़ा भोला सा चेहरा बना लिया और डेट के बारे में जानते हुए भी जानबूझकर उसे डॉक्टर के पास ले जाने की पेशकश की। नगेंद्र भी उतना ही स्मार्ट था और उसने चिंता करने के लिए अमित को धन्यवाद देते हुए यह कहकर उसके मंसूबे पर पानी फेर दिया कि वैसे भी वह अपने एक डॉक्टर रिश्तेदार से मिलने की सोच रहा था। नगेंद्र को इस बात का जरा भी अंदाजा नहीं था कि अमित को उसके प्रोग्राम के बारे में अच्छी तरह पता था। असल में अमित ने मूवी के ईवनिंग शो के सीट नंबर तक पता कर लिए थे, जहाँ वे दोनों जानेवाले थे। अमित ने यह जानकारी हमें दी और हमारा शरारत केंद्र हरकत में आ गया। हमने तुरंत ही नगेंद्र के साथ एक शरारत करने का फैसला किया और चुपचाप उसी सिनेमा हॉल पर

धावा बोलने की योजना बनाई जहाँ यह जोड़ा आनेवाला था और यही नहीं, सबसे मजेदार बात यह थी कि हमने नगेंद्र द्वारा बुक कराई गई ए-1 और ए-2 सीटों के साथ-वाली सीटों के टिकट ही खरीदे थे।

अपनी योजना के मुताबिक हम शाम को शो से काफी पहले ही थिएटर पहुँच गए और उस समय लाउंज एंट्रेंस पर ही खड़े थे जब नगेंद्र अपनी फ्रेंड के हाथ-में-हाथ डाले वहाँ पहुँचा। जैसे ही उसने हमें देखा, वह हक्का-बक्का रह गया। उसने सपने में भी हमारे वहाँ होने के बारे में नहीं सोचा होगा। उसे और कुछ न सूझा तो उसने यह कहते हुए जल्दी से अपनी हथेली में टिकटों को छिपाने की कोशिश की, "ओह शिट! मैं टिकटें लाना तो भूल ही गया।" हालाँकि टिकटों के सिरे अब भी उसकी मुट्ठी से बाहर निकले दिखाई दे रहे थे।

"या शायद तुम अभी-अभी भूले हो।" अमित ने नगेंद्र को अपनी ओर खींचा और उसकी मुट्ठी में बंद टिकटों की ओर इशारा किया।

"नहीं, नहीं, कहाँ...अरे हाँ" उसने हकलाते हुए कहा। हम सब हँस पड़े। एक पल के लिए नगेंद्र सकपका गया, फिर सँभलते हुए बोला, "जब मैंने तुम लोगों को यहाँ देखा तो खुशी के मारे टिकटों को ही भूल गया। याद दिलाने के लिए धन्यवाद।"

इस पर अमित ने धीरे से अपनी जेब से हमारे टिकट निकाले, "हमारे सीट नंबर ए-3 से शुरू होते हैं। तुम कौन सी कतार में हो?"

नगेंद्र को एक और झटका लगा। उसे समझ नहीं आया कि क्या करे। जब उसने सिनेमा हॉल में अपनी डेट की बगलवाली सीट पर बैठे अमित की कल्पना की तो उसकी साँस अटक गई और वह एक शब्द भी बोलने की स्थिति में नहीं था। हमें महसूस हुआ कि स्थिति हद से बाहर जा रही थी, खासतौर पर अपनी नई गर्लफ्रेंड के साथ नगेंद्र जिस नाजुक स्थिति में था, उसे देखते हुए। अमित ने तुरंत अपने कदम पीछे खींचे तथा नगेंद्र को और ज्यादा फजीहत से बचा लिया। उसके जवाब का इंतजार किए बिना अमित ने कहना जारी रखा, "मगर हमारी समस्या है कि हम पाँच हैं और हमें टिकट दो ही मिल सके। इसलिए, असल में हम इन दो टिकटों को बेचने की जुगाड़ में ही थे कि हमने तुम्हें आते देखा। जो भी हो, अब इन टिकटों को तुम्हीं बेच देना, हम पास के दूसरे थिएटर में जा रहे हैं," और सीट नंबर ए-3 और ए-4 के टिकट उसे थमा दिए। यह बिलकुल साफ था कि नगेंद्र को राहत मिली थी। उसे दोहरी सौगात मिली थी। पहली यह कि हम उसके साथवाली सीटों पर नहीं बैठे होंगे, दूसरी, उनके साथवाली दो सीटों पर कोई नहीं बैठा होगा, उन टिकटों को वह वैसे भी बेचनेवाला नहीं था। हम तुरंत ही वहाँ से निकल गए क्योंकि न तो हम उसकी डेट में खलल चाहते थे और न उस पर और ज्यादा जुल्म करना।

अगले दिन नगेंद्र एक पूरी तरह बदला हुआ इनसान नजर आ रहा था। वह बहुत हलका और संतुष्ट लग रहा था, जैसे वह सब मिल गया हो, जो वह चाहता था। लंच ब्रेक में उसने पिछले दिन दिखाई गई उदारता के लिए हमें धन्यवाद दिया।

और तब एक छोटी सी बंधुवत सलाह देते हुए अमित बोला, ''मगर भैया, ऐसे मौके पर तुम्हें ए-1 से लेकर ए-4 तक के चारों टिकट खरीदने चाहिए थे।''

दिन तेजी से गुजरते रहे, हर दिन कोई नई घटना होती और हमें एक नई अंतर्दृष्टि प्रदान करती। वह एक शनिवार था—हमारे लिए आधा दिन। लंच के दौरान हम शाम के लिए कुछ योजना बना रहे थे।

''आज हमें क्या करना चाहिए?'' भैया (अमित) ने पूछा। थोड़ा रुककर खुद ही सुझाव भी दे डाला, ''शीबा के बारे में क्या ख्याल है? हम अब तक वहाँ नहीं गए हैं।'' 'शीबा' हैदराबाद का सबसे उच्च एक्स-रेटेड अड्डा था।

''मगर हमें सावधान रहना चाहिए कि वहाँ कोई ऐसी-वैसी हरकत न करे,'' फिलिपॉज ने चेताया।

नगेंद्र से उसकी राय पूछी गई तो उसने ठंडे लहजे में जवाब दिया, ''मंडली जो तय करे।'' उसके तटस्थ भाव से जाहिर था कि उसके लिए वहाँ जाना, न जाना बराबर था। मगर मैंने इस प्रस्ताव पर तुरंत हामी भर दी क्योंकि उस शाम मोनालिका अपने रिश्तेदारों से मिलने जानेवाली थी और मैं फ्री था। इसके अलावा, हैदराबाद के कंडक्टेड टूर के लिए रविवार पहले ही बुक था, इसलिए हमने उसी शाम 'शीबा' जाना तय किया। लेकिन रोहन ने हमारा साथ देने में अपनी असमर्थता जताई, क्योंकि उसने पहले ही उस शाम अपने रिश्तेदारों के यहाँ जाने की योजना बना रखी थी। जब हम शीबा पहुँचे तब तक शाम बहुत ज्यादा नहीं बीती थी। असल में, हम अपनी शाम की चाय के बाद ही निकल पड़े थे। वहाँ की चाक-चौबंद व्यवस्था की ख्याति को जानते हुए हमने पहले ही तय कर लिया था कि हम उस जगह की नब्ज पहचानने से ज्यादा कुछ नहीं करेंगे। जावेद ने दबे स्वर में सुझाया, ''क्या हमें ऐसी जगह जाने से पहले एक 'डोज' लेने संबंधी जाजो की सलाह नहीं माननी चाहिए?'' मगर उसकी बात पर किसी ने ध्यान नहीं दिया।

'शीबा' हैदाराबाद के निम्नवर्गीय उपनगरों में से एक में था। वहाँ गंदगी का बुरा हाल था। जगह बाहर से बहुत संदिग्ध और कलुषित नजर आती थी। उसकी बनावट 'ऑल एसेज' से बिलकुल अलग थी। 'ऑल एसेज' के गोलाकार हॉल के विपरीत 'शीबा' में एक बड़ा चौकोर हॉल था और प्रवेश पर एक सामान्य लकड़ी के दरवाजे के बजाय दो दरवाजे थे—लकड़ी के दरवाजे के बाहर लोहे का एक चैनल गेट और दोनों दरवाजों के बीच कुछ खाली जगह। असल में यह दो दरवाजोंवाला प्रवेश था, शायद

किसी अप्रिय घटना से बचने के लिए। दोनों दरवाजों पर उस समय अंदर से ताले लगे होते थे और जरूरत पड़ने पर एक के बाद एक खोले जाते थे। पहले बाहरी दरवाजा खुलता और एक व्यक्ति को अंदर आने दिया जाता, जो दोनों दरवाजों के बीच की खाली जगह में खड़ा रहता। इसी बीच, बाहरी दरवाजे में ताला लगाकर भीतरी दरवाजे को खोल दिया जाता और वह व्यक्ति अंदर चला जाता। इसके बाद भीतरी दरवाजे में फिर ताला लगा दिया जाता। हर व्यक्ति के प्रवेश के समय यही प्रक्रिया दोहराई जाती।

अंदर, हॉल के दोनों ओर की दीवारों के साथ लंबाई में केबिनें बनी हुई थीं। केबिन की पंक्तियों के बीच हॉल की लंबाई में तीन सीटोंवाले गद्दीदार सोफे दो पंक्तियों में रखे हुए थे। सोफों की पंक्तियों के बीच रास्ता छोड़ा गया था और उन पर बैठे व्यक्ति हॉल के दूसरे सिरे पर बने एक मंचनुमा चबूतरे को देख सकते थे। स्टेज इतना बड़ा था कि बैंड-वाले भी वहीं बैठ सकते थे। हॉल में सीलन थी। वह सिगरेट के धुएँ से भरा हुआ था और हवा के बाहर जाने या सूर्य के प्रकाश को भीतर आने देने के लिए कोई खिड़की या रोशनदान नहीं था। वह हर तरफ से बंद एक माचिसनुमा चैंबर था और बदबू से भरा हुआ था। प्रभाव, कुल मिलाकर डरावना और दमघोंटू था।

शाम अभी गहराई नहीं थी और 'शीबा' अपने पूरे रंग में था। वहाँ बड़ी संख्या में औरतें मौजूद थीं। पूरा हॉल विशाल बेडरूम की तरह दिखाई दे रहा था। पीली सोडियम लाइट से प्रकाशित मंच के एक कोने में एक हट्टी-कट्टी औरत कुछ भद्दी और अश्लील भंगिमाएँ बना रही थी या शायद डांस करने की कोशिश कर रही थी। शायद ही किसी को उसमें दिलचस्पी थी। हर कोई अपनी महिला पार्टनर या पार्टनर्स के साथ व्यस्त था। साथवाली केबिंस से कुछ दबी सी आवाजें आ रही थीं। ग्राहकों में ज्यादातर डॉन या कम-से-कम छोटे अपराधी नजर आ रहे थे। सब मिलाकर माहौल न केवल दमघोंटू था बल्कि वहाँ से भाग जाने का मन करता था।

''बड़ी ही घटिया जगह है। यह कैबरे का अड्डा है या 'खराद' की कोई दुकान!'' अमित ने टिप्पणी की।

इसी बीच एक औरत फिलिपॉज का हाथ पकड़कर उसे लगभग खींचते हुए बोली, ''ओह डियर, तुम सिमटे हुए से यहाँ क्यों बैठे हो। चलो, हम एक दूसरे सोफे पर आराम से बैठें।''

''नहीं, यहाँ ठीक है,'' उसका हाथ झटकते हुए फिलिपॉज ने दृढ़ता से कहा, ''मैं यहीं ठीक हूँ।''

जैसे ही वह वहाँ से हटी, तीव्र प्रतिक्रिया व्यक्त करते हुए फिलिपॉज लगभग खड़ा हो गया, ''यह घिनौना ही नहीं, भयंकर है। दोस्त, मैं और ज्यादा बर्दाश्त नहीं कर सकता।'' इसलिए हमने तुरंत ही वहाँ से निकलने का फैसला कर लिया, क्योंकि वहाँ रहना जोखिम

भरा भी लग रहा था। नगेंद्र बिलकुल चुप रहा, चूँकि पिछले दिन की तफरीह के बाद जैसे वह भावशून्य हो गया था और इन-सब चीजों से ऊपर उठ गया था।

बाहर निकलकर हम बड़ी देर तक खुली हवा में साँस लेते रहे, हम बड़ा ही हलका महसूस कर रहे थे। चूँकि अब भी देर नहीं हुई थी, हम सीधे हैदराबाद के सबसे फेशनेबल स्पॉट 'आबिद्स' की ओर भागे। आबिद्स में हम पहले भी आए थे। परंतु आज हम इतना हलका महसूस कर रहे थे मानो वर्षों जेल में रहने के बाद आजाद हुए हों। खरीदारी में उस दिन जितना आनंद आया उतना पहले कभी नहीं आया था।

अगले दिन अखबार 'शीबा' पर पड़े पुलिस के छापे की रिपोर्टों से भरे हुए थे। शाम के करीब आठ बजे, ठीक हमारे वहाँ से निकलने के बाद पुलिस ने वहाँ धावा बोला और वहाँ मौजूद सभी लोगों को गिरफ्तार कर लिया। बाल-बाल बच जाने के लिए हम अपने सितारों को धन्यवाद दे रहे थे। असल में जिस दिन हम 'शीबा' गए थे, वही उसका आखिरी दिन था। वह बंद कर दिया गया और फिर कभी नहीं खुला।''

जब हम आबिद्स में घूम रहे थे, हमें अपनी आँखों पर विश्वास नहीं हुआ, जब हमने रोहन को नीता के साथ एक रेस्तराँ से निकलकर एक ऑटो रिक्शा पकड़ते देखा। ''पट्ठे ने कैसी मीठी गोली दी थी कि वह एक रिश्तेदार के घर जानेवाला है!'' अमित ने टिप्पणी की। रात में, जब हमने उसकी पेशी ली तो यह कहकर उसने ढकने की कोशिश की कि जब नीता ने उससे कहा कि वह अकेली है और बोर हो रही है, वह उसे मना नहीं कर सका और इसलिए उसे रिश्तेदार के घर जाने का इरादा छोड़ना पड़ा।

''बेचारा!'' फिलिपॉज ने व्यंग्य से कहा।

कंडक्टेड टूअर

भ्रमण के लिए आनेवाला रविवार तय किया गया था। रमणीय दृश्य देखने के लिए पहले से ही योजना बना ली गई थी और सारी तैयारियाँ पूरी हो चुकी थीं। लोग बड़े उत्साह से उसके लिए तैयारी कर रहे थे, क्योंकि वे इसे जोड़े बनाने और अपने चहेतों के और नजदीक आने का स्वर्णिम अवसर मान रहे थे।

डिनर को छोड़कर दिन में खाने के तमाम व्यंजनों से लैस हमारी लक्जरी कोच सुबह करीब 7.30 बजे रवाना हुई। ब्रेकफास्ट, लंच और स्नैक्स के अतिरिक्त हमने एक आइस बॉक्स में बीयर कैन्स भी रख ली थीं। हमने अपने साथ एक म्यूजिक सिस्टम और बस में हमारी सहायता के लिए मेस के तीन लड़के भी ले लिए थे।

हमारा पहला स्टॉप था सालारजंग म्यूजियम और सुबह 10.30 बजे बस वहाँ से चलनेवाली थी। रास्ते में ही हमने अपनी स्वादिष्ट गर्म इडलियाँ उड़ाईं। पूर्व-निर्धारित समय-सूची के अनुसार 10.35 बजे के आस-पास बस वहाँ से रवाना हुई परंतु हमारा

ग्रुपमेट रोहन नीता के साथ गायब था। किसी को भी ठीक से पता नहीं था कि वे कब भीड़ में ग्रुप से खिसक लिए थे। वह पहला जोड़ा था जिसने ऐसा किया था।

बस हमारी मार्ग-सूची के अगले गंतव्य गोलकुंडा किले की ओर बढ़ रही थी। रास्ते में संगीत सुनते हुए हमने अपना ब्रेकफास्ट लिया। कानों में सुमधुर संगीत की तान घुलने के साथ-साथ जी भरकर ब्रेकफास्ट किया और हममें से अधिकांश थिरकने से खुद को न रोक सके। कुछ जोशीले लोग खड़े होकर चलती बस में नाचने लगे। आलम मस्ती भरा था। कुछ लोगों ने तो कॉफी पीने के बाद बीयर के भी एक-दो घूँट लेना शुरू कर दिया। इसमें नैना भी शामिल थी।

किले पहुँचने से पहले हमें अपने लंच पैकेट्स और कोल्ड ड्रिंक्स लेकर उतरने की सलाह दी गई। यह बताया गया था कि किले तक पहुँचने के लिए चट्टानों पर चढ़कर जाना होता है। कठिन चढ़ाई के डर से कई लोग नीचे मैदानी भाग में ही रुक गए। जो लोग चढ़े थे उनमें से कई गति बनाए न रख सके और चढ़ाई के दौरान ग्रुप से काफी पीछे रह गए। वैसे भी, अधिकांश लोग ऐतिहासिक स्थल देखने के बजाय मौज-मस्ती के लिए वहाँ आए थे। और जिन्होंने चढ़ना पसंद किया था, उनका मकसद भी किला देखना नहीं, बल्कि अपनी मनपसंद कंपनी का आनंद लेना था। मोनालिका और मैं तेजी से आगे बढ़ रहे थे और दूसरों से काफी आगे थे। एकाएक मोनालिका ने मुझे चुनौती दी, ''कम ऑन, तुम बूढ़ों की तरह क्यों चल रहे हो?'' और अपने ग्रुप को बहुत पीछे छोड़ते हुए हमने और तेज चलना शुरू कर दिया।

पहाड़ी की चोटी पर स्थित किले तक पहुँचने के कुछ देर बाद कुछ नया देखने की गरज से हमने पहाड़ी के दूसरी ओर से उतरना शुरू कर दिया और इस प्रक्रिया में अपने लोग कहाँ रह गए, इसका पता ही नहीं चला। हम लोग थक गए थे और आराम करने के लिए एक चट्टान पर बैठ गए। उजली धूप खिली हुई थी। हम लोग काफी ऊँचाई पर थे और हमारे थके हुए बदन को सुकून देते हुए ठंडी हवा चल रही थी। उस ऊँचाई से दिख रहा विहंगम दृश्य बहुत ही सुंदर और सुखद था। हमें इतनी भूख लग आई थी कि बात करना भूलकर हम पेटपूजा में जुट गए और कोल्ड ड्रिंक्स के साथ चिप्स चबाना शुरू कर दिया। इधर-उधर की बात करते और आसपास के मनोरम दृश्यों का आनंद लेते हुए हम वहीं बैठे रहे। जब मैंने घड़ी देखी तो बस के निकलने का समय हो चुका था और उसे पकड़ने की कोशिश करना बेमतलब था। मैंने मोनालिका से इस बारे में पूछा तो उसने उलटा मुझसे सवाल किया, ''क्या तुम समझते हो कि अब हम उसे पकड़ सकते हैं?'' इतना इशारा काफी था कि हम बस के बारे में भूल जाएँ क्योंकि वह वहाँ से जाने के बिलकुल मूड में नहीं थी और न मैं था।

''वैसे भी हम चारमीनार और कई स्थल देख चुके हैं।'' उसने उस शाम की याद

दिलाते हुए कहा जब मेरे दोस्त हैदराबाद में रहनेवाले अपने परिचितों से मिलने गए थे और हम दोनों ने कॉलेज से निकलकर काफी समय साथ बिताकर उस शाम का भरपूर आनंद लिया था। उस दिन हमने चारमीनार के आसपास खरीदारी की थी, जो मोतियों की कई किस्मों के लिए मशहूर जगह थी। मैंने उसके लिए राइस पर्ल्स की एक माला खरीदी। असल में, उस आउटिंग के बाद हम एक-दूसरे के काफी नजदीक आ गए थे।

हम ऊपर से सँकरी एक चट्टान पर बैठे थे और वहाँ खाने-पीने की चीजों को रखने के लिए ज्यादा जगह नहीं थी। ''क्या हम इस ढलानवाले रास्ते से हटकर जरा भीतर की ओर बैठें? वहाँ हम आराम से बैठकर खा सकेंगे।'' मोनालिका ने सुझाया।

''ओह, हाँ, जरूर,'' उसका समर्थन करते हुए हम ढलान के एक भीतरी भाग की ओर चलने लगे। मैं अपने थैलों में फूड पैकेट्स टटोल ही रहा था कि ''देखो, मैं तुम्हारे लिए क्या लाई हूँ!'' बैग में से एक बीयर कैन निकालते हुए मोनालिका बोली। बस में से फूड पैकेट्स के साथ उसने यह कैन भी ले लिया था। कैन खोलते हुए मैंने केवल औपचारिकता के तौर पर उससे पूछा कि क्या वह थोड़ी बीयर लेगी। उसने पलटकर जवाब दिया, ''तुम्हें कंपनी देनेवाला यहाँ और कौन है?'' यह जवाब मेरे लिए एक आश्चर्य से भी ज्यादा था। मुझे अपने कानों पर विश्वास नहीं हुआ। उसके जवाब से अब भी तसल्ली न होने पर मैंने उसकी पुष्टि चाही, ''क्या इस बारे में तुम गंभीर हो?''

उसकी ओर से कोई प्रतिक्रिया न आने पर थोड़ा रुककर मैंने फिर पूछा, ''क्या तुम सचमुच बीयर लोगी?''

''हाँ, बेशक! क्यों? तुम्हारा मतलब क्या है?'' शायद मेरे सवालों से चिढ़कर वह बरस पड़ी।

''नहीं, कुछ नहीं। मैं तो वैसे ही पूछ रहा था।'' इस मुद्दे पर अपनी संकीर्णता और शर्म को छिपाते हुए मैं यही बोल पाया। यद्यपि मैं सहज महसूस नहीं कर रहा था, मेरे सामने कोई विकल्प भी नहीं था।

हम लोग भोजन और बीयर का आनंद ले रहे थे कि मुझे थोड़ा सुरूर चढ़ने लगा और नींद सी आने लगी, संभवतः सुबह से भाग-दौड़ करने तथा भोजन और बीयर से पेट भरा होने के कारण। इसके अलावा दोपहर के दो बज चुके थे, हम चट्टानों के साए में बैठे थे जहाँ धूप बहुत कम थी और झपकी लेने के लिए बहुत माकूल समय था। मैं थोड़ा लेटने से खुद को रोक न सका। जल्द ही, एक तरह के सम्मोहक एहसास ने मुझे आच्छादित कर लिया।

भोजन समाप्त करने और बचा-खुचा खाना फेंक देने के बाद मोनालिका भी यह कहते हुए मेरे पास आ गई, ''मुझे भी थोड़ी नींद सी आ रही है।'' वह थोड़ा तिरछे होकर मेरी ओर देखती हुई पेट के बल लेट गई, उसका वक्ष और गरदन थोड़े उठे हुए

थे। मैं उसकी गरदन से लटकती हुई मनकों की माला को देख सकता था। मुझे तब ध्यान आया कि वह मोतियों की वही माला पहने हुए थी जो हमारे चारमीनार भ्रमण के दौरान मैंने उसे खरीदकर दी थी।

"अच्छी लग रही है," उसके गले से लटकती माला को छूकर मैंने उसे बधाई दी।

"ओह, यह तो तुम्हारी गिफ्ट थी, कितनी सुंदर है!" माला पर मेरा हाथ दबाते हुए, उसने कहा।

स्पर्श के उस पल में ऐसा लगा जैसे हमारे शरीर मे बिजली दौड़ गई हो और हम लोग एकदम खो से गए थे तभी हमने अचानक किसी को यह कहते हुए सुना, "अब हम उस चट्टान की कंडीशन भी चेक कर लें। इस बार हम कम तीव्रतावाले तेजाब का इस्तेमाल कर सकते हैं।" हम समझ गए कि चूँकि हम उस चट्टान के दूसरी तरफ थे जो घाटी के भीतरी भाग में स्थित थी, हम निश्चित रूप से उन्हें दिखाई न दे रहे होंगे। दौड़कर चट्टान के ऊपर आते हुए अपनी उपस्थिति दर्शाने के लिए मैंने अपना हाथ लहराया। वे लोग जिऑलॉजिकल सर्वे ऑफ इंडिया से थे और वहाँ की चट्टानों की दशा का आकलन कर रहे थे। मैंने अपने आप से कहा, "कमबख्तों ने क्या वक्त चुना है!"

जब हम वापस हॉस्टल पहुँचे तो हमें पता चला कि जब तक बस अपने आखिरी पड़ाव चारमीनार पहुँचती, अधिकांश लोग रास्ते में ही उतर चुके थे। जो लोग चारमीनार तक पहुँचे भी थे उन्होंने बस वहीं छोड़ दी। और इस तरह कंडक्टेड टूर पूरा करने और बस द्वारा हॉस्टल पहुँचने के लिए मेस के तीन लड़के ही बचे थे।

आँखें क्या दिखाती हैं?

दोपहर की विहेवियरल साइंस क्लास का विषय था—'व्यक्ति वही देखता है जो वह देखना चाहता है।' इस बात को प्रतिपादित करने के लिए 20 मिनट की अवधि की एक लघु फिल्म दिखाई गई। फिल्म के दो संस्करण थे—पहला संस्करण था बिना ऑडियो का मूक और दूसरा संस्करण संवादों से युक्त था। पहला संस्करण दिखाए जाने के बाद विभिन्न समूहों से कहा गया कि वे उस पर चर्चा करें और फिल्म की कहानी बताएँ। यह आश्चर्यजनक था कि हर एक ग्रुप के पास एक अपनी कहानी थी और अंत में, जब संवादों से युक्त संस्करण परदे पर दिखाया गया तो पता चला कि फिल्म की कहानी उनसे बिलकुल अलग थी, जो क्लास के समूहों द्वारा सोची गई थीं। इस तथ्य की व्याख्या के लिए एक उदाहरण दिया गया। यह बताया गया कि समाचार पत्र पढ़ते समय कभी-कभी एक व्यक्ति बार-बार किसी एक शब्द को पढ़ने की ओर प्रवृत्त होता है, जो पढ़ी हुई पंक्तियों में होता ही नहीं और उसे खुद ताज्जुब होता है कि उसने उस शब्द की कल्पना क्यों की! यह एक मानसिक ठहराव है और आप उस शब्द को देखते हैं जिसे

आप वहाँ देखना चाहते हैं, जबकि असल में वह नहीं होता। क्लास के बाद इस विषय ने एक नई बहस छेड़ दी कि क्या नैना वास्तव में उस दिन मोहिनी वीनस जैसी ही मादक दिख रही थी या यह सिर्फ हमारी कल्पना का खेल था?

आखिरी झलकियाँ और शॉपिंग

ओरिएंटेशन प्रोग्राम अपनी समाप्ति की ओर था और हमारा हैदराबाद प्रवास भी। केवल दो दिन बचे थे जब आखिरी दिन लोगों ने हैदराबाद के सबसे ज्यादा फैशनेबल सेंटर 'आबिद्स' की आखिरी झलकियाँ पाने और कुछ खरीदारी करने का फैसला किया। आबिद्स का एक चक्कर लगाने के बाद 'जनता' में से अधिकांश ने टैंक बंद और बिरला मंदिर देखना तय किया।

अब केवल एक चीज बाकी थी: अपने शहर के दोस्तों और रिश्तेदारों के लिए उपहार खरीदना, जो हमारे हैदराबाद प्रवास के आखिरी दिन तक किसी-न-किसी बहाने से स्थगित होता रहा था। आखिरी दिन हम सभी कुछ उदास और भावुक थे। फिर भी, हमने उपहार खरीदने की औपचारिकता निभाई। जहाँ जावेद ने बड़ी बेसब्री से लेसवाली बहुरंगी ब्राज खरीदने की कोशिश की, नगेंद्र ने अपनी गर्लफ्रेंड के लिए एक विदाई उपहार खरीदा। नैना अपने पुरुष-मित्र से उपहार के रूप में एक कीमती कांजीवरम साड़ी पाकर बहुत खुश थी, जबकि रोहन को इस बात का भरोसा नहीं था कि उसका खरीदा हुआ गनमेटल से बना शोपीस उसके शहर में उसके बॉस को पसंद आएगा या नहीं और अमित पूरे समय एक्जिट टेस्ट में अपने रिजल्ट को लेकर चिंतित बना रहा। जो भी हो, आमतौर पर लोगों में उत्साह की भावना थी और कलकत्ता में होनेवाले इंडक्शन प्रोग्राम की उत्सकुता से प्रतीक्षा कर रहे थे।

हैदराबाद में समय कितनी तेजी से बीत गया था! केवल दस दिनों ने मेरी जिंदगी को कितना बदल दिया था और मुझे कई नए अनुभवों का—जिनमें से कुछ मीठे और कड़वे थे—उपहार दिया था। ओरिएंटेशन प्रोग्राम ने मेरे कॅरियर को एक अच्छी शुरुआत दी थी और मुझे ऐसा लगा था कि मैं एक मुकाम पर पहुँच गया हूँ।

□

5

मगर बॉस, तुम उतने स्मार्ट लगते तो नहीं

हैदराबाद में प्रशिक्षण का पहला चरण पूरा हो जाने के बाद लोग कुछ उदास लग रहे थे और भी ज्यादा इसलिए कि उन्हें लग रहा था कि (कुछ ठोस करने के लिए) यह अवधि बहुत कम थी। परंतु जैसे-जैसे हैदराबाद से रवाना होने का समय नजदीक आ रहा था, विमान द्वारा कलकत्ता जाने के रोमांच ने इस उदासी को पूरी तरह दूर कर दिया था। क्योंकि अधिकांश लोग पहली बार हवाई सफर करनेवाले थे। तब तक किसी को इस बात की भनक तक न थी कि मैं और मोनालिका विमान से नहीं जा रहे थे, अमित या नगेंद्र को भी नहीं। उन्हें झटका तब लगा, जब आखिरकार मैंने उन्हें ट्रेन से सफर करने की अपनी योजना के बारे में बताया।

"ये तो हद हो गई, तुमने हम सब को उल्लू बनाया है। तुम ऐसा कैसे कर सकते हो?" अमित फट पड़ा।

"ऑनेस्टली बॉस, तुम ऐसी शातिर चाल चल सकते हो, उतने स्मार्ट नजर तो नहीं आते!" चेहरे पर बिना कोई भाव लाए, यहाँ तक कि तथाकथित शालीनता या शिष्टाचार की कोई परवाह किए बिना नगेंद्र ने कहा।

"तुम लोग इतने परेशान क्यों हो रहे हो? उसे एंजॉय करने दो," फिलिपॉज ने स्थिति सँभालने की कोशिश की।

"मैं उसे रोक नहीं रहा। बात इतनी ही है कि इसने हमसे यह बात छिपाई! अगर तुमने हमें बता दिया होता तो हम तुम्हें कभी न रोकते," अमित ने गुस्से से कहा।

"अगर मैंने तुम्हारे जज्बात को ठेस पहुँचाई हो तो मुझे खेद है, मगर मुझे ऐसा कोई मौका ही नहीं मिला," मैंने अपना बचाव करने की कोशिश की।

"इट्स ओ.के., दोस्त। मगर यह बेहतर होता अगर तुम हमें भरोसे में लेकर इस बारे में पहले बता देते," अपनी घड़ी की ओर देखते हुए रोहन ने मामला खत्म करना चाहा, "ओह! यारो, समय हो गया है, हमें अब निकलना चाहिए। सात बजे की हमारी

फ्लाइट में अब सिर्फ तीन घंटे बचे हैं। तुम्हारी ट्रेन किस समय है?''

''शाम छह बजे।''

''तुम्हारी ट्रेन रवाना होने में सिर्फ दो घंटे बचे हैं और तुम यहाँ आराम से बैठे हो,'' अमित को आश्चर्य था।

''असल में सारी पैकिंग पहले ही हो चुकी है। हमने एक टैक्सी बुक कर ली है जो 4.30 बजे यहाँ पहुँच जाएगी और 20-25 मिनट में हम सिकंदराबाद स्टेशन पहुँच जाएँगे। इसलिए किसी तरह की कोई समस्या नहीं है। चूँकि तुम लोग आज रात ही कलकत्ता पहुँच जाओगे, हॉस्टल में मेरे लिए एक अच्छा सा कमरा बुक कर देना, प्लीज।''

''तुम भी हम पर एक उपकार करो। हमने गन-मेटल की कुछ गिफ्ट आइटम्स खरीदी हैं। उन्हें ट्रेन से ले जाना ज्यादा आसान और सुरक्षित है। क्या तुम उन्हें अपने साथ ले जाओगे? हम उन्हें एक कार्टन में पैक कर देंगे,'' रोहन ने सुझाया।

''क्यों नहीं, पर यारो, जल्दी करो,'' मैंने कहा और हम अपने-अपने कमरों की ओर बढ़ गए।

□

6

खट्टा-मीठा सफर

हमारी ट्रेन सिकंदराबाद स्टेशन से रवाना होनी थी। मैंने मोनालिका से प्लेटफॉर्म के मुख्य प्रवेश द्वार पर इंतजार करने के लिए कहा और मैं कोच नंबर और हमें आवंटित किए गए कूपे के बारे में पता करने चला गया। कंडक्टर ने मुझे बताया कि हम दोनों को वही एफ-2 कोच मगर अलग-अलग कूपे एलॉट किए गए थे। मोनालिका को (दो बर्थवाले एक कूपे) ई-कूपे में एक बर्थ मिली थी और मुझे दो अन्य व्यक्तियों के साथ (चार शायिकाओंवाले एक रेग्युलर कूपे) डी-कूपे में। मैं थोड़ा निराश था कि सबकुछ मेरी योजना के अनुसार नहीं हो रहा था।

"पर हम साथ में हैं; और असल में, बुकिंग करते समय हमने केवल दो बर्थवाले कूपे में एलॉटमेंट के लिए अनुरोध किया था," मैंने कंडक्टर से प्रतिवाद किया।

"आप सही हो सकते हैं, सर, लेकिन दो बर्थवाला कूपा आमतौर पर सिंगल लेडी पेसेंजर्स को ही एलॉट किया जाता है। दो सिंगल महिला यात्रियों के न होने पर ही उसे एक जोड़े को आवंटित करने के बारे में सोचा जाता है। चूँकि आपने एक ही टिकट में दोनों सीटें बुक नहीं कराई हैं, आप दोनों के पास अलग-अलग टिकट हैं और इसलिए मैडम को एक सिंगल महिला यात्री माना गया है। क्योंकि मैडम का रिजर्वेशन यहाँ से है तथा एक और सिंगल महिला यात्री अगले स्टेशन गुंटूर से बोर्ड करनेवाली है, उन दोनों को ई-कूपे में बर्थ दी गई है," उसने समझाया। एक और सुझाव देते हुए उसने कहा, "मैं आपकी इतनी ही मदद कर सकता हूँ कि मैडम को डी-कूपे में शिफ्ट कर दूँ।"

"क्या यह बिलकुल ही मुमकिन नहीं है कि हम दोनों को ई कूपे में एकमोडेट कर दिया जाए? क्या गुंटूर से चढ़नेवाली महिला यात्री को डी-कूपे में शिफ्ट नहीं किया जा सकता? देखिए, हम लोग ऑफिस के काम से सफर कर रहे हैं और हमें महत्त्वपूर्ण और गोपनीय मामलों पर चर्चा करनी है," मैंने उसे राजी करने की कोशिश की।

"मगर समस्या यह है कि उस दूसरी महिला को गुंटूर स्टेशन से ई-कूपा एलॉट किए जाने की सूचना पहले ही दी जा चुकी है," कंडक्टर ने कहा। मगर जब मैंने हम

दोनों को ई–कूपा एलॉट किए जाने पर जोर दिया तो उसने सुझाया, "ओ.के., आप दोनों गुंटूर तक ई–कूपे में यात्रा कर सकते हैं। जब वह महिला गुंटूर में बोर्ड करेगी तब मैं उसे डी–कूपे में जाने के लिए राजी करने की कोशिश करूँगा। मगर मैं आपको गारंटी नहीं दे सकता।"

"थैंक यू सो मच। गुंटूर कितने बजे आएगा?" मैंने पूछा।

"दस बजे के आसपास," कंडक्टर ने जवाब दिया।

जब मैं वापस गया, मोनालिका और कुली मेरा इंतजार कर रहे थे। मैंने उन्हें एफ–2 कोच में ई–कूपे में आने के लिए कहा। दो बर्थवाले कूपे को देखकर मोनालिका को सुखद आश्चर्य हुआ क्योंकि उसे जरा भी अंदाजा नहीं था कि बुकिंग करते समय मैंने ट्रेवल एजेंट को खासतौर पर इसके लिए कहा था। कुलियों के जाने के बाद सामान को ठीक से जमाकर मोनालिका कुछ मैगजीन और बुक्स खरीदने बाहर चली गई। मैं कंडक्टर के पास गया और उससे कहा कि हम ई–कूपे में बैठ गए हैं और गुंटूर में स्थिति सँभालना उसका काम है।

कुछ मैगजींस, बुक्स और स्नैक्स के साथ मोनालिका वापस आ गई।

"क्या तुम चाय का इंतजाम करोगे?" उसने मुझसे पूछा और मैंने तुरंत उसके निर्देश का पालन किया।

जल्द ही ट्रेन ने प्लेटफॉर्म से सरकना शुरू किया। जब पेंट्री ब्वाय चाय और डिनर का ऑर्डर लेने आया, मोनालिका ने उससे चाय का एक पॉट तुरंत और डिनर जल्दी, पौने आठ बजे के आसपास लाने के लिए कहा।

चाय की चुस्कियाँ लेते और मैगजीन के पन्ने पलटते हुए अपनी आँख के कोने से उसने मेरी ओर देखा, "मुझे आशा है कि तुम्हारे लिए यह बहुत जल्दी नहीं होगा। मैं थोड़ी थकान महसूस कर रही हूँ इसलिए जल्दी सोना चाहती हूँ।"

"ओह, बिलकुल कोई समस्या नहीं। असल में, जब मेरे वश में होता है, मैं डिनर जल्दी ही लेना पसंद करता हूँ…। वह दूसरी मैगजीन कौन सी है? क्या मैं एक नजर मार लूँ?" मैंने उससे पूछा।

"ओह, वह तुम्हारे लिए नहीं है। वह 'फेमिना' है।"

"क्यों? असल में तो वह पुरुषों के लिए ही है। महिलाओं के बारे में सबकुछ जानने के लिए पुरुष हमेशा उत्सुक रहते हैं। क्या ऐसा नहीं है?" मैंने शरारत के लहजे में कहा।

एक बड़ी शरारतपूर्ण मुसकान के साथ उसने मुझे 'फेमिना' पकड़ा दी। यद्यपि उसकी एक्सक्लूजिव कंपनी पाने की अपनी उपलब्धि पर मैं बेहद खुश था, मैं थोड़ा चिंतित भी था, क्योंकि एक ही कूपे में उसके साथ सफर जारी रहना निश्चित नहीं था। हालाँकि मेरी आँखें मैगजीन के पृष्ठों की ओर थीं, मगर यह अनिश्चितता मुझे खाए जा रही थी और

मुझे कुछ चिढ़ सी हो रही थी। संभवत: यह एहसास इसलिए भी ज्यादा था कि मैंने मोनालिका को बताया नहीं था कि असल में मुझे एक दूसरे कूपे में बर्थ एलॉट हुई थी। इस सच्चाई को अपने तक रखने से मैं खुद को अपराधी महसूस कर रहा था।

इसी बीच पेंट्री ब्वाय चाय लेकर आया। मोनालिका ने खिड़कियों के काँच के और बाहरवाले स्टील के, दोनों शटर्स नीचे गिरा दिए। फ्लास्क से चाय उड़ेलने के बाद खिड़की से अपनी पीठ सटाकर और बर्थ पर पैर फैलाकर वह स्वयं को आराम की स्थिति में ले आई और मेरी ओर देखते हुए जिज्ञासावश पूछने लगी, ''इस बार कवर स्टोरी किस विषय पर है?''

''ओह वो!''वो है इश्कबाजी कैसे करें,'' एक दबी हुई हँसी के साथ मैंने कहा।

''अच्छा! फिर तो दिलचस्प होगा। उसमें जो टिप्स दिए गए हैं, क्या वे सिर्फ महिलाओं के लिए हैं या पुरुषों के लिए भी?'' एक बार फिर उसने सपाट मुद्रा में पूछा।

''मैं पूरा पढ़ लूँ,'' मैंने कहा।

''उन्होंने भले ही मर्दों के लिए टिप्स न दिए हों, अपने खुद के अनुभवों से तुम जरूर कुछ टिप्स बता सकते हो,'' यह कहते हुए वह जोर से हँस पड़ी।

इससे मैं और भी असहज और नर्वस हो गया। मुझे ऐसा लगा जैसे मैं घिर गया हूँ। बड़ी मुश्किल से मैं बुदबुदाया, ''क्या तुम मेरी खिंचाई कर रही हो?''

''कभी नहीं, डियर,'' उसने कहा।

चाय खत्म करके वह मेरे कंधों पर झुक आई, ''तुम्हारे साथ-साथ जरा मैं भी नजर डालूँ।'' पहले तो मैंने सोचा कि मेरा मजाक उड़ाने के बाद वह मुझे मनाने की कोशिश कर रही है। फिर वह मेरे इतने नजदीक आ गई कि मैं उसके बदन की उष्णता महसूस कर सकता था और इससे मैं और ज्यादा अस्थिर हो गया। दो बर्थवाले एक ही कूपे में रिजर्वेशन कराने की योजना मेरी थी। सबकुछ मेरी योजना के अनुसार हो रहा था, मगर न जाने क्यों मैंने अपने व्यक्तित्व पर एक दबाव-सा महसूस किया और मैं थोड़ा असहज हो गया। संभवत: उसके रोबीले अंदाज से मेरा पौरुषिक अहं आहत हुआ था और मुझे ऐसा लगा था मानो वह मुझसे ज्यादा स्मार्ट निकली हो। वैसे भी, कोई पुरुष यह नहीं चाहेगा कि पहल करने का अधिकार कोई महिला उससे छीन ले।

खुद को थोड़ा अलग करते हुए मैंने कहा, ''ओह, मैं इसे पूरा देख चुका हूँ। इसमें खास कुछ नहीं है और दूसरे अब मैं इसे पूरा पढ़ना नहीं चाहता, क्योंकि मैं थोड़ा थक गया हूँ। '' और मैगजीन उसे पकड़ा दी।

जल्दी-जल्दी पन्ने पलटकर उसने मैगजीन बंद कर दी और उठ खड़ी हुई, ''अब मेरा भी कुछ पढ़ने का मन नहीं है,'' उसने कहा और बर्थ के नीचे से अपना एयर बैग निकाल लिया। बैग खोलते हुए वह बोली, ''इससे पहले कि खाना आ जाए, हम थोड़ा

एपेटाइजर ले लें,'' और उसने दो बीयर कैन निकाल लिए, ''ये पिकनिकवाले दिन से बचे हुए हैं।''

एक के बाद दूसरी अप्रत्याशित घटनाएँ घटने से मैं चकित रह गया था। मैंने खुद को बुरी तरह पराजित महसूस किया और एक शब्द भी न बोल सका। मेरा निरुत्साह देखकर वह बोली, ''ओह, तुम्हें ताज्जुब हुआ। नहीं?''

''नहीं तो!'' उसके बिंदास तौर-तरीकों पर अपनी नाखुशी छिपाने में नाकाम रहने से मुझे चिढ़ महसूस हो रही थी। मैंने हिकारत से कहा, ''तब तो तुम वह नमकीन भी सामने रख दो जो तुमने स्टेशन से खरीदा था।'' मुझे अचरज था कि कौन किसे जाल में फँसा रहा था और कौन खुद को असली मास्टरमाइंड साबित करने में सफल हो रहा था, वह या मैं?

नमकीन हम दोनों के बीच रखकर और कूपे के दरवाजे में सिटकनी लगाकर वह फिर से पालथी मारकर बैठ गई। कैन खोलते हुए मुझे खुश करने के अंदाज में उसने कहा, ''अच्छा हुआ कि हमें यह कूपा मिल गया। कम-से-कम आजादी के साथ बैठ तो सकते हैं और अपनी मनमर्जी से कुछ समय बिता सकते हैं। नहीं?''

थोड़ा सा सिर हिलाकर मैं बस 'अंऽऽऽम' की ध्वनि निकाल सका क्योंकि इस बारे में असली स्थिति मैं ही जानता था।

''गाड़ी का रूट क्या है?''

''ट्रेन गुंटूर से रात में, विशाखापटनम से तड़के, भुवनेश्वर से दोपहर और खड़गपुर से शाम को गुजरेगी,'' मैंने जवाब दिया।

''और कहीं नहीं रुकेगी?''

''मैं समझता हूँ बस ये ही स्टॉपेजेस हैं।'' फिर थोड़ा रुककर बोला, ''बेशक, यह पक्का है कि विशाखापटनम तक केवल एक ही स्टॉपेज होगा, गुंटूर।''

हम अब भी बीयर ले रहे थे कि किसी ने कूपे के दरवाजे पर दस्तक दी।

''मैं समझती हूँ, यह खाना ही होगा,'' उसने कहा।

अपनी बीयर कैंस को मैगजींस के पीछे रखकर और उछलकर पहले पहुँचते हुए मैंने कहा, ''खोल रहा हूँ,'' और दरवाजा खोल दिया।

''हमें और कुछ नहीं चाहिए। खाना खाकर हम प्लेटें बाहर रख देंगे,'' उसने पेंट्री ब्वाय से कहा। पेंट्री ब्वाय ने भोजन की ट्रे चुपचाप साइड रैक पर रखी और चला गया।

''हम लोग खाना भी अभी खा लेते हैं, नहीं तो ठंडा हो जाएगा,'' उसने सुझाया।

''हाँ, हाँ, बेशक,'' मैंने प्लेट रखने के लिए जगह बनाई। बीयर का असर पहले ही हो गया था। और उसने मुझे बहुत हद तक सुकून पहुँचाया। कुछ निवाले हलक से उतारने के बाद मुझे ऐसा लगा जैसे सब्जियों में मिर्च ज्यादा थी, ''क्या तुम्हें नहीं लगता कि सब्जियाँ

कुछ तीखी हैं?''

''क्या तुम्हें हॉट चीजों से डर लगता है?'' उसने शरारत से कहा और एक मीठी मुसकान दी, या बीयर के असर के कारण मुझे ऐसा लगा। मगर मुझे अच्छा जरूर लगा—चाहे बीयर का असर था या नहीं।

''क्या तुम कुछ अचार खाना पसंद करोगे, मेरे पास हैं,'' बर्थ के नीचे रखे बैग में से एक बोतल निकालते हुए वह कुछ मुड़ी और उसकी कमर का एक भाग मुझे दिखाई दे गया। वह जीन्स और कुरती पहने थी।

''तुम्हें कैसा लगा?'' उसने मुझसे पूछा।

मैंने तुरंत जवाब दिया, ''बहुत ही अच्छा।''

''बहुत अच्छा या बहुत तीखा?'' कुछ ताज्जुब के साथ उसने कहा।

मुझे कुछ समझ नहीं आ रहा था पर उसके सवाल से मैं होश में आ गया, ''ओह हाँ, मेरा मतलब वही था, बहुत तीखा,'' मैंने कहा।

''बहुत तीखा, क्या?'' बड़ी मासूम बनते हुए उसने पूछा।

''यहाँ का सबकुछ,'' इस बार मैंने बिना हँसे जवाब दिया, शायद बीयर ने मुझे बोल्ड बना दिया था।

''अचार सहित,'' उसने जुमला कसा और हम दोनों हँसने लगे।

भोजन समाप्त करके सभी प्लेटें कूपे से बाहर ले जाते हुए वह हाथ धोने चली गई। उसके जाने के बाद मैंने दूसरी मैगजींस और बुक्स पर, जो उसने स्टेशन से खरीदी थीं, एक नजर डाली। सारी पठन सामग्री में एक पुस्तक का टाइटल देखकर मैं चकित रह गया—'आर्ट ऑफ लव-मेकिंग इन एनशंट इंडियन स्कल्प्चर्स।' उसके लौटने के बाद मैं हाथ धोने चला गया और ट्रेन के गलियारे में थोड़ी चहल-कदमी करने लगा।

जब मैं कूपे में वापस आया, उसने पहले ही बर्थ क्लीयर करके उस पर बिस्तर बिछा दिया था। उसने मुख्य लैंप ऑफ कर दिया था और साइड-रीडिंग लैंप की रोशनी में लव-मेकिंग पर वही पुस्तक पढ़ रही थी जिसे मैंने उसकी अनुपस्थिति में देखा था। साइड-रीडिंग लैंप के सुनहरे-पीले प्रकाश ने परिवेश को सुकुन भरा और मोहक बना दिया था।

बिना सिर उठाए, आँखों के किनारों से देखते हुए उसने मधुर आवाज में कहा, ''कम इन।''

कूपे के दरवाजे की सिटकनी लगाते हुए मैंने पूछा, ''इतनी तन्मयता से तुम क्या पढ़ रही हो?'' यद्यपि मैं पुस्तक का शीर्षक अच्छी तरह जानता था।

''ओह, यह ओल्ड इंडियन स्कल्प्चर्स पर एक किताब है।''

मैं बर्थ के दूसरे छोर पर बैठने ही वाला था कि उसने कहा, ''यह बड़ी दिलचस्प

है। मेरे साथ-साथ तुम भी इस पर नजर डाल सकते हो। तुम मेरी बाजू में ही क्यों नहीं बैठ जाते?''

''वह मूर्तिकला की किसी खास शैली के बारे में है या इन जनरल है?'' मैंने पूछा।

''नहीं-नहीं, यह किसी खास पीरियड, स्टाइल या शैली से संबंधित नहीं है। यह जीवन के एक बहुत महत्त्वपूर्ण पहलू 'टुगेदरनेस' से संबंधित है, या तुम उसे स्त्री-पुरुष संबंध भी कह सकते हो,'' उसने बड़ी सफाई से पुस्तक के वास्तविक शीर्षक पर परदा डाल दिया।

''और लोकेशन?'' खुद को एडजस्ट करते हुए, ताकि मैं भी पुस्तक पर नजर डाल सकूँ, मैंने पूछा।

''जैसे प्राचीन मंदिरों की दीवारों पर उकेरे गए,'' मुझे जगह देने के लिए वह थोड़ा आगे की ओर झुक आई, ताकि उसके कंधे पर से मैं पुस्तक पर नजर डाल सकूँ।

पुस्तक अधिकांशत: चित्रात्मक थी तथा उसमें खजुराहो और कोणार्क मंदिरों की शृंगारिक मूर्तियों के चित्र और पेंटिंग्स दर्शाए गए थे। हम किताब में खोए हुए स्वप्नलोक में थे इसी बीच दरवाजे पर दस्तक हुई, ''कौन है?'' मैं चीखा।

''प्लीज, दरवाजा खोलिए, मैं कोच कंडक्टर हूँ।''

मैंने अब ध्यान दिया कि ट्रेन रुकी हुई थी और एक रेलवे स्टेशन पर आमतौर से होनेवाला शोरगुल साफ सुनाई दे रहा था।

मैंने घड़ी की ओर देखा। दस बजकर बीस मिनट हुए थे। 'ओह, यह गुंटूर होगा,' मैंने सोचा। मेन लाइट ऑन करते हुए मैंने कंडक्टर से कहा, ''प्लीज, एक मिनट।''

''यस, प्लीज,'' मैंने दरवाजा खोला और एक महिला को कंडक्टर के पीछे खड़ी देखा। तुरंत ही मैं सारी स्थिति समझ गया, मगर मैं क्या कर सकता था।

''आपको डिस्टर्ब करने का मुझे खेद है, सर।'' उसने क्षमायाचना की।

''कोई बात नहीं।''

''सर, कई बार रिक्वेस्ट करने के बाद भी मैं मैडम को बर्थ एक्सचेंज करने के लिए राजी नहीं कर पाया हूँ। वे, जो बर्थ उन्हें एलॉट हुई है, वही दिए जाने की जिद कर रही हैं और वह इसी कूपे में है। वे किसी दूसरे कूपे में जाने के लिए बिलकुल तैयार नहीं हैं,'' कंडक्टर ने कहा।

''क्या? इनकी बर्थ इस कूपे में है? आप क्या बात कर रहे हैं?'' मोनालिका हक्की-बक्की रह गई थी। मेरी तमन्ना थी कि सबकुछ वैसा ही हो जाएगा जैसा मैंने प्लान किया था, पर यहाँ तो सब उलटा हो गया। बुरे-से-बुरा हो चुका था।

''यस, मैडम, इन्हें आपके साथ इस कूपे में निचली बर्थ एलॉट की गई है और सर को साथवाले कूपे में उनको एलॉट की गई बर्थ पर जाना होगा,'' कंडक्टर ने स्थिति समझाई।

"मगर हमें इस बारे में पहले नहीं बताया गया?" पहले कंडक्टर और फिर मेरी ओर प्रश्नवाचक मुद्रा में देखते हुए मोनालिका ने विरोध प्रकट किया।

"नहीं, मैडम, सर को यह बात अच्छी तरह पता थी। असल में इनके बार-बार रिक्वेस्ट करने पर ही इन्हें इस कूपे में जगह दी गई थी। हमारे बीच साफ-साफ यह बात हुई थी कि अगर गुंटूर से बोर्ड करनेवाली महिला, जिन्हें यह बर्थ एलॉट की गई है, अपनी बर्थ एक्सचेंज करने के लिए राजी न हुई तो सर को यह बर्थ खाली करनी होगी," काफी हद तक अपनी स्थिति क्लीयर करते हुए कंडक्टर ने सारी बातें उजागर कर दीं।

चूँकि मेरी सारी तिकड़में सामने आ चुकी थीं, मैंने कोई प्रतिवाद करने या सफाई देने की कोशिश नहीं की। मैंने उस महिला से रिक्वेस्ट करने की भी कोशिश नहीं की, क्योंकि वह अपनी बर्थ पर कब्जा करने पर डटी हुई जान पड़ती थी। इसी बीच ट्रेन गुंटूर स्टेशन से निकल चुकी थी और वह महिला कॉरिडोर में मेरे द्वारा कूपा खाली किए जाने का इंतजार कर रही थी। मैंने चुपचाप अपना बिस्तरबंद उठाया और बिना एक शब्द बोले साथवाले कूपे की ओर चल दिया। हालाँकि हमने एक-दूसरे से एक शब्द भी नहीं कहा था, मोनालिका के चेहरे से साफ था कि वह खुद को ठगा हुआ महसूस कर रही थी।

अपनी बेडिंग को अपनी आवंटित बर्थ पर पटककर तनाव को कम करने के लिए मैं टॉयलेट की ओर भागा। ...खुद को हलका करने के बाद अपनी बर्थ पर पहुँचकर मुझे तुरंत ही गहरी नींद आ गई, क्योंकि अब मेरा दिमाग शून्य हो चुका था, जिसमें किसी तरह की—अच्छी या बुरी—यादें नहीं बची थीं।... मुझे ऐसा लगा जैसे मैं तितली की तरह मौज से हवा में तैर रहा हूँ।

सुबह करीब 4:30 बजे कंपार्टमेंट में कुछ शोर होने के कारण मैं जाग गया। जब मैंने कूपे से बाहर झाँका, मैंने उसी महिला को, जो गुंटूर से ट्रेन में दाखिल हुई थी, चीखते-चिल्लाते देखा। वह महिला गला फाड़कर चिल्ला रही थी, "उसकी हिम्मत कैसे हुई कि मुझे हाथ लगाए। उसने मेरे साथ गंदी हरकत करने की कोशिश की, उसे मेरे कूपे से बाहर निकालो। मैं वहाँ नहीं सो सकती।"

मोनालिका वहाँ दिखाई नहीं दे रही थी। वह अपने कूपे की ऊपरी बर्थ पर आराम से लेटी हुई थी। इसी बीच कोच अटेंडेंट कंडक्टर को बुला लाया था। "उस औरत को वहाँ से निकालो, उसने मेरे शरीर पर हाथ घुमाने की कोशिश की," लगभग आग उगलते हुए उस महिला ने कंडक्टर से कहा। कंडक्टर ने यह कहते हुए उसे शांत करने की भरपूर कोशिश की कि जरूर कोई गलतफहमी हुई होगी, परंतु वह महिला कोई तर्क या अनुरोध सुनने के लिए कतई तैयार नहीं थी। कंडक्टर ने जब इस बारे में मोनालिका से अनुरोध किया तो उसने टका सा जवाब दे दिया कि उसे किसी से कोई समस्या नहीं थी और अगर किसी को कोई समस्या है तो उस व्यक्ति को यहाँ से जाना चाहिए न कि उसे। दोबारा

अनुरोध किए जाने पर मोनालिका ने दृढ़ता से कहा कि इस बारे में उसे अब और डिस्टर्ब न किया जाए और उसे उसकी आवंटित बर्थ से कोई हटा नहीं सकता। मुझे अचरज था कि क्या वह जैसे के साथ तैसा बर्ताव कर रही थी!

मोनालिका के स्वर से उसका कठोर मूड देखकर कंडक्टर मुड़ा और अपने हाथ उठाए वापस उस महिला के पास आया। उसने उसे समझाने की कोशिश की और उसे दूसरे कूपे में बर्थ देने का प्रस्ताव किया। उसके हाँ कहने के बाद कंडक्टर ने उस महिला से बर्थ बदल लेने के लिए मुझसे अनुरोध किया। "मगर, प्लीज, पहले उस दूसरी महिला से भी इजाजत ले लीजिए," मैंने कंडक्टर से कहा। पहले तो उसने इसे एक मजाक समझा मगर जब मैंने वही बात दोहराई तो कंडक्टर उसके कूपे में मुझे बर्थ देने के बारे में पूछने के लिए मोनालिका के पास गया।

"मैंने आपसे पहले ही कह दिया है कि मुझे किसी के साथ भी कोई समस्या नहीं है, मगर ध्यान रखिए कि अब कोई भी मुझे डिस्टर्ब न करे" मोनालिका ने ऐसे स्वर में कंडक्टर से कहा जैसे वह इन सब बातों से तंग आ चुकी हो।

आकाश में सूरज काफी चढ़ चुका था और बिना समय बरबाद किए मैं चुपचाप अपनी पुरानी बर्थ पर आ गया और दस बजे तक सोता रहा।

जब मेरी नींद खुली मैंने मोनालिका को ऊपर बर्थ पर ही चाय लेते देखा। शायद वह मुझसे थोड़ा पहले ही जागी थी। मैं बाहर वॉशरूम में चला गया और बाद में अपने लिए भी चाय मँगवाई। जब मैं कूपे में वापस आया, वह अब भी ऊपर बर्थ पर लेटी हुई कोई पुस्तक पढ़ने में मगन थी। वह मुझसे पूरी तरह उदासीन रही और हमारे बीच एक शब्द का भी आदान-प्रदान नहीं हुआ। वहाँ का माहौल बहुत भारी लग रहा था और मैं घुटन महसूस कर रहा था। इसलिए मैंने पेंट्री-कम-डाइनिंग कार में ही चाय पीने का निश्चय किया।

पेंट्री-कार में बैठे हुए वेटर से पूछा, "भुवनेश्वर कितने बजे पहुँचेगी?"

"सर, पैंतालीस मिनट से ज्यादा नहीं लगेगा। हम लगभग वहाँ पहुँच ही गए हैं।"

"ओ.के.। क्या तुम चाय का एक पॉट और टोस्ट-बटर की एक प्लेट दे सकते हो?" यह सोचते हुए कि जब तक मेरा ब्रेकफास्ट खत्म होगा, हम भुवनेश्वर पहुँच जाएँगे, मैंने वेटर से पूछा।

"श्योर, सर। मैं गर्म कटलेट्स की एक प्लेट भी ले आता हूँ।"

"थैंक्स।"

मेरा अनुमान सही था। जैसे ही ट्रेन ने भुवनेश्वर स्टेशन में दाखिल होना शुरू किया, मेरा ब्रेकफास्ट लगभग पूरा हो चुका था। जब मैं जरा पीठ सीधी करने के लिए स्टेशन पर उतरा तो अपने एक बैचमेट रॉबिन रॉय को प्लेटफॉर्म पर देखकर बड़ा ताज्जुब हुआ। उसका पीछा करके चकित करते हुए उसके कंधे पर हाथ मारा।

"अरे, तू यहाँ कैसे?" उलटे उसी ने सवाल किया।

"ओह, मोनालिका और मैं इसी ट्रेन से कलकत्ता जा रहे हैं," मैंने कहा।

"मगर तुम बाय एयर क्यों नहीं जा रहे?" वह समझ नहीं पा रहा था।

"हम भारत के इस हिस्से का जायजा लेना चाहते थे, इसलिए हमने ट्रेन से सफर करने का फैसला किया। मगर तुम्हें क्या हुआ? हमें पता नहीं था कि तुम भी इसी ट्रेन से जा रहे हो," मैंने कहा।

"असल में मैं खड़गपुर में जर्नी ब्रेक करूँगा, क्योंकि मेरे पेरेंट्स वहाँ रहते हैं। मैं उनके साथ थोड़ा समय बिताना चाहता था और वैसे भी कलकत्ता वहाँ से केवल तीन घंटे की दूरी पर है, इसलिए मैंने सोचा मैं कल सुबह आप लोगों से कलकत्ता में मिलूँगा।" उसने अपनी योजना बताई।

"ट्रेन खड़गपुर कब पहुँचेगी?"

"शाम 5:15 बजे के आसपास। तब तक हम साथ-साथ समय गुजार सकते हैं," उसने प्रस्ताव किया।

"जरूर। तो तुम हमारे कंपार्टमेंट में ही क्यों नहीं आ जाते, मोनालिका भी वहीं है," यह सोचकर कि इससे वहाँ का वातावरण कुछ हलका हो जाएगा, मैंने सुझाया।

"फाइन, नो प्रॉब्लम," वह तुरंत मान गया।

जब हम अपने कोच तक पहुँचे, ट्रेन की सीटी बजने लगी थी।

"हाय!" मृदुल स्वर में रॉबिन ने मोनालिका का अभिनंदन किया।

"ओह, हाय! कितना सुखद आश्चर्य है," मोनालिका ने जवाब में कहा। उसने बड़ी गर्मजोशी के साथ रॉबिन का स्वागत किया और निचली बर्थ पर आ गई। शायद वह भी वहाँ के भारी माहौल से ऊब चुकी थी और उसे तोड़ने का कोई बहाना खोज रही थी।

उसके अचानक प्रकट हो जाने के बारे में पूछकर और यात्रा की उसकी योजना के बारे में जानने के बाद उसने पूछा, "लंच के बारे में क्या सोचा है? मैंने पहले ही एक लंच का ऑर्डर दे दिया है।"

"तब तो हमें दो और लंच का ऑर्डर देना होगा और उससे कहना होगा कि तीनों लंच यहीं ले आए," मैंने सुझाव दिया।

"बिलकुल। पर सुरेश, अगर मुमकिन हो तो उससे एक लंच केवल चपातियों के साथ लाने के लिए कहना," पिछली रात की घटना के बाद वह पहली बार मुझसे बोली।

"ठीक है," मैंने हामी भरी और रॉबिन के साथ पेंट्री-कार पहुँचा।

लंच लेते हुए, पूरी तरह आश्वस्त होने के ख्याल से रॉबिन ने प्रशिक्षण केंद्र की लोकेशन की पुष्टि करनी चाही, "प्रशिक्षण केंद्र अलीपुर में है, ठीक?"

"क्या बात कर रहा है! तुम्हें ज्यादा पता होना चाहिए। हम सब लोगों में एक तुम्हीं

हो जो यहीं के रहनेवाले हो। बल्कि तुम्हें हमें गाइड करना चाहिए,'' मोनालिका ने अपने यथातथ्य, छेड़नेवाले अंदाज में कहा, जैसे उसकी रैगिंग कर रही हो।

''बेशक, मैं यहीं का हूँ मगर पी.बी.आई. के लिए उतना ही नया हूँ जितना आप लोग हैं,'' रॉबिन ने शांत भाव से उत्तर दिया।

''फिर भी हमसे तो बेहतर स्थिति में हो, क्योंकि तुम दो और दो चार कर सकते हो, हम नहीं,'' मोनालिका उसे छोड़ने के मूड में नहीं थी।

''लेटर के अनुसार वह अलीपुर ही है पर मैं ठीक से नहीं जानता कि अलीपुर है कहाँ।'' मैंने दखल देने की कोशिश की।

''ओह, अलीपुर दक्षिण कलकत्ता में है। वह कलकत्ता का सबसे पॉश इलाका है,'' रॉबिन ने बताया।

''तब तो वह हावड़ा स्टेशन से बहुत दूर होगा,'' कलकत्ता के बारे में अपने ज्ञान की परीक्षा लेते हुए मैंने पूछा, क्योंकि मैं वहाँ पहले जा चुका था।

''बिलकुल सही, वह ठीक विपरीत दिशा में है,'' मेरे आत्मविश्वास में, जो पिछले दिन की घटनाओं के कारण बुरी तरह हिल चुका था, वांछनीय वृद्धि करते हुए रॉबिन ने मेरी बात की पुष्टि की।

लंच के बाद हम तीनों ट्रेन के कॉरिडोर में चहल-कदमी कर रहे थे। मैंने सुझाव दिया, ''क्यों न हम लोग कूपे से बाहर अटेंडेंट की बर्थ पर बैठें और इस इलाके के दृश्यों का आनंद लें?'' सबने सहमति में सिर हिलाया।

ट्रेन के खड़कपुर पहुँचने तक हम अटेंडेंट की बर्थ पर बैठकर कंपार्टमेंट के दोनों ओर के दरवाजे खोलकर उड़ीसा और पश्चिम बंगाल के तटीय इलाकों के मनोहर दृश्यों का आनंद लेते रहे।

खड़गपुर स्टेशन पर हमने रॉबिन को अलविदा कहा और उसके बढ़िया साथ के लिए उसे धन्यवाद दिया। उसके कुछ देर के साथ ने मेरा आहत आत्मविश्वास वापस लौटाने के साथ-साथ वातावरण को हलका बनाने तथा मोनालिका और मेरे रिश्तों के बीच जमी बर्फ पिघलाने में मदद की थी, उसके लिए मैं विशेष रूप से उसका आभारी था। असल में, उसी के कारण हम कलकत्ता तक का सफर साथ-साथ कर पाए थे। खड़गपुर के बाद बहुत जरूरी होने पर ही कुछ शब्दों के आदान-प्रदान के अतिरिक्त हमने एक-दूसरे से ज्यादा बातें नहीं कीं। 'आ जाओ', 'चले जाओ', 'बैठो' बस ये ही गिने-चुने शब्द थे जो हमारे मुँह से निकले थे।''

□

7

कल्पनालोक की उड़ान

रात के करीब नौ बजे हम अलीपुर के प्रशिक्षण केंद्र पहुँच गए। मेरे दोस्त हैदराबाद से कलकत्ता की फ्लाइट पकड़कर एक दिन पहले ही पहुँच गए थे और डिनर पर हमारा बेसब्री से इंतजार कर रहे थे। जैसे ही उन्होंने हमें देखा, हमारे स्वागत में हाथ हिलाना शुरू कर दिया, ऐसा लग रहा था मानो युगों बाद मिले हैं।

''हमारी कोलंबस टीम का हार्दिक स्वागत है,'' अमित ने जोश भरे स्वर में कहा, मगर इसके साथ ही वह हमारी रेलयात्रा का मजाक उड़ाने से भी नहीं चूका।

''दोस्तो, इन लोगों के लिए थ्री चीयर्स, जो चौबीस घंटे से ज्यादा की कष्टप्रद रेलयात्रा के बाद कलकत्ता की नई दुनिया में कदम रख रहे हैं।''

इसी बीच, मेरी ओर झुककर मेरे बाएँ कंधे पर थोड़ा भार डालते हुए अपनी खास शरारती मुद्रा में नगेंद्र मेरे कान में फुसफुसाया, ''मगर बॉस, जहाँ तक मैं समझ रहा हूँ, रेलयात्रा इतनी 'कष्टप्रद' भी नहीं रही होगी, क्यों?'' मेरा जवाब पाने के लिए उसने मुझे चिकुटी भी काटी, मगर मैंने कोई प्रतिसाद नहीं दिया। सिर्फ उसका मुँह बंद करने के लिए मैंने थोड़ा सिर हिलाया जिसे मेरी स्वीकारोक्ति समझ मुझे शाबाशी देने लगा, 'वाह।'

इसके बाद उसके मुँह से कुछ और भी किलकारियाँ निकलीं। जो बात इशारे में उसे खामोश करने के लिए कही गई थी, असल में उसी ने उसे इतना मस्त और वाचाल कर दिया कि डाइनिंग हॉल में बैठा हर शख्स हमारी ओर देखने लगा।

''तुम सब की विमान यात्रा कैसी रही? मेरा अनुमान है कि वह एक बढ़िया अनुभव रहा होगा, क्योंकि तुममें से अधिकांश पहली बार हवाई यात्रा कर रहे थे,'' डाइनिंग टेबल पर बैठते हुए मैंने पूछा।

उल्लास भरे स्वर में रोहन बोला, ''बहुत ही मजेदार थी! दोषी ने टॉयलेट मिरर तोड़ दिया, नगेंद्र को ऑक्सीजन मास्क से चोट लगी और अमित का एक जूता खो गया।'' फिलिपॉज ने तड़का लगाया, ''और तुम जो एयर होस्टेस से जा टकराए थे?''

"हो-हो, मुझे बताओ, बात दिलचस्प लग रही है," मैंने उत्सुकता दिखाई।

"टॉयलेट में एंटर करते हुए, अपने आकार और वजन के कारण, दोषी अपना संतुलन खो बैठा और सँभलने की कोशिश में जोर से मिरर से जा टकराया और शीशा टूटकर बिखर गया। नगेंद्र एयर होस्टेस को नजदीक से देखना चाहता था और उसे बुलाने के मकसद से बनाया गया बटन दबाना चाहता था। तुम सोचो, क्या हुआ होगा! उसने बेल बटन के बजाय ऑक्सीजन मास्क नॉब दबा दिया। यकायक उसकी सीट के ऊपर से एक ऑक्सीजन मास्क पूरे वेग से उसके सिर से टकराया, जैसे एयर होस्टेस ने उसे एक थप्पड़ मारा हो और पट्ठे ने सचमुच यह समझा भी," उस घटना का सजीव चित्रण करते हुए रोहन ने कहा और सभी ठहाका मारकर हँस पड़े।

"बेचारा। पर मैं समझता हूँ उसे एक अच्छा सबक मिला, क्योंकि वह हमेशा बहुत जल्दी में होता है," नगेंद्र की ओर देखते हुए मैंने टिप्पणी की, मगर उसने कोई प्रतिक्रिया व्यक्त नहीं की।

बातों का सिलसिला फिर चल पड़ा।

"तुम्हें पता है, अमित ने क्या किया?" रोहन के बाद फिलिपॉज की गेंद फेंकने की बारी थी, "प्लेन में अपनी सीट पर बैठने के तुरंत बाद अमित ने अपने जूते उतार दिए—ट्रेन से सफर करते समय वह हमेशा ऐसा ही करता। जल्द ही प्लेन ने टेक ऑफ किया। अमित को लग रहा था कि ऊपर की ओर उठे हुए प्लेन के फर्श पर उसके जूते सरक रहे थे। जब तक प्लेन हवा में अपनी पहलीवाली स्थिति में आता, अमित के पास एक ही जूता बचा था। खुशकिस्मती से उसके एयरबैग में चप्पलों की एक जोड़ी थी सो ज्यादा फजीहत से बचने के लिए उसने वह निकालकर पहन ली।"

"वाकई, बड़ी मजेदार घटना थी, पर जो जूता अमित के पास था उसका क्या हुआ?" अमित की कंजूस वृत्ति को अच्छी तरह जानते हुए मैंने पूछा।

"उसे उसने अपनी पहली हवाई यात्रा की यादगार के तौर पर रख लिया है," फिलिपॉज ने कटाक्ष किया।

"या इस उम्मीद में कि एक-न-एक दिन उसका खोया हुआ जूता मिल जाएगा," मैंने हलके उपहास के साथ कहा, जिसे टेबल के दूसरे छोर पर बैठा अमित शायद सुन नहीं पाया।

"अमित के मामले में यह हो सकता है," कुछ-कुछ सहमत होते हुए फिलिपॉज ने कहना जारी रखा, "और ये जनाब रोहन सीधे एयरहोस्टेस से जा टकराए, जिससे वह बेचारी अपने आपको बिलकुल भी सँभाल नहीं पाई, नतीजा यह हुआ कि वह ट्रे और दूसरी चीजों के साथ फर्श पर गिर गई।"

"अब यह मत कहना कि मैंने जान-बूझकर या किसी गलत इरादे से ऐसा किया,"

रोहन ने अपना बचाव किया।

''बेचारे को देखो, कितना दयनीय लग रहा है! कोई बात नहीं, किसी भी सामान्य आदमी के साथ ऐसा हो सकता है,'' मैंने बड़े आहिस्ता से उसकी टाँग खींची।

''नहीं, नहीं, असल में वह एयर होस्टेस ही रोहन से आ टकराई थी। यह इतना स्मार्ट बंदा जो है,'' फिलिपॉज अपने पूरे शबाब में था और नरेटर की अपनी भूमिका का एक-एक पल एंजॉय कर रहा था।

''यार, अब इसे अपनी रेलयात्रा की दास्तान भी सुनाने दो,'' रोहन ने खिंचाई की और तोप का मुँह मेरी ओर करने की कोशिश की।

''अबे, तू चुप कर। हम विमान यात्रा का सबसे दिलचस्प किस्सा बताए बिना कैसे रह सकते हैं'' फिलिपॉज अपने हाथ आई कमान को किसी और के हवाले करने के मूड में नही था।

''वह क्या है?'' उसकी बात ने मेरी जिज्ञासा को फिर जगा दिया। अपने पूरे रंग में फिलिपॉज ने बयान जारी रखा, ''शाम को जब प्लेन ने हैदराबाद से टेक ऑफ किया, लगभग अँधेरा हो चुका था। हम लोंगों के बैचमेट रवींद्रन और मनजीत को प्लेन के दरवाजे के पास की सीटें दी गई थीं और मनजीत खिड़की के साथवाली सीट पर था। अचानक मनजीत का ध्यान आकाश में एक अमुक दूरी पर एक रेड लाइट की ओर गया। 'ओह, ऐसा लगता है कि वहाँ एक और प्लेन उड़ रहा है। क्या तुम वह रेड लाइट देख सकते हो?' उसने रवींद्रन से पूछा, जो उसके बगलवाली सीट पर बैठा था। 'अरे हाँ, और यह तो हमारे प्लेन के बहुत पास ही उड़ रहा है,' कुछ चिंता भरे स्वर में रवींद्रन ने सहमति जताई। कुछ देर तक वे दोनों उस प्लेन की मॉनिटरिंग करते रहे और एक-दूसरे से कहते रहे कि वह अब भी काफी नजदीक और हमारे लगभग समानांतर उड़ रहा है। 'हमें अपने पायलट को सावधान कर देना चाहिए,' रवींद्रन ने, जो अब बहुत घबरा गया था, सुझाव दिया। मनजीत ने तुरंत एयर होस्टेस को बुलाया और पूरी गंभीरता के साथ उसे खिड़की में से उस दूसरे प्लेन की रेल लाइट दिखाते हुए बताया कि वह हमारे प्लेन के बहुत ही नजदीक उड़ रहा है। जब एयर होस्टेस ने खिड़की में से बाहर की ओर झाँका तो उसकी आशंका एक ठहाके में बदल गई, 'ओह सर, आप जिसे एक दूसरा प्लेन समझ रहे हैं वह हमारे प्लेन की विंग लाइट है जो विंग के छोर पर लगी हुई है। आप लोग उसे देख सकते हैं, क्योंकि आपकी सीट विंग के ठीक ऊपर है,' उन दोनों को पानी का गिलास देते हुए उसने समझाया। यात्री और केबिन क्रू सहित सभी खुलकर हँसे।''

''ये दोनों तो सभी के उपहास का पात्र बन गए होंगे, बेचारे,'' उन पर तरस खाते हुए मैंने कहा।

"बॉस, तुम हमारे स्मार्ट मैन रंजन से जुड़े किस्से को कैसे भूल सकते हो? वह भी बताओ," रोहन ने याद दिलाया।

"ओह, हाँ, उसे हम कैसे भूल सकते हैं," अपनी झूठी शान दिखाने के लिए मशहूर हमारे एक और बैचमेट रंजन से जुड़ा किस्सा बताने के लिए फिलिपॉज ने फिर मोरचा सँभाल लिया, "रंजन से अगली सीट पर बैठे यात्री एक बुजुर्ग सज्जन थे। सामान्य शिष्टाचार के शब्दों के आदान-प्रदान के बाद उन सज्जन ने रंजन से यूँ ही पूछ लिया कि वह किस पेशे में है और रंजन ने बड़ी-बड़ी बातें हाँकना शुरू कर दिया। उसने उन्हें बताया कि वह पी.बी.आई. में एक प्रोबेशनर है और यह कि उसके लिए चुना जाना कितना मुश्किल काम था। पूरी उड़ान के दौरान रंजन उन सज्जन से अपने और अपने रुतबे के बारे में डींगें मारता रहा। उसने उन सज्जन के बारे में कुछ जानने की जहमत नहीं उठाई, क्योंकि वह पूरी तरह अपना राग अलापने में लगा हुआ था। अंत में कलकत्ता एयरपोर्ट पर विदाई लेते हुए रंजन ने उन सज्जन का परिचय पूछा तो उन्होंने जवाब दिया, 'मैं भट्टाचार्य हूँ, पी.बी.आई. के बंगाल सर्किल का सर्किल जनरल मैनेजर। अपने प्रयास में सफलता के लिए मेरी शुभकामनाएँ।' बिना मुड़कर देखे, वे उन लोगों के काफिले के साथ चले गए, जो उन्हें रिसीव करने आया था।"

"ओह! उसके बाद रंजन का क्या हुआ?" मैंने पूछा।

"कुछ नहीं, कुछ भी नहीं। वह बिलकुल ही बेशर्म, मोटी चमड़ी और कभी न सुधरनेवाला बंदा है। पट्ठा यह मानने के लिए तैयार ही नहीं था कि अपनी शुभकामनाएँ देते हुए मि. भट्टाचार्य डींग हाँकने के लिए उसकी खिंचाई कर रहे थे। बल्कि, वह हमारे सामने यह डींग हाँकता रहा कि सी.जी.एम. उसकी बातों से इतने प्रभावित हुए कि उन्होंने उसकी सफलता के लिए शुभकामनाएँ व्यक्त कीं," रोहन ने जवाब दिया।

"अब तुम बताओ कि रेलयात्रा के दौरान तुम्हारे साथ क्या दिक्कतें पेश आईं?" फिलिपॉज मेरी ओर मुखातिब हुआ।

"इसे क्या दिक्कतें आतीं जब राक्षसी इसके साथ थी?" रोहन ने टिप्पणी की।

"ओ.के., राक्षसी को पालतू बनाने में आई दिक्कतें?"

फिलिपॉज की हाजिर- जवाबी पर हम सब हँसने लगे।

"असल में हमारी यात्रा बहुत ही स्मूथ रही और जूता खो जाने या शीशा टूटने जैसी कोई घटना नहीं हुई।" हमारी रेलयात्रा के बारे में और सवालों से बचने की कोशिश करते हुए मैंने एक संक्षिप्त जवाब दिया।

"देखो सुरेश, हम यह अच्छी तरह जानते हैं कि तुम एक 'उमदा सवारी' चाहते थे और इसलिए तुमने ट्रेन से सफर करना तय किया। इसलिए कुछ छिपाओ नहीं और हमें बताओ कि क्या हुआ?" रोहन ने शरारत के लहजे में कहा।

"देखो, इन बातों की चर्चा हम यहाँ डाइनिंग हॉल में न करें तो बेहतर होगा," उनके सवालों से बचने की पूरी कोशिश करते हुए मैंने कहा और यह कहना कारगर साबित हुआ।

"हाँ, यह सही कह रहा है और वैसे भी तुम लोग इससे यह अनावश्यक पूछताछ क्यों कर रहे हो जब वह खुद कबूल कर चुका है?" नगेंद्र ने कहा।

हमें पता भी नहीं चला था कि वह कब आया और हमारे पीछे खड़ा हो गया। अनजाने में ही उसने मुझे बचा लिया था। इस मौके का फायदा उठाते हुए मैं तुरंत उठ खड़ा हुआ। तभी किसी ने धीमे स्वर में बताया कि एक वेटर काफी देर से हम पर नजर रख रहा था, क्योंकि हम अपना भोजन समाप्त करने के बाद काफी देर से गप्पें लड़ा रहे थे। हर कोई उठ खड़ा हुआ और डाइनिंग हॉल से बाहर निकल गया।

□

8

कलकत्ता में

प्रकृति की गोद में स्थित एक पहाड़ी पर बनाए गए हैदराबाद के स्टाफ कॉलेज के विपरीत कलकत्ता का प्रशिक्षण केंद्र अलीपुर के एक पॉश रिहायशी इलाके में स्थित एक बहुमंजिला इमारत थी। पहली तीन मंजिलों में अकादमिक और प्रशासनिक ब्लॉक्स और क्लासरूम्स थे। चौथी मंजिल पर चीफ इंस्ट्रक्टर, हॉस्टल, सुपरिंटेंडेंट और संपर्क अधिकारी के निवास थे और ऊपरी चार मंजिलें प्रशिक्षुओं के हॉस्टल के रूप में उपयोग की जाती थीं।

पहले दिन का सुबह का सत्र प्रशासकीय कार्यालय में विभिन्न औपचारिकताएँ पूरी किए जाने के लिए नियत था। सही सत्र सुबह की चाय के ब्रेक के बाद ही शुरू हुआ और जैसा आमतौर पर होता है, वह जरूरी जानकारियाँ देने के लिए था। हमें कोर्स कोऑडिनेटर, हॉस्टल अधीक्षक और संपर्क अधिकारी द्वारा संबोधित किया गया, जिन्होंने अपना परिचय देने के बाद हमारा परिचय पूछा लेकिन बहुत ही अनौपचारिक तरीके से। विश्वास कीजिए यह बहुत मजेदार दौर था क्योंकि हम केवल दस दिनों से कुछ अधिक समय से ही एक-दूसरे को जानते थे। हममें से प्रत्येक से हमारे बैचमेट्स में से किसी एक का परिचय कराने के लिए कहा गया और हर एक ने यह काम अपनी खास शैली में किया।

कलकत्ता के बारे में बताते हुए उन्होंने कहा कि यद्यपि इसे 'सिटी ऑफ जॉय' कहा जाता है, यहाँ पर सँभलकर चलना चाहिए। फिर हमें विस्तार से प्रशिक्षण केंद्र में भोजन की व्यवस्था और अन्य सुविधाओं के बारे में बताया गया। हमें शालीनता से बर्ताव करने की चेतावनी भी दी गई क्योंकि हमारा प्रशिक्षण केंद्र एक आवासीय कॉलोनी के बीच स्थित था। चूँकि यह कार्यक्रम कुछ ज्यादा लंबी अवधि के लिए था, हममें से एक को अपनी भोजन संबंधी आदतों और रुचियों के अनुसार खाना बनवाने के लिए केटरर और हॉस्टल अधीक्षक से समय-समय पर बात करने के लिए चुन लिया गया।

लंच ब्रेक के बाद दोपहर का सत्र असल में एक वॉर्मिंग-अप सेशन था, जिसमें

कई चकरा देनेवाले गेम्स और अभ्यास थे। दिन की समाप्ति पर चीफ इंस्ट्रक्टर ने औपचारिक रूप से प्रशिक्षण कार्यक्रम का उद्‍घाटन किया, पूरी फेकल्टी से हमारा परिचय कराया और कार्यक्रम की समय-सूची के बारे में हमसे चर्चा भी की।

जहाँ पाठ्यक्रम समन्वयक (कोर्स कोऑर्डिनेटर) का व्यक्तित्व रिलेक्स्ड टाइप का था, चीफ इंस्ट्रक्टर पुराने जमाने का, एक नियम-निष्ठ और सख्त व्यक्ति जान पड़ता था। जो समय-सूची वितरित की गई थी, उसके अनुसार असल कोर्स चौथे दिन से शुरू होना था। क्योंकि दूसरा दिन हैदराबाद में हुए ओरिएंटेशन प्रोग्राम को संक्षेप में दोहराए जाने के लिए नियत था। आश्चर्य की बात यह थी कि तीसरे दिन के लिए कुछ भी निर्धारित नहीं किया गया था। हमने मान लिया कि वह छुट्टी का दिन होगा और उसकी खुशी मनाने ही वाले थे कि किसी के सवाल के जवाब में पाठ्यक्रम समन्वयक ने बताया कि तीसरा दिन आचरण विज्ञान के लिए आरक्षित था और उसे एक गेस्ट फेकल्टी द्वारा संचालित किया जाएगा। दिन भर दी गई हिदायतों और चर्चाओं के बाद अंत में हम शाम को रिलैक्स हो पाए जब हमें एक अच्छी मूवी दिखाई गई तथा सभी प्रशिक्षुओं, फैकल्टी और उनके परिवारों को बढ़िया डिनर सर्व किया गया।

जल्द ही अगले दिन की भोर हुई और हम सब प्रफुल्लित मूड में थे—शायद कलकत्ता का जादू हम पर असर डाल रहा था। लंच के दौरान हमने शाम के लिए एक योजना बनाई और चौरंगी, पार्क स्ट्रीट, धरमतल्ला, एस्प्लेनेड, विक्टोरिया मेमोरियल जैसे सबसे अधिक चर्चित स्थानों पर जाने का फैसला किया। जल्द ही हम अपने अभियान पर थे। जब हम चौरंगी पहुँचे, वहाँ भारी जाम लगा हुआ था—ट्यूब रेल बिछाने के लिए सड़क की एक साइड, जिसके सामने एक विशाल खाली मैदान था (मुझे बाद में पता चला कि वह कलकत्ता के कई रत्नों में से एक 'मैदान' था), पूरी तरह खुदी हुई थी। चौरंगी की साइडलेन्स पर दौड़ते हुए हाथ-रिक्शों का दृश्य और उन रिक्शों की पीतल की घंटियों की आवाज इतनी मनमोहक थी कि उनकी अनदेखी नहीं की जा सकती थी। ब्रिटिश राज के जमाने की विशाल इमारतें, जिनमें चौड़ी खिड़कियाँ लगी हुई थीं, उस जगह को एक विशिष्ट अंदाज और एक अभिजात लुक प्रदान करती थीं। लाइन से खड़ी इमारतों के ग्राउंड फ्लोर्स में लगी खिड़कियों की चौखट पर दुकानदारों ने कई तरह के सामान—पुरानी पुस्तकों से लेकर नकली विदेशी वस्तुओं, जड़ी-बूटियों और शूलेसेज तक—सजा रखे थे। फुटपाथ के दूसरी ओर बनी चमड़े की वस्तुओं की दुकानें भी उतनी ही दर्शनीय थीं। धरमतल्ला से पार्क स्ट्रीट तक का इलाका वास्तव में मनोहर था। जब हम पार्क स्ट्रीट से गुजर रहे थे, गहरे रंग की बड़ी चौकड़ीवाली तहमद बाँधे एक हट्टा-कट्टा आदमी फुसफुसाया, 'लगेगा?' हममें से कोई भी उसकी कही बात का मतलब नहीं समझ पाया। हम एक साथ ही उलझन और उत्तेजना, दोनों महसूस

कर रहे थे और इस 'सिटी ऑफ जॉय' की हर छोटी-से-छोटी चीज को जज्ब करने की कोशिश कर रहे थे। जल्द ही हम विक्टोरिया मेमोरियल के चारों ओर बने लॉन्स पर टहल रहे थे जहाँ सफेद गांधी टोपी पहने कई आदमी दिखाई दे रहे थे। ऐसा लग रहा था मानो सभी नेता वहाँ उतर आए हों। वे शांत से महात्मा गांधी को श्रद्धांजलि देते प्रतीत हो रहे थे। (हमें बाद में पता चला कि गहरे रंग की चौकड़ीवाली तहमद दलालों का ट्रेड मार्क थी और सिर से पैर तक सफेद कपड़े पहने गांधी टोपीधारी लोग 'चना जोर गरम' बेचनेवाले थे।)

विक्टोरिया मेमोरियल के लॉन्स से गुजरते समय हमने वहाँ कुछ दिलचस्प गतिविधियाँ देखीं। उस रात हॉस्टल वापस पहुँचकर हमने आनेवाले रविवार को एक बार फिर विक्टोरिया मेमोरियल जाना तय किया।

□

9

मैं कौन हूँ

हमारे सत्र के तीसरे दिन हमारी आचरण विज्ञान की क्लास थी जो एक अतिथि व्याख्याता द्वारा ली जानी थी। क्लास के सुबह के सत्र में हममें से प्रत्येक से अपने बारे में कुछ बोलने के लिए कहा गया—वह अपने परिचय मात्र से कुछ अधिक होना चाहिए था। जब हम अपने बारे में कह चुके तो प्रशिक्षक ने अपनी शक्तियों, कमियों, अपनी जड़ों, अपने जीवन बोध और अपने आंतरिक संघर्ष को शामिल करते हुए अपना एक लंबा भावुक परिचय दिया। क्लास का वातावरण भावुकता से इतना भर गया कि हमारे बीच के सारे भावनात्मक अवरोधों को तोड़कर हमारे बीच जमी बर्फ पिघल गई। प्रत्येक व्यक्ति उस प्रवाह में बह चला। हम सब के अहं के कवच चूर चूर हो गए और किसी के चेहरे पर कोई मुखौटा नहीं बचा। हम लोग इतने विचलित और सम्मोहित हो गए थे कि हम लगभग जड़ और अवाक् रह गए। हम लोग क्लास में इतने रम गए थे कि सुबह की चाय के लिए कोई बाहर नहीं गया, वह हमें क्लास में ही सर्व कर दी गई।

सत्र के दौरान, हमारी बैच का एक साथी, जो कटक के पास एक पुराने जमींदार परिवार से ताल्लुक रखता था, लगभग रोते हुए अपनी व्यक्तिगत समस्या बताने लगा। उसकी शिकायत थी कि उसे अच्छा-खासा वेतन मिलने के बावजूद वह अपने घर के हर व्यक्ति को संतुष्ट नहीं कर पाया था और वह इस स्थिति से निपटने में असमर्थ था। उसने यह भी बताया कि इक्कीस सदस्योंवाले उसके संयुक्त परिवार में वह अकेला कमानेवाला था। प्रशिक्षक ने उससे पूछा, "तुमने उन्हें अपना वेतन कितना बताया है?"

"लगभग दो हजार रुपए प्रतिमाह।"

"नहीं प्रियवर, असल में तुमने उन्हें अपना वेतन 42,000 प्रति माह बताया है क्योंकि तुम्हारे परिवार के इक्कीस सदस्यों में से हर एक यह समझता है कि तुम दो हजार उसी के लिए कमा रहे हो। जबकि समस्या यह है कि तुम्हें पूरे परिवार के लिए दो हजार रुपए मिलते हैं!"

चाय पीने के बाद भी हम उसी सम्मोहित अवस्था में थे। ऐसा महसूस हो रहा था

मानो हमारा अपना कोई अस्तित्व ही न हो। अपने झूठे अहं की सभी परतें हम पर से उतार दी गई थीं और हमारी चेतना पर किसी तरह का आवरण बाकी न रहा था। हमारी मन:स्थिति एकदम पारदर्शी हो गई थी। अब हम अपने आंतरिक स्वरूप को साफ-साफ देख सकते थे। इसके बाद हमें अपने बारे में लिखने के लिए कहा गया, 'मैं कौन हूँ?' जिसे सबमिट नहीं करना था (परंतु यदि कोई व्याख्याता के साथ निजी तौर पर या क्लास में सबके सामने उस पर चर्चा करना चाहता/चाहती तो वह ऐसा कर सकता/सकती थी)।

मैं कौन हूँ

जड़ें

हम उत्तर प्रदेश के मैनपुरी जिले में आगरा के पास भदाना नाम के एक सुदूर गाँव से आते हैं। आज के सायबर वर्ल्ड में मेरा गाँव एक अजूबा ही है, क्योंकि वहाँ आज भी बिजली, पक्की सड़क या अन्य कोई नागरिक सुविधाएँ नहीं हैं। अगर आप वहाँ पहुँचना चाहते हैं तो आपको एक 'बंबा' के साथ-साथ एक पगडंडी पर पूरे पाँच किलोमीटर चलना होगा।* वह उत्तरी भारत के उन नमूना गाँवों में से एक है, जिन्हें अब भी विज्ञान और प्रौद्योगिकी में उन्नति के फल चखने हैं और आधुनिक जीवनशैली की सुख- सुविधाओं और आकर्षण का अनुभव करना है।

बहुत समय पहले, हमारे गाँव में मुख्यतया उन जातियों के लोग रहते थे, जिन पर समाज द्वारा 'आक्रामक' ('आक्रामक जातियाँ' संज्ञा समाज के उन वर्गों के लिए प्रयुक्त की जाती है जो पारंपरिक रूप से समाज द्वारा बहुत सुसंस्कृत नहीं मानी जातीं और उनके सदस्य ऐसी गतिविधियों में लिप्त होते हैं जो आमतौर पर समाज को मान्य नहीं होतीं।) होने का लेबल लगा दिया गया था और जिनके मुख्य पेशों में से एक था छोटे-मोटे डाकुओं और अपराधियों को पनाह देना।

आश्चर्यजनक रूप से गाँव में हमारे धर्म और मत (अहिंसा) को माननेवाला हमारा अकेला परिवार था। पुराने जमाने में गाँवों में विरले ही यह बात देखने में आती थी, क्योंकि आमतौर पर एक गाँव में एक ही जाति या धर्म के लोग रहते थे। परंतु यह अपवाद अकारण नहीं था और उसका एक इतिहास था। हमारा धर्म हमारे किसी पड़दादा द्वारा केवल सात पीढ़ियों पहले ही अपनाया गया था। कहानी यह थी कि वे एक-दूसरे परिवार की महिला के साथ अंतरंग संबध रखते हुए पकड़े गए थे। रुसवाई से बचने के लिए उन्होंने उस परिवार के सभी सात सदस्यों को मार डालने का जघन्य

*बताई गई दशाएँ अस्सी के दशक के आरंभ की हैं। बेशक, अब स्थिति बदल गई है।

अपराध कर डाला। एक अंग्रेज न्यायाधीश की अदालत में समर्पण करने से पहले प्रायश्चित्त के रूप में यह नया धर्म (अहिंसा) अपना लिया। हालाँकि सबूत के अभाव में उनके लिए सजा से बचने की पूरी संभावना थी और अंग्रेज जज के तीन बार यह कहने के बावजूद कि वे अपना अपराध स्वीकार न करें तो उन्हें छोड़ा जा सकता है, उन्होंने अपनी जिद नहीं छोड़ी। अहिंसा के नए अपनाए गए धर्म की सौगंध लेते हुए वे अपने अपराध की स्वीकृति पर अड़े रहे तथा नरमी और दया की हर पेशकश को ठुकरा दिया। उन्हें फाँसी दे दी गई। ऐसी थी आत्म-साक्षात्कार की कसक। हमारे इस भूतकाल के बारे में कानपुर में कोई नहीं जानता और सभी हमें एक सफेदपोश, सुशिक्षित लोगों के परिवार के रूप में लेते हैं, बल्कि हमें एक उच्च-शिक्षित और बुद्धिजीवी लोगों का परिवार समझने की गलती भी कर बैठते हैं।

बुनियादी परिवर्तनकारी मोड़

मेरे पिता अपने माता-पिता की बारहवीं संतान थे, परंतु जीवित बचनेवाली पहली, इसलिए इस बार इस बहुमूल्य बच्चे को बचाने के लिए हरसंभव सावधानियाँ बरती गई थीं। बहुत सोच-विचार के बाद बच्चे को किसी बुरी आत्मा के साए से बचाए रखने के लिए उसे पुश्तैनी मकान से दूर रखने का फैसला किया गया। इसलिए गाँव की दाई के घर उसके जन्म के बाद तुरंत ही उसे अपने नाना-नानी के घर, जो राजगढ़ नाम के नजदीक के ही स्थान पर था, भेज दिया गया। इतना ही नहीं, किसी और बुरी नजर से बचाने के लिए उसे प्रतीकात्मक रूप से एक सफाईकर्मी से छह कौड़ियों में खरीद लिया गया, जिसका अर्थ यह था कि बिलकुल ही बेकार नाचीज इनसान था। क्योंकि वह छह कौड़ियों में खरीदा गया था, उसका नाम छक्कूलाल रखा गया। यह चाल सफल रही : बच्चा न केवल जीवित रहा, बल्कि पूरे परिवार के लिए वह एक वरदान साबित हुआ क्योंकि बाद में वह हमारे परिवार के इतिहास में एक बुनियादी परिवर्तनकारी मोड़ साबित हुआ। वह अकेली एक ऐसी घटना थी, जिसने हमारे परिवार के भविष्य को पूरी तरह से बदलकर रख दिया।

जब वह बच्चा बड़ा हुआ तो उसे भदाना से करीब पाँच मील दूर जसराना कस्बे में स्थानांतरित करने का निर्णय लिया गया। परंतु पूरे परिवार के बाहर होने से वह सारा दिन करता क्या? इसलिए यह सोचा गया कि कुछ नहीं तो लड़का पढ़ ही ले। यद्यपि हमारे दादा की योजनाओं में स्कूल नाम की चीज का कोई स्थान नहीं था, यही वह चीज थी जो हमारे परिवार की नियति लिखनेवाली थी। इस तरह, यह एक सोच-समझकर उठाया गया कदम नहीं बल्कि एक संयोग ही था कि मेरे पिता को स्कूल में पढ़ने का अवसर मिला। इस प्रकार, छह वर्ष की नाजुक उम्र में एक विश्वस्त पारिवारिक

नौकर लाखन के साथ मेरे पिता जसराना भेज दिए गए। वे हफ्ते में दो या तीन बार इसी मकसद से रखे गए टट्टू पर सवार होकर हमारे गाँव आते थे। रास्ता तय करने के लिए वे दोनों मिलकर गाते :

"छक्कू लाखन की जोड़ी,
साथ में है इक घोड़ी,
कैसे चली है दौड़ी दौड़ी,
हमसे ना करो होड़ा होड़ी!"

शायद इन्हीं परिस्थितियों ने उन्हें एक सशक्त व्यक्ति के रूप में विकसित किया और इन्हीं घटनाओं के कारण वे परिवार के और संभवतः पूरे भदाना गाँव के, पहले व्यक्ति बने जो पढ़ और लिख सकते थे।

स्कूल में पिताजी ने सियाराम नाम के एक स्थानीय लड़के से दोस्ती की। समय बीतने के साथ उनकी दोस्ती एक आजीवन संबंध में बदल गई।

बाद में उन्हें सियाराम के साथ भदाना से करीब 10 मील दूर स्थित तालुका कस्बे शिकोहाबाद के एक मिडिल स्कूल में पढ़ने के लिए स्थानांतरित कर दिया गया। जिंदगी ऐसे ही चलती रही और शिकोहाबाद में अपनी स्कूली पढ़ाई समाप्त करके मेरे पिता उच्चतर दरजे की पढ़ाई के लिए आगरा चले गए। परंतु मेरे दादा की मृत्यु हो जाने के कारण उन्हें कॉलेज की पढ़ाई बीच में ही छोड़ देने और एक नौकरी तलाशने के लिए बाध्य होना पड़ा। दूसरा विश्वयुद्ध जब अपने चरम पर था, वे कानपुर आ गए और बाकी सब जैसी कहावत है, इतिहास बन गया।

एक जटिल व्यक्तित्व

मेरा जन्म विश्वयुद्धोत्तर युग में कानपुर के एक अस्पताल में हुआ और मुझे बताया गया है कि एक अमेरिकी लेडी डॉक्टर ने मेरे जन्म को सुपरवाइज किया था। यद्यपि मैं अपने माता-पिता की चौथी संतान और तीसरा पुत्र था, परंतु इस तथ्य के कारण मेरे जन्म की खुशियाँ मनाने में कोई कमी नहीं रखी गई और वह भारी धूमधाम से मनाया गया।

अपने भाई-बहनों में सबसे छोटा होने के कारण और जैसा हर परिवार में होता है, मैं पूरे परिवार का लाड़ला था। इसके अतिरिक्त, जन्म से ही मुझमें केल्शियम की कमी होने के कारण मैं अपने भाइयों की तरह तगड़ा नहीं था और इसलिए मेरा पालन-पोषण एक बहुत ही संरक्षित वातावरण में हुआ था। जिस तरह का अनबँटा प्यार मुझे मिला था उसने मेरे मन में जरा भी संदेह नहीं रहने दिया था (असल में मैं तो इसे एक हकीकत ही समझता था) कि मैं अपने माता-पिता की इकलौती संतान था। मेरे पास इसके सिवाय कुछ सोचने का कारण नहीं था, क्योंकि मेरी हैसियत ऐसी थी कि मेरे पास यह

सोचने का कोई मौका नहीं आया कि मेरे भाई और बहन भी मेरे माता-पिता की ही संतान थे और उन्हें भी मेरे माता-पिता का उतना ही प्यार मिलना चाहिए था। मुझ पर जो प्यार लुटाया गया था वह इतना विशिष्ट और अनन्य था कि एक अवधि के बाद उसने मुझे अपने परिवार के अन्य सदस्यों से अलग-थलग कर दिया और मुझमें श्रेष्ठता का भाव संचार करते हुए यह सोचने के लिए प्रेरित किया कि मैं सबसे अलग किस्म का था। जब व्यक्तित्व-निर्माण के वर्षों में आपको इतना संरक्षण मिलता है और आपके साथ अति-महत्त्वपूर्ण व्यक्ति जैसा व्यवहार किया जाता है, तो आप अपने चारों ओर एक कवच बना लेने की ओर प्रवृत्त हो जाते हैं और वह आपको जीवन की कठोर सच्चाइयों से अछूता बना देता है, परंतु अपने आपको छिपा लेने से संसार का अस्तित्व समाप्त नहीं हो जाता।

इसलिए, बाद के वर्षों में, जब इस कवच को जीवन के दबावों को झेलना पड़ता है, आप अचानक स्वयं को अपर्याप्त और असुरक्षित पाते हैं और अपने अंदर कई तरह की कुंठाएँ पैदा कर लेते हैं। इसके अतिरिक्त, मेरा पालन-पोषण एक ऐसे पारिवारिक वातावरण में हुआ था, जो एक-दूसरे से अछूते दो कठोर हिस्सों में बँटा हुआ था—जहाँ महिलाओं के लिए कड़े अनुशासन और घरेलू टाइप के अलग नियम थे और पुरुषों के लिए पूरी तरह उदार नियम। दो बिलकुल ही अलग संसार जिनके निवासियों के लिए दूसरे जगत् में प्रवेश पूरी तरह से निषिद्ध था। स्त्रियों से विनम्र, पूरी तरह से आज्ञाकारी, परनिर्भर, अज्ञानी और भोली होने की अपेक्षा की जाती थी, जिनका अपना कोई व्यक्तित्व, कोई सोच न हो। वे ऐसी इनसान थीं जो बस जिंदा रहती थीं। बचपन से मेरे मन में स्त्री का यह चित्र बना हुआ था, जो आज की स्त्रियों से बिलकुल विपरीत था।

संभवतः ये ही वे कारण थे जिन्होंने मुझे कई तरह की ग्रंथियों से युक्त एक एकांतप्रिय और असुरक्षित किस्म का व्यक्तित्व, जो साथ ही अपने आपको सदा सही भी समझता था, बनाने में अपना योगदान दिया। शायद मेरी सारी 'बुद्धिमत्ता' इस गहरे जमे हुए हीनता के बोध से उपजी है।

'अपने आपको जानने' का यह सत्र आँखें खोल देनेवाला था और उसने हमें उस सबका बोध कराया जो हमारे भीतर छिपा हुआ था, चाहे अवचेतन में ही। बहुत ही ईमानदारी से किया गया स्व-प्रकटन!

(अगर आप जानना चाहते हैं कि 'मैं कौन हूँ?' तो कृपया एक पेन और कागज लीजिए। शांतचित्त होकर बैठिए और इसी तर्ज पर अपने बारे में ईमानदारी से लिखना शुरू कीजिए। जल्द ही आप महसूस करेंगे कि आप कौन हैं।)

□

10

एक बड़ी दरार

हमें कलकत्ता आए पाँच दिन हो गए थे, परंतु मोनालिका और मेरे बीच बातचीत शुरू नहीं हुई थी। किसी को यह जरा भी भान नहीं था कि हमारे संबंध में खटास आ चुकी है, क्योंकि हमने इस बात का ध्यान रखा था कि जब दूसरे लोग साथ हों, हम अपना व्यवहार सामान्य रखेंगे, यद्यपि हम एक-दूसरे के नजदीक आने से बचने के लिए कड़ा प्रयास कर रहे थे। परंतु एक दिन दोपहर की क्लास में वह अचानक आई और मेरी बगल में बैठ गई। मैं हक्का-बक्का रह गया और पूरी क्लास के दौरान यही सोचता रहा कि वह महज एक संयोग था या उसने जान-बूझकर ऐसा किया था। जहाँ मैं अभी अचरज ही कर रहा था कि कहीं यह पिछले दिन की आचरण विज्ञान की क्लास का प्रभाव तो नहीं था, मुझे ऐसा लगा जैसे वह मेरे कान में कुछ फुसफुसाई और तमककर क्लास से बाहर चली गई। मेरे दिमाग में कई सवाल उठ रहे थे और मैं अपना ध्यान क्लास में पढ़ाए जा रहे विषय पर केंद्रित नहीं कर पा रहा था। मैंने बाद में सुना कि उसे बाथरूम के फर्श पर अचेत पाया गया था। उसके बारे में सबकुछ इतना चकरा देनेवाला था। मैं बुरी तरह अपनी भावनाओं को किसी पर उँड़ेल देने के लिए आतुर था, परंतु किसी बैचमेट को इस बारे में बता भी नहीं सकता था, क्योंकि उससे मामला और ज्यादा उलझ जाता। इसलिए स्वयं को राहत पहुँचाने के लिए मैंने अपने द्वंद्व को कागज पर उतारने का फैसला किया।

एक बड़ी दरार

हमें कलकत्ता आए पाँच दिन हो चुके थे, परंतु मेरे और मोनालिका के बीच किसी तरह का कोई आदान-प्रदान नहीं हुआ था। यद्यपि हम दोनों के बीच एक मंजिल का ही फासला है—वह पाँचवीं मंजिल पर थी और में छठी मंजिल पर—हमने एक-दूसरे की ओर देखने तक की कोशिश नहीं की है। क्लासरूम में भी हम एक-दूसरे के साथ से बचने की कोशिश करते हैं। अब हम अलग-अलग समूहों में घूमते हैं—वह महिलाओं

के समूह में और मैं अपने पुरुष दोस्तों के साथ। यद्यपि एक-दूसरे से कुछ नहीं कहा है, हम दोनों के बीच एक आपसी समझ है कि हम अपने बीच आई दरार को स्पष्ट और सार्वजनिक नहीं करेंगे और क्लास में बिलकुल सामान्य रूप से व्यवहार करते रहेंगे। मैं नहीं जानता कि हम केवल मित्र हैं या उससे ज्यादा कुछ और? मेरा मन सवालों से भरा है। वह मेरे इतने नजदीक क्यों आई? क्या एक महिला के लिए रेलयात्रा में बीयर ले जाना अजीब नहीं था? या वह उसकी जरूरतों का एक हिस्सा मात्र थी? दोपहर के सत्र में जब वह मेरी बगल में बैठ गई तो मैं भौंचक्का रह गया। फिर वह बाथरूम में बेहोश हो गई। उसे परेशानी क्या थी? शाम को अपर्णा ने मुझे बताया कि असल में मोनिका (पता नहीं अपर्णा मोनालिका को हमेशा मोनिका क्यों कहती है) ने मेरे कान में कहा था कि वह अस्वस्थ महसूस कर रही थी, मगर मैंने ध्यान नहीं दिया। वह तो ईश्वर की कृपा रही कि वह तुरंत ही ट्रेनिंग सेंटर के डॉक्टर की देखरेख में आ गई।

अगले दिन किसी बेहद जरूरी काम से उसे घर जाना पड़ा और कुछ ऐसा घटित हो गया कि जिस रहस्य ने मोनालिका को घेर रखा था, वह और गहरा गया। चूँकि मैं अपने विचारों को किसी के साथ बाँट नहीं सकता था, मैंने उस दिन अपनी डायरी में लिखा।

लाखों डॉलरवाली मुसकान

सुबह की क्लास के बाद मुझे पता चला कि एक बहुत ही जरूरी काम से मोनालिका को घर जाना था और वह दोपहर को रवाना हो जाएगी। असल में उसे इस आशय का टेलीफोन कॉल दोपहर की क्लास से कुछ पहले, कल ही मिल गया था। संभवत: वह कोई गंभीर बात थी और उसके बेहोश होने के पीछे भी वही कारण रहा होगा।

आज दोपहर, जब वह रवाना हो रही थी, कुछ अविश्वसनीय घटित हो गया। लंच के बाद जब मोनालिका को निकलना था, हम प्रशिक्षण केंद्र के गेट के पास टहल रहे थे। मैं उसकी कुशलक्षेम के बारे में पूछना और उसे अलविदा कहना चाहता था पर अपने भीतर इतना साहस इकट्ठा नहीं कर पा रहा था। ठीक उसी समय मेरी आँखें उसकी आँखों से मिलीं और वाह! उसके बाद मैंने जो देखा वह साँसें रोक देनेवाला था। उसने एक शांत और स्नेहभरी मुसकान बिखेरी जिसमें क्षुद्र चाहत का नामोनिशान भी न था। वह एक ऐसी मुसकान थी जो उसके चेहरे पर मैंने पहले कभी नहीं देखी थी। वह उन मुसकानों में से थी जिस पर कोई भी पुरुष मर मिटने के लिए तैयार हो जाए। 'बाय' कहने के लिए शायद उसके होंठ कुछ हिले, या वह मेरी कल्पना थी!

□

11

सिटी ऑफ जॉय

जिस क्षण मैं हावड़ा स्टेशन पहुँचा, तभी से उसकी समृद्धि देखकर मुझे उससे प्यार हो गया। जब मैं स्टेशन से बाहर आया, कैंटीलीवर पर लटकते हुए हावड़ा ब्रिज के विशाल ढाँचे ने मेरा ध्यान आकर्षित किया। वह इतना भव्य लग रहा था कि कुछ देर के लिए मैं उस पर से अपनी नजरें हटा नहीं सका। ब्रिज के नीचे हुगली नदी के दोनों किनारों की ओर जाते हुए छोटे स्टीमर्स (फेरीज) अपने पीछे पानी की लंबी तरंगें और बुलबुले छोड़ते जाते थे। हुगली नदी पर पड़ रहा आसपास के भवनों का प्रकाश फेरीज के आवगमन से उपजी तरंगों पर नाचता हुआ दिखाई देता था। चलती हुई फेरीज और नदी के दूरवर्ती तट पर खड़े स्टीमर्स की नारंगी-पीली लाइट्स से हुगली नदी जगमगा रही थी। यह एक ऐसा दृश्य था जिसे बार-बार देखने की इच्छा होती है और जो तभी से हमेशा के लिए मेरी स्मृति में अंकित हो गया है। प्रशिक्षण केंद्र की ओर जाते हुए जब मैं ब्रेबोर्न रोड और डलहौजी इलाके से गुजरा तो सड़क के दोनों ओर अपनी पूरी भव्यता में धीरता से लाइन में खड़े ब्रिटिश जमाने के विशाल भवनों को देखकर मैं चकित रह गया। मुझे ऐसा लगा जैसे मैं स्वप्न-लोक में पहुँच गया हूँ, जिसके लिए मेरा मन बरसों से तरस रहा था। जल्दी ही छुट्टी के एक दिन हमें आनंदमय शहर कलकत्ता को एक्सप्लोर करने का मौका मिल गया।

हम ब्रिटिश जमाने की विशाल इमारतों पर विशेष रूप से मुग्ध थे इसलिए हम सीधे डलहौजी स्क्वेयर पहुँचे। विशाल इमारतोंवाला यह इलाका 1912 ई. तक भारत की राजधानी था और उसमें सचिवालय (राइटर्स बिल्डिंग), भारतीय रिजर्व बैंक, रॉयल इंश्युरेंस कंपनी (अब नेशनल इंश्युरेंस), शॉ वेलेस और बामर लॉरी कंपनी जैसे कई कार्यालय स्थित थे और भीतरी इलाके में, स्ट्रेंड रोड पर, हुगली नदी के सामने ग्रेट ईस्टर्न रेलवेज और इंपीरियल बैंक ऑफ इंडिया (बाद में स्टेट बैंक ऑफ इंडिया) के प्रधान कार्यालय थे जो भव्य दिखाई देते थे। स्ट्रेंड रोड के दूसरे छोर पर अब भी कार्यरत विशालकाय भंडारगृह थे जो रेलों से पहले के जमाने की याद दिलाते थे। पुराने जमाने में

व्यापारियों द्वारा जलमार्ग से माल, विशेष रूप से जूट और चाय के परिवहन से पहले या बाद में भंडारण के लिए उनका उपयोग किया जाता था।

उन्नीसवीं और बीसवीं सदी के आरंभ में बनाई गई ब्रिटिश राज के जमाने की इन इमारतों का रखरखाव बहुत अच्छा रहा था। इन इमारतों में पुरानी दुनिया का आकर्षण अब भी मौजूद था। इन पुरानी इमारतों के पट्टीदार दरवाजों और खिड़कियों तथा आज के वेनेशियन ब्लाइंड सिस्टम के बीच समानता देखकर मैं विशेष रूप से मुग्ध था। इन विक्टोरियाई भवनों की सबसे प्रमुख वास्तुशिल्पीय विशेषता वे टॉवर थे जो इन भवनों के अभिन्न अंग थे। उनके अग्रभाग के साथ-साथ बने नक्काशीदार अर्द्ध-गोलाकार मेहराब भी उतने ही शानदार लगते थे। कुछ भवनों में विशिष्ट दोहरे कँगूरोंवाला वास्तुशिल्प भी दिखाई देता था। कुछ इमारतों के छज्जों और बाउंड्री वॉल्स में फूल-पत्तियों के मोटिफ्स से सजी लोहे की जालियाँ लगी हुई थीं। भीतरी भागों में लकड़ी से बनी चौड़ी सीढ़ियाँ इन इमारतों को एक विशेष स्पर्श प्रदान करती थीं। इन इमारतों में बेशक बाद में लगाई गई लकड़ी की लिफ्ट्स उन्हें एक विशिष्ट लुक प्रदान करती थीं।

डलहौजी इलाके का एक चक्कर लगाने के बाद हमने मैदान—हरियाली से भरपूर एक विशाल खुला परिवेश—जा रही ट्राम से यात्रा करने का लुत्फ उठाने का फैसला किया। वह सीधे परीलोक से उठाया गया एक दृश्य लगा। घोंघे की रफ्तार से चल रही ट्राम में आराम से बैठे हुए मनोरम दृश्यों का आनंद लेना एक अद्‌भुत अनुभव था। ट्राम एक प्रसिद्ध फुटबॉल क्लब के मैदानों के पास से उस विशाल मैदान के वृक्ष-आच्छादित रास्तों से धीरे-धीरे गुजर रही थी। ऐसा लग रहा था जैसे समय थम गया हो; जैसे हम एक अनंत यात्रा पर हों। मैदान में लोगों को क्रिकेट खेलने से लेकर दोपहर की नींद लेने जैसी विभिन्न गतिविधियों में लिप्त देखना बहुत रोचक लग रहा था। कई जगह लोगों के समूह अड्डेबाजी (गप्पें मारने) का आनंद ले रहे थे। उस विशाल मैदान के दूरवाले छोर पर जे.एल.एन. रोड पर बने गगनचुंबी कार्यालय भवन खिलौना भवनों जैसे दिखाई दे रहे थे। दूर क्षितिज पर सूरज अस्त हो रहा था और विक्टोरिया मेमोरियल लॉन्स को एक उत्सव का रूप देते हुए वहाँ लोगों की भीड़ उमड़ने लगी थी। सूरज की लाल किरणों से नहाया हुआ मेमोरियल और भी शाही और भव्य लग रहा था।

जब तक हम फेरी द्वारा हुगली नदी पार कर हावड़ा स्टेशन जाने के लिए बाबूघाट वापस पहुँचे, लगभग अँधेरा हो चुका था। स्टीमर का इंजन जोर से 'घर-घर' की आवाज कर रहा था, जो मेरे जैसे पहली बार फेरी से यात्रा करनेवाले के लिए रोमांचक था। जल्द ही बजर बज उठा और एंकर उठा दिया गया। स्टीमर इंजन की 'घर-घर' की आवाज अब हुगली नदी की लहरों की 'हूहू...' की आवाज में खो गई थी। स्टीमर से देखने पर कोई विशाल हावड़ा ब्रिज की चमत्कारी इंजीनियरिंग की तारीफ किए बिना

नहीं रह सकता था। हावड़ा स्टेशन की तरफवाले किनारे पर पहुँचने के बाद हमने हावड़ा ब्रिज के दूसरे छोर पर बने सबसे दूरवाले टर्मिनल बाघ बाजार जाने के लिए एक और फेरी लेने का फैसला किया। यह फेरी आकार में छोटी थी और एक पनडुब्बी की तरह पानी में डूबी हुई थी। पिछली फेरी से विपरीत इस फेरी में बैठने के लिए कोई डेक नहीं था। जब हम विशाल हावड़ा ब्रिज के नीचे से गुजरे तो एक बार फिर मैं मंत्र-मुग्ध हो गया। पानी के भीतर से भी उसके कंपन को महसूस किया जा सकता था।

उत्तरी कलकत्ता स्थित बाघ बाजार में उतरने के बाद हमने प्रशिक्षण केंद्र जाने के लिए एक सीधी टैक्सी ले ली जो उत्तर के पुराने कलकत्ता, मध्य के ब्रिटिश कलकत्ता और दक्षिण के आधुनिक कलकत्ता से होकर गुजरी। शहर भूतकाल, वर्तमान और भविष्य का एक मुकम्मल मिश्रण जान पड़ता था।

□

12

कलकत्ता की खोज

कलकत्ता में रहते हुए अब हमें काफी समय हो गया था, एक शाम हमारी मंडली के कुछ सदस्यों ने बग्घी की सैर का कार्यक्रम बना लिया।

जैसा पहले तय किया गया था, हम विक्टोरिया मेमोरियल गए। हमेशा की तरह वहाँ की भीड़ और शोरगुल में बहुत से सफेद गांधी टोपीधारी (चना-चिप्स वाले) लोग दिखाई दे रहे थे। सड़क पार मेन गेट के बाहर विशाल मैदान में बंदरवाला से बायोस्कोपवाला और पानीपुरीवाला से फ्रूटचाटवाला तक सभी को देखा जा सकता था। रविवार होने के कारण विक्टोरिया (बग्घी) की सवारी सहित सभी चीजों के रेट सप्ताह के अन्य दिनों के मुकाबले डेढ़ गुना तक बढ़ गए थे। सफेद संगमरमर से बनी मेमोरियल की इमारत अपने पूरे गौरव के साथ खड़ी थी और डूबते सूरज की सुनहरी किरणें उसे और भी मनोहर बना रही थीं। उतनी ही शानदार थी मेमोरियल हॉल के शिखर पर स्थापित एक देवदूत की घूमती हुई कांस्य प्रतिमा। यह बताया गया कि 3.5 टन वजनी, 4.9 मीटर ऊँची, बॉल बेअरिंग्स पर घूमती यह प्रतिमा 1921 ई. में स्थापित की गई थी। यह जानना दिलचस्प था कि मेमोरियल के गुंबद पर भार को कम करने के लिए यह महत्त्वपूर्ण था कि देवदूत की वह प्रतिमा बिना किसी रुकावट के घूमती रहे।

इधर-उधर की बातें करते हुए हमने स्मारक के साइड-लॉन्स में टहलना शुरू कर दिया। हम आसानी से प्रगाढ़ आलिंगनबद्ध कई जोड़ों को देख सकते थे, जिनमें से कुछ तो एक-दूसरे को किस भी कर रहे थे। कुछ और आगे जाने पर इसी तरह के और जोड़े भी दिखाई दिए। हाथों में एक झोला और छोटी सी मिट्टी की हाँड़ी लिए कुछ पुरुष और कुछ औरतें भी घूमते देखे गए। उस हाँड़ी और झोले में क्या था, यह जानने के लिए हम बड़े उत्सुक थे। बाद में हमें पता चला कि उनके पास हशिश से मरिजुआना तक सब तरह की ड्रग्स और इंट्राविनसली इंजेक्टेबल ड्रग्स भी थीं।

अभी हम उनके बारे में गॉसिपिंग कर ही रहे थे कि अमित ने एक चुरुटवाले से हशिश के एक सिंगल पॉट की कीमत पर हम आठ या नौ लोगों को एक कश दिलाने का

सौदा कर लिया—बस यह जानने के लिए कि हशिश की स्मोकिंग कैसी होती है। हम सब वयस्क थे, परंतु उतने वयस्क भी नहीं''बस, जिंदगी का थोड़ा तजुर्बा हासिल करने के लिए। हालाँकि वह अमित ही था जिसने हशिश के कशों का सौदा किया था, वह खुद ही काफी डरा हुआ लग रहा था। चूँकि फिलिपॉज को पॉट का कुछ अनुभव था, पहला कश उसे ही ऑफर किया गया।

"यह तो बहुत ही उम्दा है," कहते हुए उसने एक के बजाय दो कश मार लिए। दूसरा कश खत्म करते हुए फिलिपॉज बोला, "बहुत बढ़िया चीज है, मैं काफी सुकून महसूस कर रहा हूँ।"

फिलिपॉज के अनुभव से प्रेरित होकर नगेंद्र ने खुद को आगे कर लिया और अपने परिचित अंदाज में बोला, "बॉस, अब मैं लूँगा।" फिर एक लंबा कश लेकर नगेंद्र बोला, "ओह, यह तो बहुत बढ़िया है।"

"अब मैं एक कश ले लूँ?" रंजन ने स्टाइल से कहा और आगे आ गया। फिर हाइजीन के प्रति अपनी सतर्कता दिखाते हुए उसने चुरुटवाले से पूछा, "क्या सभी लोग इसी पाइप का इस्तेमाल करते हैं?" चुरुटवाले ने शांति से जवाब दिया, "सा'ब, पाइप बदलने की कोई जरूरत नहीं है क्योंकि उसे सीधे मुँह में नहीं रखा जाता। कश हथेली के जरिए लिया जाता है।"

"भगवान जाने, तुम न जाने कब से इसी पाइप को इस्तेमाल कर रहे हो! फिर भी''" उसने कहा और पाइप को एक खास तरह से पकड़ते हुए और अपने उच्च मध्यवर्गीय होने की शान दिखाते हुए फिर बोला, "ओ.के., बुरा नहीं है, चलेगा।"

"कम ऑन सुरेश, अब तुम एक कश लोगे," खुद ट्राय करने से पहले एक सुरक्षित गेम खेलते हुए अमित बोला। चूँकि मैं इस बारे में आश्वस्त नहीं था, मैंने पूरी ताकत से कश नहीं लिया। मैंने मुश्किल से ही कुछ धुआँ भीतर लिया था, फिर भी मुझे वह बड़ा दमघोंटू और तकलीफदेह लगा। मेरा सिर घूमने लगा था और मैं खाँसना चाहता था, परंतु मेरी मर्दानगी दाँव पर थी। इसलिए बड़ी मुश्किल से मैंने अपनी तकलीफ छिपाई। बल्कि आँखें चौड़ी करके मैं चिल्लाया, "वाह, क्या अनुभव है! मैं कितनी राहत और सुकून महसूस कर रहा हूँ।"

मेरी टिप्पणी से हिम्मत पाकर अमित ने तुरंत पॉट छीन लिया, "ओ.के., अब मैं लूँगा," और बहुत सा धुआँ भीतर लेते हुए उसने पूरी ताकत से कश लिया। उसने जैसे ही ऐसा किया, वहाँ साक्षात नर्क उपस्थित हो गया। एक कमान की तरह ऐंठते और दोनों हाथों से अपना सीना दबाते हुए वह बुरी तरह खाँसने लगा। इससे पहले कि हम कुछ समझ पाते, उसकी आँखें भयंकर रूप से बाहर निकल आईं। अब तक उसके गले में सूजन आ जाने के कारण खाँसी कम हो गई थी। हम मुश्किल से उसे सहारा दे पाए थे

कि वह बेहोश हो गया। चुरुटवाले के कहे अनुसार हमने तुरंत एक बाल्टी पानी का इंतजाम किया और उसके चेहरे, चेस्ट और सिर पर पानी छिड़कने लगे और जितना हो सका, उसके हलक से भी पानी उतारा। चुरुटवाला पाइप के जरिए उसे हशिश के तोड़वाला कुछ पदार्थ देना चाहता था मगर हमने इनकार कर दिया क्योंकि उसका चुरुट पहले ही कयामत बरपा चुका था। हमने उसके कपड़ों के बटन खोले और उसे एक खुली जगह में ले गए। जब अमित को होश आया, हमने उसे जितना वह पी सकता था, उतना पानी पिलाया। इसी बीच हममें से कुछ लोग बर्फ और आइसक्रीम ले आए। हमने बर्फ को छोटे-छोटे टुकड़ों में कुचलकर उसे एक रूमाल में रखा और उसे उसके माथे पर फिराने लगे। जब उसकी हालत कुछ सुधरने लगी, हमने उसे आइसक्रीम खिलाई। फिर बर्फ की पट्टी दोबारा उसके माथे पर रखते हुए उससे पूछा कि क्या हम उसे किसी डॉक्टर के पास ले चलें? हशिश से बुरी तरह प्रभावित वह अब भी कुछ बोलने की स्थिति में नहीं था, परंतु उसने इशारा किया कि उसकी जरूरत नहीं है। हमने उसे जबरदस्ती दोबारा आइसक्रीम खिलाई, परंतु उसने उलटी कर दी। कुछ समय बाद जब उसकी हालत में सुधार हुआ, हमने विक्टोरिया मेमोरियल से जाने का फैसला किया। हम उसे उठाकर किसी तरह टैक्सी तक ले गए। उसके बदन पर ठंडी हवा के झोंके लगने से उसकी हालत सामान्य होने लगी। किसी संभावित खतरे से बचने से लिए प्रशिक्षण केंद्र के पास हमने एक डॉक्टर से सलाह ली जिसने कुछ दवाइयाँ लिखीं और जितने तरल पदार्थ वह पी सकता था, पीने की सलाह दी।

हॉस्टल पहुँचकर हम अमित को सीधे उसके कमरे में ले गए। डॉक्टर की बताई दवाइयों के प्रभाव से वह लगभग तत्क्षण गहरी निद्रा में चला गया।

घंटे भर बाद अमित को होश आ गया और हम सब रोहन के कमरे में इकट्ठे होकर अपने अनुभव बाँटने लगे। एक बैचमेट बृंदा विक्टोरिया मेमोरियल के अपने अनुभवों की शेखी बघारने लगा जिससे पूरा कमरा शोर से गूँजने लगा। कमरे में एकदम आपाधापी का माहौल हो गया।

कमरे में हो रहा हो-हल्ला अचानक बंद हो गया जब दरवाजा जोर-जोर से खटखटाए जाने की आवाज सुनाई दी। जब दरवाजा खुला तो सभी सन्न रह गए। दरवाजे पर गुस्से से लाल चीफ इंस्ट्रक्टर खड़े थे। होश में आने में हमें कुछ समय लगा परंतु जल्द ही लोग स्थिति समझ गए और इधर-उधर भागने लगे। केवल हम चार—रोहन, फिलिपॉज, बृंदा और मैं—जो या तो भाग न सके या भागे नहीं—चीफ इंस्ट्रक्टर के बेरहम पंजों में फँसे, कमरे में रह गए। बेशक, फिलिपॉज के पास भागने का कोई मौका न था क्योंकि उसी ने दरवाजा खोला था और रोहन, जिसके कमरे में हम सब थे, भी भाग नहीं सकता था। आधी रात को इस तरह हुड़दंग मचाने के लिए हमें बुरी तरह

फटकार लगाई गई—बस यह समझो कि थप्पड़ नहीं पड़ा। अपने हंगामे में हम इतने डूबे हुए थे कि हमें पता ही नहीं चला कि मध्यरात्रि कब की बीत चुकी थी और यह कि कमरे में हो रहा गुलगपाड़ा खुली खिड़कियों के जरिए आसपास के रिहायशी इलाकों तक ब्रॉडकास्ट हो गया था। असल में, आसपास के अपार्टमेंट्स में रहनेवाले लोग आधी रात को चीफ इंस्ट्रक्टर से शिकायत करने के लिए ट्रेंनिग सेंटर आए थे। हमें कड़ी चेतावनी दी गई और जो दूसरे प्रशिक्षु वहाँ थे, उनके नाम बताने के लिए कहा गया। हम यह कहकर किसी का नाम बताने से बच गए कि व्यावहारिक रूप से सभी पुरुष अधिकारी वहाँ मौजूद थे।

अगले दिन हमारे दुराचरण के लिए हम चारों को कारण बताओ नोटिस थमा दिए गए जबकि हमारे बैच के दूसरे साथी पहचाने नहीं जा सके। हमने लगभग अपनी नौकरियाँ खो दी थीं और हम बुरी तरह डरे हुए थे। मौजमस्ती से भरे हमारा बुल-सेशन अचानक खत्म हो गया था। भगवान का शुक्र था कि बाद में हमें सुकून पहुँचाते हुए प्रशिक्षण केंद्र से रवाना होने से पहले ये नोटिस वापस ले लिए गए। वह बुल-सेशन बैंकिंग सेवा में हमारे प्रवेश कार्यक्रम का आखिरी और सबसे यादगार सेशन बनकर रह गया। इसलिए और भी ज्यादा कि बाद में यह पता चला कि दरअसल उस शाम बृंदा विक्टोरिया मेमोरियल गया ही नहीं था और उसकी पूरी कहानी महज उसकी कल्पना की उड़ान थी।

□

13

सपनों का शहर

मैं पहले ही मोनालिका की कमी महसूस कर रहा था। उसकी अनुपस्थिति और हमारे बुल-सेशंस पर लगे प्रतिबंध ने मेरा मूड और ज्यादा खराब कर दिया। मुझे ऐसा लग रहा था जैसे दूसरों के साथ चलकर मैं पहले ही अपनी उँगलियाँ जला बैठा था और इसलिए बहुत बेताबी से मैं किसी नई कंपनी की तलाश में था। ठीक उसी समय एक नई घटना हुई। वह सभी प्रशिक्षुओं द्वारा आयोजित कलकत्ता-दर्शन की यात्रा के दौरान घटित हुई। असल में मैं बेलूर मठ जाना चाहता था। चूँकि वह हुगली नदी के पार स्थित था, वहाँ मोटरबोट से ही पहुँचा जा सकता था और मेरा साथ देने के लिए कोई भी तैयार न था। मैं उदास था, परंतु तभी अपर्णा ने मेरे साथ चलने का प्रस्ताव किया। मैं खुश था कि आखिरकार मुझे कंपनी मिल ही गई थी, परंतु समय बीतने के साथ मैंने महसूस किया कि हमारे संबंध दोस्ती का रूप ले रहे थे। हॉस्टल में केवल पुरुषों के सामूहिक सत्रों पर प्रतिबंध लगा दिए जाने के बाद लोग या तो शाम को घूमने निकलते थे या हॉस्टल में छोटे-छोटे समूहों में ही रहते थे। काले बादलों के बीच कोई उजली रेखा थी तो यह कि अपर्णा के साथ बिताने के लिए मेरे पास काफी समय था। धीरे-धीरे हमारी दोस्ती मजबूत होती गई। अपर्णा और मेरे बीच कई चीजें मेल खाती थीं, जैसे हम दोनों को पी.बी.आई. का लखनऊ सर्किल मिला था, हम दोनों की पृष्ठभूमि साइंस की थी और दोनों का मूलस्थान भी एक ही था। यह तथ्य कि हम दोनों एक ही धरातल पर सोचते थे हमें एक-दूसरे के इतना पास ले आया था कि हम अकसर साथ घूमते नजर आते थे। कभी-कभी तो हमारे साथी इससे चिढ़ जाते थे। दीघा यात्रा के दौरान हमारी नजदीकियाँ और बढ़ गईं। उस दिन अपना निजी समय बिताने के लिए रोहन और नीता समुद्र तट पर चले गए। मुझे और अपर्णा को अकेले छोड़कर अमित, नगेंद्र और फिलिपॉज पैदल लंबी यात्रा पर चले गए।

इन्हीं में से एक मुलाकात में मैंने अपर्णा से मोनालिका के बारे में पूछा।

"मोनिका की ओर से कोई खबर नहीं आई," उसने कहा। जब वह मोनालिका

को मोनिका कहकर पुकारती थी तो मैं चक्कर में पड़ जाता था और वह अकसर ऐसा करती थी। जब मैंने उससे पूछा कि वह मोनालिका को हमेशा मोनिका क्यों कहती है तो वह तुरंत ही बोली, "उसने तुम्हें बताया नहीं?"

परंतु जब मैंने पूछा, "क्या नहीं बताया?" तो वह खामोश रह गई। जब मैंने आग्रह किया तो उसने शांत भाव से कहा, "यह उसका प्यार का नाम है।" मेरे सामने मोनालिका या मोनिका का रहस्य और गहरा गया।

बुक फेयर

हमारा कोर्स अब खत्म होनेवाला था। एक दिन हमारे प्रशिक्षक ने कहा, "आप लोग खुशकिस्मत हैं कि आप साल की इस अवधि में यहाँ आए। सबसे सम्मानित वार्षिक आयोजन और कलकत्ता का गौरव—बुक फेयर—कल शुरू हो रहा है। इसके बगैर आपका कलकत्ता प्रवास अधूरा रहता।" रोहन, अमित और मैंने बुक फेयर के पहले ही दिन वहाँ जाने का फैसला किया।

शाम को जब हम बुक फेयर में जाने के लिए हॉस्टल से निकले ही थे कि हमने एक बड़ी सी महँगी कार को वहाँ से गुजरते देखा। इससे पहले कि हम कुछ समझ पाते, रोहन ने अनायास ही, जैसे लिफ्ट लेने के लिए, इशारा किया और कार रुक गई।

"क्या आप हमें लिफ्ट दे सकते हैं, प्लीज? हम बुक फेयर जा रहे हैं," रोहन ने अनुरोध किया। पीछे की सीट पर बैठे सज्जन ने कार का शीशा नीचे कर लिया।

"श्योर, मैं भी उसी तरफ जा रहा हूँ," और उन्होंने हमारे लिए दरवाजा खोल दिया। अमित और रोहन पीछेवाली सीट पर बैठे जबकि मैं फ्रंट सीट पर। रास्ते में हमने (हाल में ही ग्रहण किए) बैंकिंग के अपने ज्ञान की खूब शेखी बघारी जिसे उन्होंने बहुत ध्यान से सुना और बीच में मुसकराए भी।

प्रदर्शनी-स्थल पर पहुँचने के बाद हमने लिफ्ट देने के लिए उन्हें धन्यवाद दिया और उद्घाटन समारोह की ओर बढ़े, जो शुरू होने ही वाला था। जल्द ही समारोह शुरू हुआ और हम उन्हीं सज्जन को देखकर आश्चर्यचकित रह गए, जिन्होंने अपनी बड़ी सी गाड़ी में हमें लिफ्ट दी थी। वे उस समारोह के मुख्य अतिथि थे! हम बुरी तरह शर्मसार हो गए जब हॉल ही में राष्ट्रीयकृत एक कलकत्ता-आधारित बैंक के एक निर्देशक के रूप में उनका परिचय कराया गया। इससे पहले उस बैंक के अधिसंख्य शेयरों के स्वामित्व के साथ वे उसके चेयरमैन थे।

हमारा प्रशिक्षण कार्यक्रम समाप्ति की ओर जा रहा था और हमारा कलकत्ता प्रवास भी। हमारे विदा होने में अब केवल दो दिन बाकी थे और एक पेशेवर जगत् में प्रवेश को लेकर हम सब रोमांचित थे। जीवन की ऊँच-नीच के बारे में अच्छी तरह समझाने के

बाद (बुल-सेशन के बाद जारी किए गए) हमारे एक्सप्लेनेशन मेमोज भी वापस ले लिए गए थे और इसलिए हमारे पास खुशियाँ मनाने का हर कारण था। खुशियाँ मनाने के तरीके के बारे में बहुत सिर खपाने के बाद हमारे गैंग ने कलकत्ता के सोनागाछी जाने का फैसला किया। मेरा यह दृढ़ मत था कि मटरगश्ती करने के लिए सोनागाछी ठीक जगह नहीं है परंतु लाख कोशिशों के बावजूद मैं उन्हें कायल न कर सका। मैंने यह बात साफ कर दी कि इस झमेले में फँसने का मेरा कोई मूड नहीं है। उन लोगों ने मुझे अपने साथ लेने की बहुत कोशिश की मगर फिर मुझे लिए बिना ही चले गए।

सभी लोग चले गए थे और हॉस्टल में मैं अकेला पुरुष रह गया था। मैं अपना बोरिया-बिस्तर समेटने के मूड में आ चुका था।

डिनर के बाद बिना कोई देर किए मैं सीधे अपने कमरे में चला गया। खुद को काफी हलका महसूस करते हुए मैंने ब्रश करने और कपड़े बदलने की सोने से पहले की अपनी नित्यक्रियाएँ पूरी कीं। उसी समय मैंने अपने दरवाजे पर एक दस्तक सुनी। मैं अचरज कर रहा था कि कौन हो सकता है? गैंग के सारे सदस्य तो जा चुके थे। मैंने दरवाजा खोला, देखा, चेहरे पर मुसकान लिए अपर्णा खड़ी थी। चकित होते हुए भी मैंने विनम्रतापूर्वक उससे कहा कि मैं सोने जा ही रहा था। वह बड़े ताज्जुब में पड़ गई और बोली, ''क्यों, इतनी जल्दी? और तुम्हारे फ्रेंड्स कहाँ हैं?''

''वे सब एक मूवी देखने गए हैं—नाइट शो,'' दरवाजे पर खड़े-खड़े ही मैंने कहा।

''ओह, यह बात है!'' फिर कुछ रुककर कमरे के भीतर आ गई और बोली, ''क्या मैं कुछ देर यहाँ बैठ सक़ती हूँ?'' यह कहते हुए मेरी सहमति का इंतजार किए बिना ही उसने अपने पीछे दरवाजा बंद कर लिया।

''तुम क्यों नहीं गए?'' एक चेयर अपनी ओर खींचते हुए उसने पूछा।

''ऐसे ही, आज मेरी बाहर जाने की इच्छा नहीं थी,'' उदासीन भाव से मैंने कहा।

''यहाँ से जाना है, यह सोचकर उदास हो?'' उसने मुझे बातचीत के लिए बाध्य करने की कोशिश की।

''नहीं, ऐसा तो नहीं, मैं बस बोरिया-बिस्तर बाँधने के मूड में था,'' मैंने उसे संकेत देने की कोशिश की कि मैं चाहता था, वह वहाँ से जाए।

कुछ पलों तक खामोशी छाई रही।

''उस दिन ठीक-ठीक क्या हुआ था? मैंने सुना कि तुम लोगों को एक्सप्लेनेशन मेमोज दिए गए थे,'' वह मुझे इतनी आसानी से छोड़ने के लिए तैयार नहीं थी। निश्चित रूप से पुरुषों के जगत् में उसकी ताक-झाँक मुझे पसंद नहीं आ रही थी और इसलिए अपनी चिढ़ को छिपाते हुए मैं कुछ समय तक खामोश रहा।

"हमारे रुटीन बुल-सेशन के सिवाय खास कुछ नहीं। गलती बस यह हुई कि हम खिड़कियाँ बंद करना भूल गए थे और इससे हमारे शोर-शराबे ने पड़ोसियों को आधी रात को जगा दिया। उन्होंने चीफ इंस्ट्रक्टर से शिकायत कर दी और जब उन्हें हमारी इस हरकत का पता चला तो उन्होंने मेमो जारी कर दिए। जो भी हो, खुशकिस्मती से उन्हें आज वापस ले लिया गया है।"

फिर कुछ रुककर मैंने पूछा, "अब तुम्हारे क्या प्लांस हैं?"

"घर बसाने के?"

"नहीं, जनरली," मैंने कहा।

"किसी जीवनसाथी के साथ घर बसाना और परिवार कायम करना अहम चीजें हैं। क्या तुम ऐसा नहीं सोचते?" बड़ी गंभीरता से उसने कहा।

चूँकि मैं किसी और विवाद में पड़ना नहीं चाहता था इसलिए यह कहते हुए मैंने दृढ़ता से उस वार्त्तालाप पर विराम लगा दिया, "इन बातों पर हम किसी और दिन चर्चा कर सकते हैं, अपर्णा। अब सोने का वक्त हो गया है। इससे पहले कि कोई हमें चेतावनी दे, हमें अपनी बातचीत यहीं बंद कर देनी चाहिए।"

मैं देख सकता था कि निश्चित रूप से उसने मेरे रूखे बरताव को पसंद नहीं किया था और उसे बुरा लगा था। फिर भी मैंने उसे गुडनाइट कहा और दरवाजा बंद कर लिया।

जब मेरे दोस्त सोनागाछी से लौटे, रात काफी बीत चुकी थी। वे काफी जोश में थे और अपनी कहानियाँ सुनाने के लिए बेताब थे।

जिंदगी चलती रही

हमारे कलकत्ता प्रवास के दौरान कुछ रिश्ते मजबूत हुए और कुछ कमजोर पड़ गए मगर जिंदगी वैसे ही चलती रही, जैसे चलती थी। कलकत्ता से रवाना होते समय हम सबकुछ बुझे हुए से थे, क्योंकि हमारे मौजमस्ती के दिन आखिरकार खत्म हो चुके थे और ऑन दि जॉब ट्रेनिंग के जरिए हम एक लंबी, कठोर और नीरस जिंदगी में दाखिल हो रहे थे। अब अपने-अपने नियत सर्किल्स में जाने और एक गंभीर जीवन में प्रवेश करने के लिए एक-दूसरे से विदा लेने का वक्त आ चुका था। मुझे कलकत्ता से प्यार हो गया था और मैंने उसे अपने सपनों का शहर पाया था। मैं जानता था कि निश्चित रूप से इस जगह का अभाव मुझे खलेगा।

हमारा प्रवेश कार्यक्रम समाप्त हो चुका था परंतु जीवन के इस नए दौर में प्रवेश कराने से पहले नहीं। मुझे ऐसा लग रहा था जैसे मेरी दीक्षा पूरी हो गई हो परंतु मेरे दोस्त ऐसा नहीं सोचते थे—'बेशक, तुम्हारा प्रवास अधूरा रहा, सु (अब वे मुझे संक्षेप में सुरेश से 'सु' बुलाने लगे थे)! सोनागाछी गए बगैर वह कभी पूरा नहीं हो सकता।'

□

14

पंगेबाज फिर साथ आ गए

शेड्यूल के मुताबिक हैदराबाद में हुए दस दिवसीय ओरिएंटेशन प्रोग्राम और कलकत्ता में हुए चार हफ्तों के इंडक्सन प्रोग्राम के बाद हमें ऑन दि जॉब ट्रेनिंग से गुजरना था, ताकि हम बैंक की विभिन्न गतिविधियों से प्रत्यक्ष रूप से परिचित हो सकें। वह अगले दो वर्षों में हमारे आवंटित सर्किल्स के पाँच अलग-अलग केंद्रों में होनी थी—इसी अवधि में हमें समय-समय पर संस्थागत प्रशिक्षण भी दिया जाना था। चूँकि ऑन दि जॉब ट्रेनिंग हमारे अपने-अपने सर्किल के विभिन्न केंद्रों पर दी जानी थी, हमने अपने आवंटित सर्किल में रिपोर्ट किया। इस तरह हमारा बैच विभाजित होकर सारे भारत में फैल गया। वे लोग भी, जिनके लिए एक निश्चित सर्किल निर्धारित किया गया था, एक ग्रुप के तौर पर साथ नहीं रह सकते थे, क्योंकि प्रशिक्षुओं को उस खास सर्किल में भी अलग-अलग केंद्र दिए गए थे। कुछ खुशकिस्मत लोगों को ही एक ही केंद्र में नियुक्त हो पाने का अवसर मिला था। फिर भी, एक केंद्र से दूसरे केंद्र में जाते हुए हम एक-दूसरे से टकरा जाते थे और कभी-कभी किसी केंद्र पर हमारे प्रशिक्षण कार्यक्रम एक-दूसरे के साथ मिक्स भी हो जाते थे। इस तरह से, कम-से-कम सर्किल के स्तर पर, हम एक-दूसरे के संपर्क में रहते थे, परंतु बीच-बीच में होनेवाले संस्थागत प्रशिक्षण को छोड़कर, जब पूरा बैच इकट्ठा हो जाता था, हमें एक-दूसरे के साथ समय बिताने का मौका कम ही मिलता था।

दोस्तों के हमारे ग्रुप से, जहाँ फिलिपॉज और मुझे शुरू से ही लखनऊ सर्किल दिया गया था, नगेंद्र और रोहन ने इसी बीच अपना सर्किल बदलवा लिया था और उन्होंने ऑन दि जॉब ट्रेनिंग के लिए हमारे साथ ही लखनऊ सर्किल में रिपोर्ट किया था। अमित भी, जिसे पहले दिल्ली सर्किल आवंटित किया गया था, लखनऊ और दिल्ली सर्किल्स की पुनर्रचना के कारण, लखनऊ सर्किल में शिफ्ट हो गया था। हमारे लगभग सभी साथियों के एक ही सर्किल में आ जाने से हमारा दस्ता लगभग पूरा हो चुका था और पंगेबाजी करने के लिए हम फिर साथ हो गए थे।

स्वास्थ्य ही धन है

जब मैंने पी.बी.आई. में प्रवेश लिया था, मेरी तंदरुस्ती खस्ताहाल थी। पी.बी.आई. जॉइन करने से कुछ महीने पहले डॉक्टरों ने मेरा चेस्ट कमजोर बताया था। हालाँकि यह बीमारी एक लंबे समय से संभावना के दायरे में थी, किसी में भी—यहाँ तक कि फेमिली डॉक्टर्स में भी—यह बात स्वीकार करने और खुलकर बताने की हिम्मत नहीं थी। हुआ यह कि जब मैं केंद्रीय सेवाओं के लिए इंटरव्यू दे रहा था तब पी.बी.आई. जॉइन करने से पहले केंद्रीय मेडिकल बोर्ड के सामने पेश होने पर इस बीमारी का पता चला और उसकी पुष्टि कर दी गई। पहली बार ऐसा हुआ था कि मेडिकल स्तर पर मेरी बीमारी की पुष्टि की गई थी और उसे मेरे रिकॉर्ड में शामिल किया गया था। परंतु घर पर कोई भी इस सच्चाई को स्वीकार करने के लिए तैयार न था। कैसे इतने समृद्ध परिवार का एक व्यक्ति, जिसका एक भाई एक प्रसिद्ध डॉक्टर था, 'प्रसुप्त तपेदिक' जैसी बीमारी से पीड़ित हो सकता था? असल में 'वीक चेस्ट' प्रसुप्त टी.बी. के सिवाय कुछ नहीं था, परंतु टी.बी. शब्द के साथ जुड़ी सामाजिक धारणा से बचने के लिए मेरे परिवार ने 'वीक चेस्ट' शब्दों के उपयोग को तरजीह दी थी।

इसलिए पी.बी.आई. जॉइन करने के बाद मेरा एक-सूत्री कार्यक्रम था अपने स्वास्थ्य का सुधार। असल में मेरे पी.बी.आई. जॉइन करने का मुख्य कारण यही था। बैंक के सुरक्षित परिवेश के कारण, बेहतर प्रदर्शन के लिए लगातार दबाव बनानेवाले मेरे पिछले तनावपूर्ण जॉब के मुकाबले इसे एक सर्वोत्तम विकल्प समझा गया। और जॉइन करने के छह महीनों के भीतर ही मेरा वजन पंद्रह किलो बढ़ गया और अब मेरा वजन अच्छा-खासा चौंसठ किलो हो गया था। किसी तरह से भी यह एक छोटी उपलब्धि नहीं थी। यह अंशतः हाल में मिली आर्थिक सुरक्षा और अंशतः पी.बी.आई. के बेहतर कामकाजी माहौल की वजह से था। परंतु इसका मुख्य कारण बीमारी की पुष्टि हो जाने के बाद खानपान का ध्यान रखना और नियमित रूप से दवाइयाँ लेना था। बेशक इसमें बीयर के योगदान को भी नकारा नहीं जा सकता। असल में, इस दौरान, जब भी लखनऊ में रोहन, नगेंद्र और मेरी पोस्टिंग एक ही जगह होती थी, हम अपना शौक पूरा करते थे। हम लोग गोमती नदी के किनारे बीयर की बोतलें गटकते हुए रिलेक्स करते थे। बीयर गटकने के बाद बीयर की खाली बोतलें नदी में सबसे दूर फेंकने के लिए हम एक-दूसरे को चुनौती देते थे।

कच्चे धागे पर टिका संबंध

मेरा लखनऊ प्रवास संयोग से कुछ देर के लिए अपर्णा के प्रवास से मेल खा गया और हमने कुछ समय साथ-साथ बिताया। परंतु हमारी दोस्ती परवान नहीं चढ़ पाई,

शायद इसलिए कि हम एक-दूसरे से बिलकुल अलग थे, मेरे जैसे शांत और अल्पभाषी व्यक्ति के लिए वह बहुत बड़बोली और आक्रामक थी। कुछ समय बाद लखनऊ में बीच-बीच में होनेवाले प्रशिक्षण कार्यक्रम में हमें फिर साथ रहने का मौका मिला, मगर हमारे संबंधों की स्थिति वैसी ही बनी रही। शुरुआत में जब हमने कलकत्ता में मिलना-जुलना शुरू किया था, तब मुझे लगता था कि हम एक ही धरातल पर बात करते थे और हममें कई बातों में समानता थी। परंतु कुछ समय बाद मुझे ऐसा लगने लगा कि वह महिलाओं के अधिकारों, पुरुषों के प्रभुत्व, लैंगिक समानता आदि विषयों पर कुछ ज्यादा ही उग्र विचार रखती थी। शायद दूसरों पर प्रभुत्व जमाने की उसकी उत्कट इच्छा ने ही उसे कॅरियर के प्रति इतना सचेत और व्यावसायिक बुद्धि संपन्न बना दिया था। कारण कुछ भी हो, उसका सारा ध्यान अपना कॅरियर बनाने और भौतिक सुविधाएँ हासिल करने की ओर था। धीरे-धीरे हमारी सामान्य चर्चाएँ भी नोकझोंक, गरमागरम बहसों और लड़ाइयों तक में तब्दील होने लगीं। काफी दिनों से, उसके साथ लगभग हर मुलाकात के बाद मैं अपने अंदर कड़वाहट महसूस करने लगा था। इस तरह की एक निरर्थक बहस के दौरान हम दोनों के बीच भारी गरमागरमी हो गई जब उसने कलकत्ता की बुल-सेशन वाली घटना को उसमें घसीटने की कोशिश की। "तुमने उस घटना को मुझसे छिपाने की कोशिश क्यों की? सिर्फ इसलिए कि मैं एक महिला हूँ! आप लोग महिलाओं और पुरुषों के बीच भेदभाव क्यों करते हो?" शायद यह उस रात के मेरे रूखे व्यवहार की विलंबित प्रतिक्रिया थी जब वह हॉस्टल के मेरे कमरे में आई थी।

"देखो, खुद कुदरत ने यह भेदभाव पैदा किया है। मैं इसमें क्या कर सकता हूँ?"

"जैविक भिन्नताओं की बात छोड़ दो पर सामाजिक भेदभाव क्यों?"

"क्योंकि सामाजिक नियम मानवीय आवश्यकताओं में से उपजते हैं और मानवीय आवश्यकताएँ जैविक आवश्यकताओं में से। और चूँकि दोनों पक्षों की जैविक आवश्यकताएँ भिन्न हैं इसलिए सामाजिक नियम भी भिन्न हैं। सिंपल!"

"तुम समझते हो कि बेवकूफी से भरी अपनी फिलॉसफी से तुम मुझे भ्रमित कर सकते हो? समस्या वह माहौल है जिसमें तुम पले-बढ़े हो। असल में अधिकांश परिवार पुरुषों के साथ पक्षपात करते हैं।"

"हो सकता है कि मेरा पालन-पोषण खाँचों में बँटे पारिवारिक वातावरण में हुआ हो। वह सही था या गलत, मैं नहीं जानता। मगर मैं फिर यही कहूँगा कि मूलभूत जरूरतों में भिन्नता के कारण ऐसा है।"

"बिना किसी अपवाद के तुम सब लोग मेल शावनिस्ट पिग्स (दुराग्रही नर सुअर) हो," वह लगभग चिल्लाकर बोली।

और इस तरह हमारी लड़ाइयाँ अंतहीन रूप से चलती रहीं और इसी कारण से

हमारे संबंध 'कच्चे धागे पर टिके' बने रहे। मुझे ऐसा लगा जैसे मैं धीरे-धीरे उससे दूर होता जा रहा हूँ।

ऑल-इन-वन केमिस्ट शॉप

अपने पहले शाखा-प्रशिक्षण के लिए मुझे (पूर्वी उत्तर प्रदेश के एक जिला मुख्यालय) देवरिया में नियुक्त किया गया। एक शाम शाखा के अपने एक सह-कर्मी के साथ बाजार में घूमते हुए मैंने एक दरी देखी जो मुझे बहुत पसंद आई। यह उस जगह का विशिष्ट उत्पाद था। परंतु उस समय मेरे पास पर्याप्त रुपए नहीं थे (तब एटीएम्स शुरू नहीं हुए थे)। जब मैंने यह समस्या अपने साथी को बताई तो वह बोला, "आप चिंता क्यों करते हो? डॉ. रस्तोगी जरूर हमारी मदद करेंगे।"

"पर मेरे पास पैसे न होने से एक डॉक्टर का क्या संबंध? मैं बीमार तो हूँ नहीं," यह सोचते हुए कि शायद उसने मुझे ठीक से नहीं सुना, मैंने कहा।

"अरे, आपको नहीं पता? मेरे साथ आइए।" आगे कुछ बोले बिना वह मुझे डॉ. रस्तोगी की दुकान पर ले गया। दुकान के दो हिस्से थे। एक तरफ दवाइयों की दुकान थी और दूसरी तरफ डॉ. रस्तोगी की क्लिनिक थी। दुकान में दाखिल होते हुए मेरे दोस्त ने मुझे बताया कि डॉ. रस्तोगी इस जिले के लिए बैंक के अधिकृत डॉक्टर थे।

"यस, प्लीज?" हमें देखते ही डॉ. रस्तोगी ने पूछा।

"डॉक्टर सा'ब, ये एक प्रोबेशनरी ऑफिसर हैं और इस ब्रांच में ट्रेनिंग के लिए आए हैं," मेरे दोस्त ने मेरा परिचय कराया। मैं विनम्रता से मुसकराया।

"आपसे मिलकर बड़ी खुशी हुई। कहिए, मैं आपके लिए क्या कर सकता हूँ, सर?" अपनी चेयर पर सीधे बैठते हुए डॉ. रस्तोगी ने पूछा। मेरा दोस्त डॉ. रस्तोगी के पास गया और उसने उनके कान में कुछ कहा। डॉ. रस्तोगी ने मुझ पर एक नजर डाली और दो ब्लैंक लेटरहेड्स निकाले—एक उनके नाम का और दूसरा दवाइयों की दुकान के नाम का।

"सर, क्या आप यहाँ जरा साइन कर सकते हैं?" दोनों लेटरहेड्स मेरे सामने रखते हुए उन्होंने कहा। उन्होंने मुझसे उन खाली लेटरहेड्स के दूसरी तरफ हस्ताक्षर करने के लिए कहा।

मैंने अपने दोस्त की ओर देखा, जिसने सहमति में सिर हिलाया। मैं जब दस्तखत कर रहा था, मैंने डॉ. रस्तोगी का हाथ उनके बगल में स्टूल पर रखे एक छोटे से केशबॉक्स के अंदर जाते देखा।

फिर डॉक्टर के हाथों से कुछ राशि मेरे दोस्त के हाथों में पहुँची। मैंने और मेरे दोस्त ने डॉ. रस्तोगी से हाथ मिलाया और बाहर आ गए। पैसे मेरे हाथों में खोंसते हुए

मेरा दोस्त बोला, "अब आप वह दरी खरीद सकते हैं।" वह राशि करीब डेढ़ सौ रुपए थी।

"पर आपको ये पैसे मिले कैसे? क्या आपने उनसे उधार लिए हैं? हम बैंक से पैसे निकालकर दरी कल भी खरीद सकते थे।"

"न तो मैंने रुपए उधार लिए हैं और न कल तक इंतजार करने की कोई जरूरत थी।"

"फिर डॉ. रस्तोगी को अपने रुपए वापस कैसे मिलेंगे?"

"सिंपल, डॉ. रस्तोगी बैंक के पैनल में हैं। वे उन दो ब्लैंक लेटरहेड्स पर—जिनके पीछे आपने दस्तखत किए हैं—मेडिकल प्रिस्क्रिप्शन और डेढ़ सौ रुपए मूल्य की दवाइयों की रसीद तैयार करेंगे और जाहिर तौर पर आपके इलाज का खर्च वसूल करने के लिए उन्हें बैंक में जमा कर देंगे और उन्हें उनके पैसे वापस मिल जाएँगे।"

"बहुत बढ़िया! मगर यह सब करके डॉ. रस्तोगी को क्या फायदा होगा?" "अगर उन्होंने दवाइयों का बिल दस-पंद्रह रुपए नहीं बढ़ाया तो भी कंसल्टेशन फी के रूप में उनके हक के तीस रुपए तो उन्हें मिल ही जाएँगे।"

"वाह! पर मुझे बताओ कि अब मुझे क्या करना होगा?"

"कुछ नहीं। जहाँ तक आपका ताल्लुक है, उन लेटरहेड्स के पीछे साइन करके आपका काम खत्म हो गया है। अब जो कुछ करना है, डॉक्टर को करना है। अब इस बारे में आपको चिंता करने की कोई जरूरत नहीं।"

"बहुत खूब," मैंने कहा और हम दरी की दुकान पर चले गए। यह सब भी मेरे शाखा प्रशिक्षण का हिस्सा था!

ब्लैक ब्यूटी

कृषि-प्रधान शाखा प्रशिक्षण के लिए मेरी नियुक्ति बरेली से करीब पच्चीस किलोमीटर दूर एक छोटे से कस्बे मीरानपुर में हुई थी। आमतौर पर ऐसी नियुक्तियों में आपको बहुत ज्यादा आदर और केयर मिलती है मगर ढंग की कंपनी नहीं मिलती। परंतु मैं खुशनसीब था कि मुझे उन दिनों वहीं ट्रेनिंग ले रहे एक सीनियर प्रोबेशनर विकास का अच्छा साथ मिला और हम दोनों की खुशकिस्मती यह थी कि संयोग से ब्रांच मैनेजर भी विकास से पहलेवाली बैच का एक सीनियर प्रोबेशनर ही था और इसलिए हम आसानी से घुल-मिल गए। पहले दिन से ही ब्रांच द्वारा सिर्फ हमारे उपयोग के लिए हमें एक ब्लैक ब्यूटी (विकास ने जानी-पहचानी 'राजदूत' मोटरसाइकिलों को यही नाम दिया था) उपलब्ध करा दी गई थी। या तो ब्रांच की जीप में मैनेजर के साथ या बाइक पर हम दोनों का हरे-भरे विशाल खेतों के बीच ग्रामीण सौंदर्य को निहारते हुए उस इलाके में घूमना रोज का काम था।

चूँकि वह बहुत ही छोटा कस्बा था, जहाँ सिवाय एक कामचलाऊ सिनेमाघर के मनोरंजन का कोई साधन नहीं था, हम किसी भी या हर चीज के लिए अकसर बरेली जाया करते थे। हम ब्रांच मैनेजर के साथ दो बार बरेली जा चुके थे, परंतु एक रविवार को, जब मैनेजर कहीं बाहर गए हुए थे, हमने अपनी 'ब्लैक ब्यूटी' पर बरेली की सैर करने का फैसला किया।

बरेली में दाखिल होने के बाद जब हम मुख्य माल रोड चौराहे पर पहुँचे तो हमने पुलिसवालों के एक दल को दोपहिया वाहनों के रजिस्ट्रेशन पेपर्स चेक करते देखा। हालाँकि हमारे पास न तो बाइक के रजिस्ट्रेशन पेपर्स थे और न हमारे ड्राइविंग लायसेंस, फिर भी मुझे ऐसा लगा कि चिंता की कोई बात नहीं थी, क्योंकि विकास मेरे साथ था। विकास के पिता उत्तर प्रदेश पुलिस के रिटायर्ड चीफ थे और पुलिसकर्मी उसका हालचाल पूछने अकसर उसके पास आते रहते थे। एक बार तो उस इलाके के दौरे पर आए बरेली के पुलिस अधीक्षक स्वयं उससे मिलने आए थे। इसलिए मैं पूरी तरह निश्चिंत था। परंतु जब मैंने मुड़कर विकास की ओर देखा तो यह देखकर मुझे आश्चर्य हुआ कि उसके पसीने छूट रहे थे। वह चिंतित स्वर में बुदबुदाया, "यार, कुछ करो। हमारे पास कोई पेपर्स नहीं हैं और यह बाइक ब्रांच की प्रॉपर्टी है जिसे हमने उचित अथॉरिटी के बगैर उठाया है। हम तो गए काम से!"

"मगर इस बात से तुम क्यों इतना डर रहे हो?"

"अरे, तुम इन लोगों को नहीं जानते। वे पहले डंडा चलाएँगे, फिर आपका नाम और पता पूछेंगे। यहाँ तक आई.जी.पी. (उन दिनों इंस्पेक्टर जनरल ऑफ पुलिस राज्य पुलिस का प्रमुख होता था) खुद भी बिना बताए इनके सामने आ जाए तो ये लोग उसके साथ भी ऐसा ही बर्ताव करेंगे। ये लोग हमारी नहीं सुनेंगे, सुरेश!"

"घबराओ मत। शांत हो जाओ। तुम ऐसा दिखाओ जैसे सबकुछ सामान्य है। इनसे मैं निपटता हूँ।"

एक कांस्टेबल ने हमें रोका और मैंने आराम से बाइक एक तरफ खड़ी कर दी। मैंने बाइक के साइड बैग में रखे बैंक के पेंफ्लेटनुमा पेपर्स निकाले और उन्हें बड़ी सावधानी से थामे रहा मानो वे रजिस्ट्रेशन पेपर्स हों। मैंने विकास से बाइक के पास खड़े रहने को कहा और उस भीड़ की ओर बढ़ा जो पेपर्स चेक कर रहे इंस्पेक्टर को घेरे हुए थी। उसके आस-पास कोई पंद्रह-बीस लोग खड़े थे और अव्यवस्था का माहौल था। मैं भीड़ के अंदर घुस गया और बिना कुछ किए पाँच मिनट इंस्पेक्टर को घेरे हुए खड़ी भीड़ की दूसरी या तीसरी पंक्ति में चुपचाप खड़ा रहा। मैंने केवल यह सुनिश्चित किया कि धकियाती भीड़ मुझे इंस्पेक्टर के बहुत ज्यादा नजदीक न ले जाए। करीब पाँच मिनट वहाँ खड़े रहने के बाद मैं भीड़ से बाहर आया और इधर-उधर देखे बिना आराम से

सीधे अपनी बाइक की ओर बढ़ा। मैंने उन पेपर्स को बड़ी सावधानी से साइड बैग में रखा और बाइक को स्टेंड से हटा लिया।

"कागजात दिखा दिए?" कांस्टेबल ने पूछा।

"हाँ, सब ठीक है," और विकास को पीछे बैठने के लिए कहते हुए मैंने बाइक को किक मारी और तेजी से हम निकल गए।

घातक नशा

वह मई का महीना था, जिसमें उत्तर भारत में गरमी अपने चरम पर होती है। उस आग उगलते महीने में ऑन दि जॉब ट्रेनिंग के बीच में लखनऊ सर्किल से जुड़े सभी प्रोबेशनर्स को दस दिवसीय मिड-अपडेटिंग—मध्यवर्ती प्रशिक्षण कार्यक्रम के लिए लखनऊ केंद्र में बुलाया गया। हम खुशी-खुशी उसमें शामिल हुए और जल्द ही क्लासेज शुरू हो गईं। एक शनिवार की दोपहर को, खुद को ठंडक पहुँचाने के लिए हमने बीयर पीने का प्रोग्राम बनाया। हमारा एक बैचमेट, जो देर से दाखिल हुआ था, हमारे ग्रुप का नया सदस्य था। वह केरल से था और उसका नाम कृष्णन था। हमारे ग्रुप में हम दो ही थे जिन्होंने बीयर से कुछ ज्यादा तेज ड्रिंक लेने का फैसला किया। उसने बीयर के मुकाबले व्हिस्की पसंद की और मैंने ज़िन क्योंकि बीयर से कई बार मुझे हंगओव्हर हो चुका था और वैसे भी मुझे ज़िन सबसे ज्यादा पसंद थी।

पीने का दौर शुरू हो गया। ज़िन के दो पेग पीने के बाद मैं पेशाब करने के लिए गया। जब मैं वापस आया तो सभी ने आग्रह किया कि मैं उनके साथ बीयर का एक गिलास लूँ। चूँकि मैं कभी-कभी बीयर पी लिया करता था, उनका प्रस्ताव स्वीकार करने में मैंने कोई हानि नहीं समझी। जल्द ही बीयर का दूसरा गिलास मेरे हाथ में था। तभी मैंने खुद को हलके से सुरूर में और उनींदा महसूस किया। पहली बार मैंने अपने आपको इतना नशे में पाया। मैं पॉट में ठीक से पेशाब भी नहीं कर पाया, क्योंकि मैं ठीक से खड़ा भी नहीं हो पा रहा था और मेरी सोचने-समझने की शक्ति कम हो रही थी। पीने का दौर खत्म होने के बाद हम डिनर के लिए पास के एक ढाबे पर जा रहे थे। मैं बहुत तकलीफ महसूस कर रहा था और मुझे लग रहा था कि वह कोई गंभीर रूप ले लेगी। स्वयं पर मेरा नियंत्रण लगभग समाप्त हो चुका था और मैं मुश्किल से खड़ा हो पा रहा था। मुझे हलका-हलका याद है कि मैं सड़क के समानांतर चल रही एक नाली के किनारे बैठने की कोशिश कर रहा था कि एकाएक मैं नाली में गिर पड़ा। मुझे धुँधला सा याद है कि लोग मुझे उठाकर ले जा रहे थे, मगर उसके बाद क्या हुआ, कुछ याद नहीं है।

मैंने अपनी आँखें खोलीं तो सूरज की उष्ण किरणों से वे चौंधिया गईं। मैं हॉस्टल के कमरे में अपने बिस्तर पर लेटा था। उस समय सुबह के करीब छह बजे थे। बेड के

पासवाली टेबल पर भोजन की एक थाली (शायद मेरा शाम का भोजन) रखी हुई थी। एक कोने में कुछ तौलिए और अखबार पड़े थे जिनमें से उलटी की बदबू आ रही थी।

जब मैं जागा तो अमित ने रात की भयानक कहानी सुनाई।

जहाँ सब लोग मुझे नाली से बाहर निकालने में लगे थे, संयोग से ठीक उसी समय कुछ सहेलियों के साथ अपर्णा वहाँ से गुजरी। मुझे नशे की इस दयनीय हालत में देखकर वह भौचक्की रह गई। उसने एक डॉक्टर को बुलाने का आग्रह किया। मैं लगभग अपना होश खो चुका था। डॉक्टर ने मेरी जाँच की और कहा कि मेरे शरीर में अलकोहल की मात्रा कुछ ज्यादा की पहुँच गई मालूम होती थी और अगर मुझे जल्द ही उलटी नहीं हुई तो मुझे हॉस्पिटल में भरती करना होगा। मुझे हॉस्टल में लाया गया और यह देखकर सबने राहत की साँस ली कि हॉस्टल के कमरे में पहुँचने के बाद मैंने उलटी की और गहरी नींद में चला गया। मैं बाल-बाल बचा था।

अब मैं बेहद शर्मिंदा था और दूसरों से नजरें मिलाने की स्थिति में नहीं था। परंतु एक बड़े सवाल का जवाब अब तक नहीं मिला था। थोडी सी बीयर मेरे सिस्टम को इतनी हानि कैसे पहुँचा सकती थी? तब अमित ने बताया कि दोषी और कोई नहीं कृष्णन था। उसने शरारत के मूड में मेरे गिलास में, जिसमें पहले से ही ज़िन मौजूद थी, थोड़ी व्हिस्की और बीयर मिला दी थी। ज़िन, बीयर और व्हिस्की का कॉकटेल एक जहरीला कॉम्बिनेशन बन गया और उसने मुझे मेरे जीवन का सबसे अविस्मरणीय 'किक' दिया। उसके बाद कृष्णन कभी मेरे नजदीक भी नहीं फटका।

स्पेशल प्रोजेक्ट

हमारी ऑन दि जॉब ट्रेनिंग के दूसरे वर्ष में हममें से कुछ लोगों को उस निर्धारित ट्रेनिंग से निकालकर लखनऊ के सर्किल हेडऑफिस में जल्दी ही शुरू होने वाले स्पेशल प्रोजेक्ट के लिए चयनित किया गया। चूँकि यह प्रोजेक्ट बहुत महत्त्वपूर्ण और अर्जेंट था, बैंक ने तुरंत हमें शहर के मध्य में स्थित पॉश इलाके निराला नगर में एक फुल्ली-फर्निश्ड आवास उपलब्ध करा दिया था।

हममें से तीन ने यहाँ रहने का फैसला किया जबकि बाकी दो ने अपनी व्यवस्था खुद करना पसंद किया। हमारे अतिरिक्त हमारे कुछ और बैचमेट्स भी वहाँ थे। जो निर्धारित प्रशिक्षण कार्यक्रम में भाग लेते हुए संयोग से लखनऊ में ही थे। इस तरह एक वर्ष से ज्यादा के अंतराल के बाद हममें से कई फिर एक जगह इकट्ठा हो गए थे। लखनऊ में नियुक्त कुछ ऐसे सीनियर प्रोबेशनर्स भी हमारी गैंग में शामिल हो गए, जो अब भी कुँवारे थे और फक्कड़ जीवन जी रहे थे। एक बार फिर मौजियों का समूह बन गया और हमारा घर शराब पीने और डांस करने जैसी मौजमस्ती का मुख्य अड्डा बन गया।

एक शनिवार को मौजमस्ती का ऐसा ही एक सत्र देर तक चल रहा था। हमारा एक बैचमेट, अपने डॉक्टर मित्र तथा एक और कॉमन फ्रेंड, एक सब-डिवीजनल मजिस्ट्रेट (एस.डी.एम.) के साथ दूसरों के चले जाने के बाद भी देर तक रुका रहा। वे कुछ दूरी पार्क की गई अपनी पुरानी फिएट कार तक जैसे-तैसे पहुँच तो गए पर वे गाड़ी की चाबी भी की-होल में नहीं घुसा पा रहे थे। कुछ दूरी पर तैनात पुलिस का गश्तीदल उन्हें कार के दरवाजे अनलॉक करने के लिए जद्दोजहद करते देख रहा था। पुलिसवालों ने उन्हें कार-चोर समझा और उनकी तरफ लपके।

हमारे एस.डी.एम. फ्रेंड ने (हमेशा की तरह!) यह समझा कि वे लोग उसकी मदद के लिए आए हैं और उसने चाबियाँ उन्हें सौंपते हुए कार का लॉक खोलने के लिए कहा। उसका आदेश न मानने की उनकी जुर्रत देखते हुए एस.डी.एम. ने हँगामा खड़ा कर दिया।

सारा शोरशराबा सुनकर जब मैं घर से बाहर आया तो मैंने देखा कि एसडीएम उन पुलिसवालों को तुरंत नौकरी से निकाल देने की धमकी दे रहा था। उन पुलिसवालों में से उम्र दराज पुलिसवाले ने अपने साथी को शांत करने की कोशिश की मगर वह युवा पुलिसकर्मी सुनने के लिए तैयार न था। मैंने तुरंत हस्तक्षेप किया और उन लोगों की पहचान बताई और यह भी कि वे मेरे घर आए थे। अधेड़ पुलिसकर्मी को अब यह समझने में देर नहीं लगी कि वह जिन लोगों से बात कर रहा था वे कोई मामूली हस्तियाँ नहीं थीं। उसने तुरंत अपने युवा साथी के हाथ से कार की चाबी छीन ली और कार का दरवाजा खोल दिया। उसने एक लंबा सलाम ठोका और अपने साथी की बाँह पकड़कर उसे लगभग खींचते हुए वहाँ से हवा हो गया।

प्रधान कार्यालय में प्रशिक्षण

वह हमारी ऑन दि जॉब ट्रेनिंग का आखिरी चरण था और सर्किल हेड ऑफिस में पंद्रह दिनों की ट्रेनिंग के लिए हमें फिर से लखनऊ बुलाया गया था। हालाँकि लखनऊ सर्किल में नामित किए गए सभी प्रोबेशनर्स फिर से इकट्ठा हो गए थे, पहले जैसा याराना, आपसी समझ, चहचहाना अब नहीं रहा था। ऐसा लगता था जैसे ऑन दि जॉब ट्रेनिंग के दौरान एक शाखा से दूसरी शाखा में लगातार भागते रहने की मशक्कत ने अपना काम कर दिखाया था। अब ऐसा लगता था जैसे परिपक्वता और गंभीरता ने हमारी युवकोचित मस्ती और बेपरवाही का स्थान ले लिया था। मिसाल के तौर पर, नगेंद्र ने पहले ही प्रोबेशन की अवधि पूरी होने के बाद विदेश में नियुक्ति के लिए कोशिश करने का मन बना लिया था। वह अपना लक्ष्य प्राप्त करने के लिए योजना बनाने में लगा हुआ था। कोई और बेहतर अवसर पाने के लिए अमित बैंक की नौकरी छोड़ने

के बारे में गंभीरता से सोच रहा था। किसी वजह से वह बैंक की नौकरी से असंतुष्ट था। और रोहन! वही तो एक बंदा था जो नीता का साथ पाकर बहुत खुश था। इसी बीच फिलीपॉज संयोग से इन दिनों लखनऊ में नौकरी कर रही अपनी एक पूर्व क्लासमेट से टकरा गया था और अपना अधिकांश खाली समय उसी के साथ बिता रहा था। अपने दोस्तों में मैं ही एक ऐसा शख्स था जिसके पास अपना ध्यान केंद्रित करने के लिए खास कुछ नहीं था, सिवाय इस बात के कि (मेरी शैक्षिक पृष्ठभूमि को देखते हुए) मेरी नजर कंप्यूटराइजेशन के फील्ड पर थी और उसके लिए मैं किसी सही ब्रेक का इंतजार कर रहा था। ऐसा इसलिए भी था कि मैं अभी-अभी ही अपने स्वास्थ्य को लगभग सामान्य बना पाया था। यह न केवल मेरा पहला और सर्वोपरि लक्ष्य था बल्कि मेरे लिए बैंक में नौकरी करने का यही मुख्य कारण था और इसलिए मैं फिलहाल इससे आगे सोचने के मूड में नहीं था।

जहाँ तक अपर्णा के साथ मेरी दोस्ती का संबंध था, उसके साथ सुर मिलाने में मुझे कठिनाई हो रही थी। वह केवल नारी-स्वतंत्रता आंदोलन के बारे में बात करना चाहती थी और यही बात मुझे उससे दूर कर रही थी। हम हमेशा लड़ते रहते थे और धीरे-धीरे हमारी मुलाकातों की बारंबारता घटने लगी। अब मैं केवल पुणे में संचालित होनेवाले एक्जीक्यूटिव डेवलपमेंट प्रोग्राम की उत्सकुता से प्रतीक्षा कर रहा था। यह सत्र हमारे दो वर्षीय प्रशिक्षण और प्रोबेशन का आखिरी कार्यक्रम था और सभी प्रोबेशनर्स के लिए इसमें भाग लेना अनिवार्य था। इस सत्र को लेकर मेरे मन में उतना उत्साह नहीं था जितना मोनालिका से मिलने की संभावना को लेकर था और मैं बड़ी उत्सुकता से उस पल की प्रतीक्षा कर रहा था।

□

15

कार्यक्रम, जैसे कभी हुआ ही न हो

एक्जीक्यूटिव डेवलपमेंट प्रोग्राम एक ऐसा कार्यक्रम था जिसका हमारे सभी बैचमेट्स को बड़ी बेसब्री से इंतजार था। वह ऑन दि जॉब ट्रेनिंग के दौरान बैंक की एक शाखा से दूसरी शाखा तक भागते रहने से जरूरी बदलाव और राहत देनेवाला था। उस भागदौड़ ने न केवल हमारा रुटीन अस्तव्यस्त कर दिया था बल्कि उससे हमारे पहनने के कपड़ों की भी कमी हो गई थी। कारण यह था कि हम हर समय भागते रहते थे, वह भी एक कस्बे से दूसरे कस्बे में, जहाँ ढंग की शॉपिंग नहीं की जा सकती थी।

एक्जीक्यूटिव डेवलपमेंट प्रोग्राम (ई.डी.पी.) तेजी से नजदीक आ रहा था। चूँकि हम लखनऊ में थे और फ्री भी, इसलिए हमने कुछ शॉपिंग करने की सोची। एक तरह से यह हमारी आनेवाली पुणे की यात्रा की कुछ तैयारी करने का भी मौका था। हम सब मन-ही-मन उन चीजों की सूची बनाने लगे, जो हमें खरीदनी थीं। मैं अपने काफी खाली हो चुके वार्डरोब को भरने का मन बना चुका था। हम बड़े उत्साह से खरीदारी के लिए बाजार पहुँचे। कुछ पुराने साथियों से दोबारा मिलने का ख्याल भी हमें रोमांचित कर उत्साह को बढ़ा रहा था।

लखनऊ एक ऐसी जगह है जहाँ लेटेस्ट फैशन की हर चीज मिल जाती है और जब आप एक बार बाजार पहुँच जाएँ तो पीछे मुड़कर देखने की गुंजाइश नहीं होती। मैंने लकदक इटैलियन एंकल-बूट्स का एक जोड़ा, एक प्रसिद्ध अमेरिकी ब्रांड की जींस का एक जोड़ा और इंपोर्टेड सनग्लासेज खरीदे।

जैसे-जैसे कार्यक्रम की तारीख नजदीक आ रही थी, मैं खुद को हलका महसूस कर रहा था। मेरा रोम-रोम पुलकित था। मोनालिका से मिलने की बेताबी के अतिरिक्त मैं पुणे के शांत वातावरण का अनुभव करने के लिए भी बेताब था। परंतु तभी मेरे मन में एक बात आई। हमें हैदराबाद स्टाफ कॉलेज के बजाय पुणे क्यों बुलाया जा रहा था जबकि यह सत्र आमतौर पर हैदराबाद में आयोजित किया जाता है। मगर मैंने इन विचारों को मन से निकाल दिया और यात्रा की तैयारी करने लगा।

लखनऊ से पुणे

चूँकि हम सबको लखनऊ हेड ऑफिस में हुई ट्रेनिंग के तुरंत बाद इस कार्यक्रम के लिए जाना था, हमने ट्रेन से साथ-साथ यात्रा करने का फैसला किया। लखनऊ से पुणे के लिए कोई सीधी ट्रेन नहीं थी और हमें झाँसी में ट्रेन बदलनी थी।

जब हम झाँसी पहुँचे, पुणे जानेवाली ट्रेन के आने में कुछ समय बाकी था। हम वेटिंग रूम में चले गए। अपना सामान वहाँ रखकर मैं रिजर्वेशंस की स्थिति चेक करना चाहता था, ''मैं रिजर्वेशंस चेक करने जा रहा हूँ,'' मैंने कहा।

''मगर वे तो पहले से ही कन्फर्म्ड हैं, तुम क्यों परेशान होते हो?'' अमित ने पूछा।

''फिर भी,'' मैंने कहा।

''उसे चेक कर लेने दो, उसमें हर्ज क्या है,'' फिलिपॉज ने मेरा पक्ष लिया।

मैं बाहर निकलकर इधर-उधर चक्कर काट रहा था जब मैंने अमित को चिल्लाते सुना, ''तुम कहाँ खोज रहे हो? वह तुम्हारे सिर के ऊपर ही तो है।''

मैंने ऊपर देखा तो पाया कि रिजर्वेशन चार्ट मेरे सामने के बोर्ड पर ही लगा था। मैंने चार्ट में एक नाम तलाशना शुरू कर दिया।

''वह तुम्हें यहाँ नहीं मिलेगा।''

मैंने घूमकर देखा कि फिलिपॉज मेरी बगल में खड़ा था।

''क्या?'' मैंने कहा।

''तुम जो कुछ यहाँ ढूँढ़ रहे हो, वह तुम्हें नहीं मिल सकता। वह जानकारी तुम्हें चीफ रिजर्वेशन कंट्रोलर के ऑफिस से मिल सकती है।''

''तुम किस बारे में बात कर रहे हो?''

''तुम उम्मीद कर रहे हो कि इतिहास खुद को दोहराएगा इसलिए तुम लोगों के या ठीक से कहूँ तो एक व्यक्ति का नाम देखना चाहते हो जिसका रिजर्वेशन दिल्ली से है।''

मैं समझ गया कि वह ओरिएंटेशन प्रोग्राम के लिए पी.बी.आई. जाने के समय की रेलयात्रा की बात कर रहा था। वही रेलयात्रा जिसमें मैं, फिलिपॉज और मोनालिका पहली बार एक-दूसरे से मिले थे। मैं चकित रह गया कि मेरे मन की बात वह इतनी जल्दी समझ गया था। मैं वास्तव में उम्मीद कर रहा था कि मोनालिका यही ट्रेन पकड़ेंगी क्योंकि दिल्ली और पुणे के बीच यही एक सीधी ट्रेन थी। इसलिए मैं यात्रियों की सूची में मोनालिका का नाम देखने की कोशिश कर रहा था।

जब हम चीफ रिजर्वेशन कंट्रोलर के ऑफिस पहुँचे तो हमें बताया गया कि उनके पास उन यात्रियों की कोई सूची नहीं थी जिनका रिजर्वेशन झाँसी से पिछले स्टेशनों से था।
''मगर कभी-कभार आपके पास ऐसी सूचनाएँ आती हैं,'' फिलिपॉज ने आग्रह किया।

''हाँ, मगर वह केवल खाली शायिकाओं की संख्या के बारे में होती है, ताकि उन्हें

बाद के स्टेशनों से चढ़नेवाले यात्रियों को आवंटित किया जा सके। उन यात्रियों के नाम जिनका रिजर्वेशन पिछले स्टेशनों से है केवल ट्रेन के कंडक्टर से प्राप्त किए जा सकते हैं, जब ट्रेन यहाँ पहुँच जाए।''

फिलिपॉज ने ट्रेन के आने के बाद कंडक्टर से चेक करने की सलाह दी। उसने यह भी कहा कि मेरे सामान की देखरेख वह कर लेगा। ''और वैसे भी डिब्बे आपस में जुड़े हैं, इसलिए चिंता की कोई बात नहीं है।''

ट्रेन के आने के बाद मैंने कंडक्टर से चेक किया पर मुझे मोनालिका का नाम वहाँ नहीं मिला। मैं नहीं जानता क्यों, परंतु मैं बहुत उतावला था। बस उस एक चेहरे को देखने के लिए मैं बेताबी से एक कोच से दूसरे में दौड़ रहा था। यह स्पष्ट था कि उसने यह ट्रेन नहीं ली थी। निराशा और थकान से निढाल होकर मैं अपने कोच की ओर चला।

और एक दिन बाद...

पुणे पहुँचने के बाद यह जानकर मुझे और भी धक्का लाग कि प्रोबेशनर्स की हमारी बैच को दो हिस्सों में बाँट दिया गया था। एक को मद्रास (अब चेन्नई) और दूसरे को पुणे जाना पड़ा था। सबसे ज्यादा निराश करनेवाली जानकारी यह थी कि दिल्ली सर्किल के लोगों को मद्रास जाना पड़ा था। अब मुझे समझ में आया कि जब मैं पागलों की तरह एक कोच से दूसरे कोच में दौड़ लगा रहा था तब दिल्ली सर्किल का कोई भी व्यक्ति क्यों नहीं दिखाई दिया था।

मेरे लिए वह कार्यक्रम शुरू होने से पहले ही खत्म हो चुका था। निराशा सचमुच इतनी गहरी थी कि कार्यक्रम के दस दिन बिताना भी मेरे लिए मुश्किल हो गया था। ट्रेनिंग सेंटर कोरेगाँव पार्क के नयनाभिराम इलाके में रजनीश आश्रम के बहुत पास एक पूर्व-महाराजा के एक खूबसूरत महल में स्थित था। परंतु इससे मुझे रत्ती भर भी फर्क नहीं पड़ा। मैं अब भी उदास मूड में था और दूसरों से पूरी तरह कट गया था। यद्यपि मैं हमेशा की तरह अपने दोस्तों के साथ खंडाला और महाबलेश्वर की खूबसूरत वादियों में घूम रहा था, मेरे मन ने उनमें से किसी पल को रजिस्टर नहीं किया था और इसलिए मेरे मन में उस सैर-सपाटे की कोई याद बाकी नहीं है। असल में, रोहन ने अपने पिता के सौजन्य से सप्ताहांत में खंडाला की सैर की व्यवस्था की थी जिसमें वहाँ के एक प्रसिद्ध होटल में ठहरना भी शामिल था। परंतु मैंने अपने आपको होटल के कमरे तक ही सीमित कर लिया और कहीं नहीं गया—होटल के स्विमिंग पूल तक भी नहीं।

पुणे की यात्रा ऐसी रही मानो वह कभी हुई ही न थी। यहाँ तक कि ब्रांड न्यू इटैलियन-डिजाइनर बूट्स सहित, जो चीजें मैंने विशेष रूप से पुणे यात्रा के लिए खरीदी थीं, लोगों में बाँट दीं।

□

16

ट्रेनिंग के बाद का जीवन

ट्रेनिंग के बाद मुझे कुछ समय के लिए लखनऊ हेड ऑफिस में ही रखा गया, ताकि स्पेशल प्रोजेक्ट का काम जारी रह सके। परंतु मेरी बैच का एक भी साथी लखनऊ नियुक्त नहीं किया गया क्योंकि बैंक की नीति यह थी कि सामान्य परिस्थितियों में नौकरी की पुष्टि होने पर किसी को भी किसी महानगरीय केंद्र में नियुक्त नहीं किया जाएगा। चूँकि जिस प्रोजेक्ट पर मैं काम कर रहा था वह बैंक के लिए बहुत महत्त्व रखता था, मैं जी-जान से उसमें लगा हुआ था। इसके अतिरिक्त, मेरी बैच से मैं अकेला ही था जिसे वहाँ नियुक्त किया गया था इसलिए मुझे व्यस्त रखने के लिए काम के सिवाय खास कुछ नहीं था। इसलिए शामों को मैं लखनऊ में नई-नई जगह देखने के लिए निकल पड़ता था। वे शामें ही थीं जब मैं इस शहर के आकर्षण से बँध गया था, जहाँ शहरों और कस्बों दोनों की अच्छाइयाँ मौजूद थीं। लोग मृदुभाषी और अपनेपन से भरे हैं तथा जीवनशैली सरल और कम भागदौड़वाली है। हर गुजरते दिन के साथ मैं लखनऊ में और ज्यादा सहज होता जा रहा था, जैसा मैं कलकत्ता के लिए महसूस किया करता था। इसी बीच, मैं हेड ऑफिस के अधिकारियों के साथ सुर मिलाने की कोशिश भी कर रहा था। वह सफल रही और जल्द ही बैंक के कंप्यूटराइजेशन ग्रुप के लिए केंद्रीय कार्यालय को मेरे नाम की सिफारिश की गई।

अब धीरे-धीरे जीवन में स्थिरता आ रही थी। उन्हीं दिनों, संयोग से मैं अपने सबसे बड़े भाई के एक वरिष्ठ सहकर्मी की पुत्री मालिनी से मिला। वह लखनऊ यूनिवर्सिटी में रिसर्च कर रही थी और असल में मेरे भाई ने मुझे उसके काम में मदद करने के लिए कहा था और मैं सोच रहा था कि मैं उसकी क्या मदद कर पाऊँगा। फिर भी हम मिले और यह बात सामने आई कि उसे उसी प्रकार के डेटा की जरूरत थी जैसे मैं अपने ऑफिस प्रोजेक्ट में उपयोग कर रहा था। चूँकि वह लखनऊ विश्वविद्यालय के महिला हॉस्टल में रहती थी, जो मेरे निवास निराला नगर के बहुत नजदीक था, हम एक-दूसरे से अकसर मिलने लगे क्योंकि हम दोनों के लिए ही कोई और कंपनी नहीं

थी। हमारे बीच समान रुचि के विषयों पर कभी-कभी होनेवाले वैचारिक आदान-प्रदान का स्थान अधिक गहरी चर्चाओं ने ले लिया। हर दिन मैं बागों के शहर लखनऊ के किसी बाग में उसके सुकून भरे साथ में शाम बिताने के लिए उससे मिलने का उत्सुकता से इंतजार करता था। फिर सदाबहार हजरतगंज भी था जिसने वहाँ घूमने-फिरने का अनुपम उपहार दिया था। हजरतगंज में होनेवाली ऐसी ही एक मुलाकात में हम अपर्णा से टकराने से बाल-बाल बचे। मैंने उसे एक सीनियर प्रोबेशनर के साथ मेफेयर सिनेमा से बाहर आते देखा। मुझे आश्चर्य हुआ क्योंकि उसकी पोस्टिंग लखनऊ में नहीं हुई थी। शायद लखनऊ की रहनेवाली होने के कारण वह छुट्टियों में घर आई हो। हालाँकि हमारे संबंध एक बिंदु से आगे नहीं बढ़ पाए थे और मैं अपनी गर्लफ्रेंड के साथ ही घूम रहा था, फिर भी जब मैंने उसे किसी और के साथ देखा तो मेरे दिल को ठेस पहुँची। नहीं, मैं उससे प्यार नहीं करता था।''' फिर मैं ऐसा क्यों महसूस कर रहा था? संभवत: वह अधिकार-भाव था जो पुरुषों में सहज ही विद्यमान होता है।

मैं कई कारणों से मालिनी को पसंद करता था। परिपक्व और सुसंस्कृत होने के साथ-साथ वह शांत प्रकृति की भी थी। यद्यपि उसके अपने दृढ़ मत थे, वह उन्हें दूसरों पर थोपने की कोशिश नहीं करती थी और दूसरों के दृष्टिकोण का सम्मान करती थी। जब मैं उसके साथ होता था तो मुझे उससे कुछ भी छिपाने की या जताने की जरूरत महसूस नहीं होती थी। इसी बीच उसके माता-पिता का लखनऊ आना हुआ और मैंने तुरंत उन्हें मेरे घर ठहरने का प्रस्ताव किया। उन्होंने पहले ही एच.ए.एल. गेस्ट हाउस में ठहरने की व्यवस्था कर ली थी, परंतु जब उन्हें पता चला कि वह मालिनी के हॉस्टल से बहुत दूर था, उन्होंने मेरा सुझाव खुशी से मान लिया। उसके परिवार के मेरे घर ठहरने से हम दोनों के बीच संबंध और मजबूत हो गए।

मुझे पता ही नहीं चला कि लखनऊ में छह महीने कैसे बीत गए। इसी बीच बैंक के कंप्यूटर विभाग में मेरे चयन के बारे में सेंट्रल ऑफिस द्वारा मुझे इंटरव्यू के लिए बुलाया गया।

□

17

मोनालिका का खत

प्रिय सुरेश,

मुझे आशा है कि जब यह पत्र तुम्हें मिलेगा, तुम हर तरह से खुश होगे। मुझे खेद है कि मैं इससे पहले तुम तक अपनी बात न पहुँचा पाई। एक्जीक्यूटिव डेवलपमेंट प्रोग्राम में मैं तुमसे मिलने की अपेक्षा कर रही थी, परंतु हमारे बैच को दो हिस्सों में बाँट दिया गया और मुझे मद्रास जाना पड़ा।

मैं यह पत्र कुछ तथ्यों के खुलासे के लिए लिख रही हूँ, जिन्हें मैं अब तक तुम्हारे साथ शेयर नहीं कर पाई हूँ या ठीक से कहूँ तो ऐसा करने का मुझे कोई अवसर नहीं मिला। हम लोगों ने ट्रेन वाकये के बाद शायद ही बातचीत की हो और फिर मुझे जल्दबाजी में ही कलकत्ता में दिए जा रहे प्रशिक्षण को छोड़कर जाना पड़ा था। मैं नहीं जानती कि वो सबकुछ होने के बाद तुम कैसा महसूस कर रहे होगे। तुम भी सोच रहे होगे कि मैं किस टाइप की औरत हूँ।

घटनाओं ने जो मोड़ लिया, उसके लिए मुझे खेद है। तुम्हारे अंदर एक अवर्णनीय आकर्षण था जो मुझे तुम तक खींच लाया था। क्या वह तुम्हारा सीधा होना था, या तुम्हारा खास अदांज या तुम्हारी आंतरिक सुदृढ़ता, जिसने मुझे आकर्षित किया था? मैं नहीं जानती··· । एकके बाद एक घटनाएँ होती रहीं तथा हम और ज्यादा नजदीक आ गए। कभी–कभी तुम भी विरोधाभासी संकेत देते प्रतीत होते थे और तुमने मेरी पहल का विरोध नहीं किया। संभवत: तुम भी कन्फ्यूज्ड और धर्मसंकट में थे और इस बारे में निश्चित नहीं थे कि लाइन कहाँ खींचनी है?

और जहाँ तक उस महिला के साथ मेरे लफड़े का संबंध है, मुझे गलत मत समझना, मगर वह मैंने जान–बूझकर किया था। मैंने उसके बदन पर हाथ फेरा था मगर सिर्फ उसे छेड़ने और सबक सिखाने के लिए। वह अकेली सफर कर रही थी और आसानी से दूसरी बर्थ ले सकती थी, पर वह बहुत अड़ियल थी। जो कुछ मैंने किया, मेरे ख्याल से वह एक माकूल जवाब था।

मैंने तुम्हें अपने भूतकाल के बारे में बताया नहीं था, इसके कारण मैं खुद को और ज्यादा दोषी महसूस कर रही थी: मैं एक तलाकशुदा औरत हूँ। मुझे अपनी ट्रेनिंग बीच में ही छोड़नी पड़ी थी, क्योंकि उससे अगले दिन मेरे तलाक के केस की आखिरी सुनवाई थी। चूँकि मैं बहुत तनावग्रस्त थी, मैं हॉस्टल में बेहोश हो गई थी। उस दिन मुझे तुम्हारे साथ की बेहद जरूरत थी और इसलिए मैं क्लास में तुम्हारे पास आकर बैठ गई थी। अपनी कठिन परिस्थितियों के कारण मैं बीयर पर बहुत ज्यादा निर्भर हो गई थी··· इतनी निर्भर कि मैं उसके बगैर सो नहीं सकती थी। वह मेरे लिए नींद की गोलियों का काम करती थी। मुझे आशा है तुमने मुझे माफ कर दिया होगा, सुरेश।

जैसा मैंने तुम्हें बताया था, मैंने लेडी श्रीराम कॉलेज, नई दिल्ली से ग्रेजुएशन किया था और अपर्णा मुझसे एक साल पीछे थी। जब मैं ग्रेजुएशन कर रही थी, मेरी सगाई हो गई और जब तक मैं वह कोर्स पूरा करती, मेरी शादी हो चुकी थी। मेरे और पति के बीच संबंध बद से बदतर होते गए और जल्द ही हम अलग हो गए। शादी से पहले मेरा नाम मोनिका था, परंतु पति से अलग होने के एक साल बाद मैं एक नए नाम मोनालिका के साथ दुनिया के सामने आई और पोस्ट-ग्रेजुएशन के लिए मैंने महाराजा सयाजी राव विश्वविद्यालय, बड़ौदा में अप्लाय किया। उसके बाद संयोग से अपर्णा और मैं, दोनों ने साथ-साथ पी.बी.आई. जॉइन किया।

जिंदगी में उतार-चढ़ाव तो आते ही हैं और मुझे कोई गम नहीं है। जिंदगी जिस रूप में सामने आती है, मैंने उसे वैसे ही लेना सीख लिया है। हर कोई अपने ढंग से जीता है, बस जिस बात का ध्यान रखा जाना चाहिए वह है दूसरों की भावनाओं का उतना ही सम्मान करना जितना एक व्यक्ति अपनी भावनाओं का करता है। कुदरती तौर पर औरत मर्द की अपेक्षा अधिक जटिल होती है। अपने संबंधों में वह समर्पित और ईमानदार होती है तथा पुरुष से सहारे और मार्गदर्शन की उम्मीद रखती है। मगर इसका मतलब यह नहीं कि उसमें आत्मसम्मान की भावना कम होती है। औरत की इस जटिल प्रकृति के कारण कई बार उसे पुरुष से कम आजादी या कम सहयोग मिलता है और दोनों ही स्थितियों में टकराव की नौबत आ जाती है। पुरुष को यह बात अच्छी तरह समझ लेनी चाहिए कि औरत को अपने हिसाब से चलने की उतनी ही जरूरत होती है जितनी उसके सहारे की और सिर्फ इस जरूरत के कारण ही उसका कोई कमतर व्यक्तित्व नहीं होता। खैर, सब कहना जितना आसान है, असल में उन पर चलना उतना ही कठिन है। मैंने भी तो तुम्हारी भावनाओं का सम्मान नहीं किया, जिसका मुझे खेद है।

मैं समझती हूँ मैंने कुछ फलसफा झाड़ दिया है। परंतु मैंने तुम्हें ही एक ऐसा व्यक्ति पाया है जिसके साथ मैं अपनी भावनाएँ बाँट सकती हूँ··· शायद इसलिए कि तुम दूसरों को अपने नजरिए से ही जज नहीं करते; शायद इसलिए कि तुमने मुझे 'मैं' ही रहने दिया।

जो भी हो, यही वह बात है जो मैं तुमसे शेयर करना चाहती थी। बस एक उम्मीद के साथ मैं यहीं समाप्त करती हूँ—कि हम सच्चे दोस्त बने रहेंगे, इससे ज्यादा कुछ नहीं तो इससे कम भी कुछ नहीं।

जिंदगी के किसी मोड़ पर फिर टकराने तक,

मैं··· बनी रहूँगी।

मोनालिका

□

भाग-2

सनकी तौर-तरीके

18

दस साल और जिंदगी चलती रही

जिंदगी बहुत तेज गति से चल रही थी। मुझे बैंक जॉइन किए लगभग दस वर्ष हो चुके थे। जब मैं बैंक के हेड ऑफिस में काम कर रहा था, मुझे कंप्यूटर ग्रुप में शामिल कर लिया गया था और तुरंत ही प्रशिक्षण के लिए आई.आई.एम., अहमदाबाद, जो सूचना प्रौद्योगिकी में आंतरिक प्रशिक्षण प्रणाली स्थापित करने में बैंक के साथ सहयोग कर रहा था, भेज दिया गया था। प्रशिक्षण पूरा हो जाने पर मेरी नियुक्ति बैंक द्वारा बंगलौर में हाल ही में स्थापित किए गए सूचना प्रौद्योगिकी संस्थान में कर दी गई थी, जो एक उत्कृष्ट नियुक्ति मानी जाती थी। यह संस्थान अभी अपनी आरंभिक अवस्था में था और इसलिए मैं अपने काम में पूरी तरह डूब गया था।

व्यक्तिगत स्तर पर भी घटनाएँ तेजी से घटीं और मालिनी के साथ मेरी दोस्ती एक अफेयर में विकसित हो गई, जिसकी परिणति मेरे बंगलौर के संस्थान में जॉइन करने से ठीक पहले हमारी शादी के रूप में हुई। शादी के लिहाज से भारत का 'बगीचा' शहर बंगलौर में मेरी नियुक्ति एक तोहफे के तौर पर आई, क्योंकि शादी के बाद रहने के लिए यह आदर्श स्थान था। यहाँ के प्रदूषण-मुक्त वातावरण और हरियाली से भरपूर परिवेश ने हमारे मंगलमय विवाह में चार चाँद लगा दिए। किसी भी नवविवाहित जोड़े की तरह हम भी अधिकांशत: अपनी ही दुनिया में खोए रहते थे। परंतु जब भी हम बाहर निकलते, हम लोगों को मित्रवत लेकिन दखलंदाजी न करनेवाले लोग पाते। यह भी वरदान ही था। हम चार साल से अधिक समय तक बंगलौर में रहे और वह हमारे जीवन का सबसे सुनहरा दौर था। एम.जी. रोड और ब्रिगेड रोड की संभ्रांत भीड़ का आनंद लेने से लेकर कमर्शियल स्ट्रीट में शॉपिंग करने तक हमने अपने प्रवास की हर छोटी-से-छोटी बात का भरपूर आनंद लिया। हमारे लिए वह एक लंबे समय तक चले हनीमून की तरह था।

आग अब भी बाकी है

बंगलौर में रहने के बाद लखनऊ क्षेत्रीय कार्यालय में मेरी नियुक्ति हो जाने के

कारण हम लखनऊ चले आए। मेरी बैच के अधिकांश साथी भी अपने-अपने कार्यकाल पूरा करने के बाद लखनऊ पहुँचे। इस तरह, जमावड़ा फिर से पूरा हो गया था, परंतु एक बड़े बदलाव के साथ—हममें से अधिकांश विवाहित थे और कुछ के बच्चे भी थे। एक चीज जो नहीं बदली थी, वह थी हमारा जोश। हम उतने ही ऊर्जावान और पंगे लेने के लिए तैयार थे जितना पहले थे।

एक बार फिर हममें से किसी एक के घर बैठक बुलाना हमारा रूटीन हो गया। हम सभी पुनर्मिलन के इस दौर का पूरा आनंद ले रहे थे। जल्द ही नववर्ष की पूर्व संध्या नजदीक आ गई और मैंने अपने बैचमेट्स, अपने परिवार और विदेश से आ रही अपनी बहन के साथ नए साल का स्वागत करने का फैसला किया। नववर्ष की पूर्व संध्या को मैंने अपने घर पर एक पार्टी आयोजित की। संयोग से उस दिन शनिवार था और हम सभी मौजमस्ती के मूड में थे। दस बजते-बजते महफिल रंगीन हो गई थी जहाँ लोग पी रहे थे, हँसी-मजाक कर रहे थे, भोजन का आनंद ले रहे थे और भी बहुत कुछ कर रहे थे।

मेरी बहन उमा एक ब्रांड न्यू पोलराइड इंस्टेंट कैमरा, जो वह मेरे लिए लाई थी, से लोगों को प्रभावित करने में व्यस्त थी। वह कैमरा क्लिक करके लोगों के फोटो ले रही थी और बड़े गर्व से उन्हें दिखा भी रही थी। इंस्टेंट फोटो कैमरा उन दिनों बहुत कम लोगों के पास होता था। कुछ पार्टी गेम्स के साथ सब फ्लोर पर आ गए। धमाकेदार संगीत, तेज धुनें, मद्यपान, मद्धिम रोशनी और पुराने मित्रों का साथ—ये सब मिलकर हमें एक दूसरी ही दुनिया में ले गए""हम लोग दीवानों की तरह नाच रहे थे। जल्दी ही नए साल की उलटी गिनती शुरू हो गई। हमने जोरों से चिल्लाना शुरू कर दिया, ''5'''4'''3'''2'''1! ठीक 12 बजे लाइटों के स्विच ऑफ कर दिए गए। वह पूरी रात मौज-मस्ती में बीत गई और मुझे अपने पुराने दिन याद आ गए।

□

19

प्रबंधन कौशल

वह प्रशासनिक क्षेत्रीय कार्यालय में मेरी सामान्य नियुक्ति थी, फर्क केवल इतना था कि कार्यकारी सचिव के रूप में सीधे क्षेत्रीय प्रबंधक के साथ जुड़ा था। मैं समझ नहीं पाता हूँ कि ऐसी नियुक्ति के लिए लोग एक-दूसरे से होड़ क्यों लगाते हैं जबकि मेरे लिए वह, बस एक और नियुक्ति थी। इस तरह की नियुक्तियों में व्यक्ति का अपना कोई अस्तित्व नहीं होता। उसकी स्थिति एक निजी नौकर से ज्यादा नहीं होती। इसलिए मेरे दायरे में आनेवाले 'ऑफिशियल' कर्तव्यों के अतिरिक्त मुझसे कई तरह के काम भी अपेक्षित थे, जो कई बार 'अनऑफिशियल' प्रकृति के होते थे। इनमें वरिष्ठ अधिकारियों की निजी यात्राओं, खरीदारी आदि की व्यवस्था करने जैसे छोटे-मोटे काम शामिल थे। धीरे-धीरे मैं अपने काम की बारीकियाँ सीख रहा था।

लखनऊ क्षेत्रीय कार्यालय का नियंत्रण नैनीताल तक था और उत्तरी भारत के अधिकांश हिल-स्टेशन और पर्यटन स्थल उसके क्षेत्राधिकार में आते थे। इसलिए मेरे अलिखित और बिना बताए गए कर्तव्यों में से एक था, जब भी वरिष्ठ अधिकारी या उनके परिजन देश के इस भाग की यात्रा करें तो उनके लिए सारी व्यवस्था करना। अकसर कोई-न-कोई नैनीताल जाता रहता था और मुझे उनके उतरने के स्थान से गेस्ट हाउस तक पहुँचाने, उनके ठहरने और दर्शनीय स्थलों पर जाने आदि की सारी व्यवस्था करनी होती थी। सबसे ज्यादा परेशानी तब होती थी जब किसी वरिष्ठ अधिकारी के किसी संबंधी की हनीमून ट्रिप प्लान करनी पड़ती थी। और अगर यह हनीमून ट्रिप उनकी अपनी बेटी और दामाद की हो तो समझो निश्चित रूप से आपकी शामत आई क्योंकि तब दामाद की नजरों में उसके ससुर की हैसियत का सवाल पैदा हो जाता था। लखनऊ में बैठे हुए मुझे फोन पर 'महाभारत' के संजय की तरह लगभग आँखों देखा हाल बताना पड़ता था। वरिष्ठ अधिकारी उनके ब्रेकफास्ट से लेकर डिनर तक के बारे में सारी डिटेल जानना चाहते थे—गनीमत यह थी वे उनकी बेटी और दामाद असल में जिस काम के लिए आए थे, उसकी डिटेल नहीं माँगते थे। मगर उन्हें यह बताकर कि

नवविवाहित जोड़े ने 'लवर्स लेन' या 'हनीमून पॉइंट'—ये वे नाम हैं जो किसी भी हिलस्टेशन पर लवबर्ड्स के बसेरे के रूप में जाने जाते हैं—की अपनी यात्रा को सचमुच एंजॉय किया है, मैं घुमा-फिराकर उसके बारे में भी संदेश दे ही देता था।

लखनऊ जोन में स्वयं चिकन के काम के लिए विख्यात लखनऊ के अतिरिक्त अपनी जरी की साड़ियों के लिए प्रसिद्ध बनारस और एक्सपोर्ट क्वालिटी के सुंदर कालीनों के लिए प्रसिद्ध भदोई भी आते थे। जोन का हिस्सा होने के कारण ये स्थान सिरदर्द के स्थायी स्रोत थे, क्योंकि मुझे उन उत्पादों की खरीदारी की व्यवस्था करनी पड़ती थी। जब ये खरीदारियाँ करने के लिए वरिष्ठ अधिकारी और उनके परिजन खुद इन स्थानों पर जाते थे तब स्थिति बदतर हो जाती थी, क्योंकि आप कभी यह नहीं जान सकते थे कि वे कब, कहाँ और कितना पेमेंट करेंगे। एक ओर तो आपको दुकानदार से लगातार सौदेबाजी करनी पड़ती थी तथा दूसरी ओर आप साहबों के चेक आने का इंतजार करते रहते थे—यह तनी हुई रस्सी पर चलने जैसा था। इन भुगतानों का निबटारा करना एक विकट समस्या बन जाती थी। उन अधिकारियों के मामले में और ज्यादा जो केवल टोकन पेमेंट करते थे। वे इस बात पर तो बहुत चौकस रहते थे कि आंशिक राशियों के उनके चेक तुरंत डेबिट हो जाएँ पर दुकानदार इन आंशिक भुगतानोंवाले चेक आसानी से अपने खातों में जमा नहीं करते थे। तब मेरे लिए स्थिति विकट हो जाती थी। न खाते बनता था, न उगलते। धारणात्मक भुगतानों के ऐसे ही एक मामले में एक अधिकारी ने मुझे बिल की कुल राशि के केवल दस प्रतिशत का ही चेक भेजा। चाहे बहुत विनम्रता से ही, मुझे शेष राशि के भुगतान के बारे में उनसे पूछना ही पड़ा। बड़े ही ठंडे लहजे में उधर से जवाब आया, ''मेरे परिवार ने केवल दो वस्तुएँ ही खरीदी थीं, जिनके लिए मैं पहले ही चेक भेज चुका हूँ। दूसरी सब चीजें मुझे जबरदस्ती थमा दी गई थीं।''

इस पोस्टिंग के दौरान मैंने भले आदमियों का मुखौटा लगाए लोगों का असली चेहरा देखना सीख लिया। मेरी 'अनऑफिशियल' जिम्मेदारियों के एक भाग के रूप में ग्राहकों के लिए विशेष कार्यक्रमों और ऐसे ही अन्य कार्यक्रमों के लिए मुझे समय-समय पर पाँच-सितारा पार्टियाँ आयोजित करनी पड़ती थीं। इन पार्टियों में मुख्य रूप से विभिन्न सरकारी विभागों के अधिकारी शामिल होते थे। यद्यपि इन कार्यक्रमों के जरिए बैंकों के कामकाज संबंधी ग्राहकों की समस्याओं को सुलझाना और सरकारी अधिकारियों के साथ बैंक की नीतियों पर चर्चा करना अपेक्षित था, असल में सरकारी अधिकारियों द्वारा इन पार्टियों का इस्तेमाल अपनी 'संतुष्टि' के लिए किया जाता था। इन पाँच सितारा पार्टियों में मैंने भ्रष्टाचार के खिलाफ अपने संघर्ष और अभियानों के लिए जानेवाले वरिष्ठ अधिकारियों को बिना देर लगाए अपने मुखौटे पूरी तरह उतारकर खुलेआम किसी-न-किसी रूप में सैर-सपाटे और रियायती सुविधाओं का उपभोग करते देखा।

ऐसी ही एक पार्टी में जब मैंने एक बहुत जाने-माने चेहरे (एक वरिष्ठ सरकारी अधिकारी) को देखा, जिन्होंने भ्रष्टाचार के खिलाफ एक अभियान चलाया था, तो केवल सौजन्यता की खातिर बहुत हिचकते हुए पूछा, "क्या आप सॉफ्ट ड्रिंक से अलग कुछ लेना पसंद करेंगे?"

मेरे आश्चर्य का ठिकाना न रहा जब मैंने उन्हें कहते सुना, "स्कॉच चलेगी।" मैं अपने कानों पर विश्वास न कर सका सो फिर पूछा, "स्कॉच?"

"हाँ, अगर वह उपलब्ध हो।"

केवल औपचारिकता पूरी करने के लिहाज से मैंने पूछा, "पानी या सोडा के साथ?"

"ऑन दि रॉक्स," उन्होंने कहा।

और पहली बार मैंने जाना कि अपने प्रमोशन और सीनियोरिटी के बारे में वरिष्ठ अधिकारी कितने दीवाने थे जब मैं उन्हें अविश्वसनीय हिसाब-किताब और विश्लेषण के साथ दूसरों की तुलना में अपने प्रोमोशन के चांसेज के बारे में जोर-शोर से चर्चा करते देखता-सुनता था। ऐसी ही एक चर्चा में एक जोनल मैनेजर ने आधिकारिक रूप से जारी एक वरीयता सूची निकाली, एक विचित्र बात की ओर लोगों का ध्यान गया कि उससे सीनियर कुछ लोगों के नाम के आगे एक्रोनिम 'एल.टी.डी.' लिखा हुआ था। जब उसने इस एक्रोनिम का अर्थ पूछा गया तो उसने बड़े ठंडे लहजे में बताया कि उसका फुल फॉर्म था 'लाइकली टु डाइ' और यह उन लोगों के नाम के आगे लिखा गया था जिनके सामान्य स्वास्थ्य और मेडिकल रिपोर्ट्स पर आधारित उसके विश्लेषण के अनुसार 'मरने की संभावना' थी। इसका मतलब था कि तरक्की की सीढ़ियाँ चढ़ने में उसे इन 'एल.डी.टी.' अफसरों से कोई खतरा नहीं था। उसके लिए 'एल.टी.डी.' का मतलब था 'लिमिटेड लाइफ।' मैं कभी कल्पना भी नहीं कर सकता था कि अपने कॅरियर में आगे बढ़ने और अपने प्रमोशन की संभावना जगाने के लिए कोई इस हद तक जा सकता है।

□

20

परिवार से अलग रहने के खतरे

मुझे सचमुच अचरज होता है कि लोग काम पर आने के लिए वर्षों तक कैसे लंबी दूरियाँ, कभी-कभी तो एक दिन में 200 किलोमीटर की अविश्वसनीय दूरी, तय करते हैं और फिर भी जिंदा रहते हैं। परंतु कभी-कभी परिस्थितियाँ ऐसी होती हैं कि आपके पास कोई विकल्प नहीं होता। आप हर बार अपने परिवार को अपनी नियुक्ति के पिछले स्थान से वर्तमान स्थान पर शिफ्ट नहीं कर सकते और इसलिए या तो आप नियुक्ति के नए स्थान पर अकेले शिफ्ट करते हैं या हर दिन अप-डाउन यात्रा करते हैं। दोनों तरह से आपके पास एक ही विकल्प बचता है कि आप अपनी नियुक्ति का आनंद लें, क्योंकि यह कहा जाता है कि जब मुश्किलों से बचना संभव न हो तो बेहतर यह होगा कि उनका आनंद लिया जाए। अगर मुझे विकल्प चुनने के लिए कहा जाए तो मैं हर रोज लंबी यात्रा करने के बजाय परिवार से अलग रहना पसंद करूँगा।

अपरिहार्य सजा

बैंकिंग सेवा में हर किसी को एक तहसील या छोटे से जिला मुख्यालय में पोस्टिंग मिलती है। मैंने अपनी बैंक सर्विस के चौदह वर्ष पूरे कर लिए थे, परंतु एक ग्रामीण/अर्द्ध-शहरी स्टेशन पर दो साल के अनिवार्य कार्यकाल से अब तक बचा हुआ था। इसलिए यह तय था कि अपने अगले तबादले पर मुझे किसी अर्द्धशहरी केंद्र में नियुक्त किया जाएगा। चूँकि कार्मिक विभाग में मेरे मित्र थे, मैंने पहले ही उनके कानों में यह बात डाल दी थी कि मुझे प्रोजेक्ट एरिया की किसी नजदीकी शाखा में नियुक्त किया जाए, ताकि मैं अपने परिवार को अपनी पिछली नियुक्ति के स्थान, लखनऊ में ही बनाए रख सकूँ। इस तरह मैंने अपनी अगली नियुक्ति लखनऊ से मुश्किल से सत्तर किलोमीटर दूर स्थित शुगर मिलवाली बैंक शाखा में मैनेज कर ली। यह मेरे लिए दो तरह से सुविधाजनक था : पहली, मैं हफ्ते में एक बार या जब भी जरूरत हो, आसानी से लखनऊ जा सकूँगा और दूसरी, चूँकि मेरी शाखा एक शुगर मिल कंपनी से जुड़ी हुई थी, वहाँ एक पूरी टाउनशिप और सारी सुविधाओं से युक्त एक काफी अच्छा आवास था। इसलिए एक तरह से वह

एक कठोर ग्रामीण/अर्द्धशहरी पोस्टिंग तो नहीं ही थी। मगर फिर भी परिवार से दूर रहने की अपनी दिक्कतें तो थी हीं।

मैं खुशकिस्मत था कि मुझे लखनऊ के अपने पहले के आधिकारिक आवास से बहुत नजदीक एक फ्लैट मिल गया था और बिना बहुत परेशानी के और महरी, दूधवाला, सब्जीवाला और ऐसी ही वर्तमान व्यवस्थाओं को डिस्टर्ब किए बिना मैं अपने परिवार को वहाँ ले आया था। पड़ोसी भी अच्छे थे। एक तरफ एक दक्षिण भारतीय आदमी और उसका परिवार रहता था, वह एच.ए.एल. में काम करता था तथा दूसरी तरफ एक अग्रवाल परिवार था, जिनका गहनों का अपना व्यवसाय था। पीछेवाले दो कमरे के आवास में एक कुँवारा अनंत रहता था। वह मदद के लिए हमेशा तैयार रहता था और एक बहुराष्ट्रीय दवा कंपनी के मार्केटिंग विभाग में काम करता था। वह बड़े काम का आदमी था और गैस बुकिंग, बिलों के भुगतान, लायसेंस का नवीकरण जैसे कई काम निपटा दिया करता था। हफ्ते में एक बार निर्देश देने और सुपरवाइज करने के लिए मैं वहाँ आ जाता था और बाकी मेरी अनुपस्थिति में मालिनी मैनेज कर लेती थी।

एक साल से अधिक समय तक यह व्यवस्था ठीक से काम करती रही जब एक दिन अचानक हमारे पड़ोसी अनंत ने बिना किसी पूर्व सूचना के अपना फ्लैट खाली कर दिया। इसके बाद कुछ गंभीर समस्याएँ उठ खड़ी हुईं; सिर्फ मैं ही जानता हूँ कि उसके बाद मैं कैसे जिया। ऐसा लग रहा था मानो मैं एक के बाद एक समस्या से घिरता जा रहा था। मैं पूरी तरह से हिल गया था। लगभग उन्हीं दिनों ऑफिस के मोरचे पर भी एक घटना घटी।

हमारी शाखा लखनऊ से मुश्किल से सत्तर किलोमीटर की दूरी पर स्थित थी और स्टाफ के अधिकांश लोग रोज लखनऊ से आते-जाते थे। चूँकि इस रूट पर ट्रेनों की संख्या काफी कम थी, वे लोग सड़क मार्ग से यात्रा किया करते थे और वह भी अधिकांशत: मार्ग पर चलनेवाली शेअर्ड जीप्स द्वारा। इन जीपों में यात्रियों को ठूँस-ठूँस कर भरा जाता था और हर एक जीप उन्नीस-बीस यात्रियों को ले जाती थी। उस दुर्भाग्यपूर्ण शाम को मेरी ब्रांच के सहकर्मी इन्हीं जीपों, जो हमेशा ओवरलोडेड होती थीं, में से एक में यात्रा कर रहे थे। जीप में बैठे कुछ यात्रियों ने जीप धीमे चलाने के लिए ड्राइवर का मजाक उड़ाया। "इस तरह तो वापस आनेवाली जीप पकड़ने के लिए हम कल सुबह तक ही पहुँचेंगे।" स्पीड थोड़ी बढ़ाते हुए वह बोला, "सा'ब, आप देख रहे हैं कि जीप कितनी भरी हुई है।" इस पर एक यात्री चिल्लाया, "हमें दोष मत दो, तुम मान लो कि तुम्हें गाड़ी चलानी नहीं आती।" यह बात ड्राइवर को बेहद नागवार लगी, "अच्छा, तो तुम मेरा ड्राइविंग- हुनर देखना चाहते हो! मैं अब दिखाता हूँ। एक-दूसरे को पकड़े रखना और ठीक से बैठना।" यह कहते हुए उसने जीप की गति बढ़ाई और तूफानी रफ्तार से चलाने लगा। एक मोड़ पर वह मुड़ने की वाला था कि वह जीप पर से नियंत्रण खो बैठा। एक

पेड़ से टकराकर जीप फिसल गई और लुढ़ककर एक खाई में गिर गई। वहाँ का सारा माहौल यात्रियों की चीख-पुकार से गूँज उठा। जब तक मैं ब्रांच से दुर्घटनास्थल तक पहुँचा पाता, क्षेत्रीय प्रबंधक के नेतृत्व में लखनऊ जोनल ऑफिस का एक दल वहाँ पहले ही पहुँच चुका था।

वह एक भयंकर दृश्य था। उनमें से कई गंभीर रूप से घायल थे और कई खून से लथपथ अचेत पड़े थे। लखनऊ से आई टीम घायल सहकर्मियों की मदद करने के बजाय गाँववालों से मँगाई गई लालटेनों की रोशनी में बड़ी बेसब्री से किसी चीज की तलाश कर रही थी। मुझे बताया गया कि वे लोग करेंसी चेस्ट की चाबियों का गुच्छा ढूँढ़ रहे थे। ये चाबियाँ शाखा के अकाउंटेंट, जो अब गंभीर रूप से घायल और बहुत ही बुरी दशा में था, के पास होनी चाहिए थीं। घायलों को अस्पताल ले जाने के बजाय उस टीम ने चाबियों के लिए अकाउंटेंट की खून से सनी पैंट, शर्ट की जेबों और बैग की तलाशी लेना शुरू कर दिया। जब चाबियाँ उसके पास नहीं मिलीं तो उन्होंने आसपास की जगह देखना शुरू कर दिया। चाबियाँ मिलने के बाद ही उसे अस्पताल ले जाया गया पर तब तक बहुत देर हो चुकी थी। अगर उन्होंने चाबियाँ ढूँढ़ने के लिए उसे इतनी गंभीर स्थिति में छोड़ न दिया होता तो आज वह जीवित होता। यही जीवन की त्रासदी है।

सेवा नियमों के अनुसार शाखा का अकाउंटेंट बिना पूर्व अनुमति के स्टेशन छोड़ नहीं सकता और करेंसी चेस्ट की चाबियों के साथ तो किसी सूरत में नहीं। इस तरह मृतक ब्रांच अकाउंटेंट ने सचमुच सेवा नियमों का उल्लंघन किया था तथा पेंशन और प्रॉविडेंट फंड जैसे अपने टर्मिनल बेनिफिट्स तक को खतरे में डाल दिया था। बेशक यह एक खुला सीक्रेट है कि लोग अपनी पोस्टिंग से बाहरवाले शहरों से रोज आते-जाते हैं और इस नियम का उल्लंघन करते हैं परंतु जब तक कोई अप्रिय घटना न हो इन उल्लंघनों को नजरअदांज किया जाता है। इसका मतलब था कि उसके टर्मिनल बेनिफिट्स खतरे में थे। इसलिए, चाबियाँ मिल जाने के बाद वे एक अन्य अधिकारी को सौंप दी गईं और कागजों पर यह दिखाया गया कि मृतक ब्रांच अकाउंटेंट के स्टेशन छोड़ने से पहले इस अधिकारी को चार्ज सौंप दिया गया था। इस तरह उसके जीवन की कीमत पर उसके आश्रितों के लिए उसके टर्मिनल बेनिफिट्स को बचा लिया गया था।

एक और नियुक्ति

जिंदगी आगे बढ़ी और मैंने अपनी अर्द्ध-शहरी नियुक्ति सफलतापूर्वक पूरी कर ली। कार्मिक विभाग में मेरे संपर्कों के चलते मेरी अगली पोस्टिंग पूर्वी उत्तर प्रदेश में गोरखपुर के पास एक पेट्रो-केमिकल कॉम्प्लेक्स में हुई। यह भी प्रतिष्ठित नियुक्तियों में गिनी जाती थी।

□

21

मालिनी का कहना है...

हमें पेट्रोकेमिकल कॉम्प्लेक्स, गोरखपुर के इस नए नियुक्ति स्थल पर आए काफी समय हो गया है परंतु मैं देखती हूँ कि ये इस तरह से व्यवहार कर रहे हैं जैसे अब भी अकेले ही रहते हों, जैसे हम हैं ही नहीं। इसके अतिरिक्त, मैं यह भी देखती हूँ कि अब ये पहले जैसे नहीं रह गए हैं और इन्होंने अपना चहकता और ऊर्जावान व्यक्तित्व खो दिया है। कभी वह हमसे जुड़ी कोई भी और हर बात के प्रति उत्साहित दिखाई देते थे परंतु अब वे अपने ख्यालों में डूबे नजर आते हैं। अधिकांश समय वे अकेले, उदासीन और अपने में डूबे रहते हैं और ऐसा लगता है मानो उन्होंने अपनी सारी ऊर्जा और जोश खो दिया हो। मैं नहीं जानती कि यह हो क्या रहा है। क्या कोई बात उन्हें अंदर से खाए जा रही है? या यह केवल मेरी कल्पना है।

दो लंबे वर्षों तक अलग रहने के बाद आदमी अकेले रहने का आदी हो जाता है, बल्कि वह अपने स्वतंत्र अस्तित्व से प्यार करने लगता है। आपको देर से घर लौटने, किसी भी समय कुछ भी करने की आजादी, बिना किसी शर्त के पूरी स्वायत्तता होती है। बिंदास फक्कड़ जीवन से पारिवारिक जीवन में आना जिम्मेदारी और समर्पण की माँग करता है और इस बात ने जरूर उन्हें कुछ परेशान किया होगा। दो साल की पूरी आजादी के बाद खुद मुझे भी साथ-साथ रहना आसान नहीं लगा था। मुझे नियमित रूप से खाना बनाना पड़ता था और इन मामलों में दो साल तक पूरी आजादी महसूस करने के बाद बाथरूम के उपयोग में समय का एडजस्टमेंट, अखबार पढ़ने और टी.वी. कार्यक्रम देखने जैसी छोटी-छोटी बातें भी बड़े मुद्दे लगने लगी थीं। यद्यपि अकेले रहना मेरे लिए वेकेशन टाइम था क्योंकि रोजमर्रा के नीरस काम मैं अपने हिसाब से कर सकती थी, उस जीवन की अपनी कठिनाइयाँ भी थीं। हालाँकि शुरुआत में अलग रहना मुझे एक सदमे की तरह लगा था, मैंने धीरे-धीरे इस नई स्थिति के अनुसार खुद को ढालना शुरू कर दिया था।

मैं समझती हूँ सुरेश भी संक्रमण के इसी दौर से गुजरा होगा। हो सकता है दो साल तक अलग रहने के अनुभव ने उसे कुछ एकाकी और सनकी बना दिया हो। मगर क्या सुरेश सचमुच संक्रमण के दौर से गुजर रहा है या कुछ और बात है जो उसे खाए जा रही

है ? क्या वह बात किसी लड़की से संबंधित है ? मैं जानती हूँ कि एक समय अपर्णा और मोनालिका सुरेश की अच्छी दोस्त हुआ करती थीं। क्या वह उनसे जुड़ी कोई बात है ? क्या मुझे सुरेश से इसका जवाब माँगना चाहिए? अगर ऐसी कोई बात न हो तो उस पर शक करके मैं बिना वजह उसकी नजरों में गिर नहीं जाऊँगी ? मैं समझती हूँ कि फिलहाल सबसे अच्छा यही होगा कि मैं इंतजार करूँ और स्थिति पर नजर रखूँ क्योंकि मुझे ऐसा कुछ भी नहीं करना चाहिए जो स्थिति को और भी बदतर बना दे।

कुछ दिनों बाद

स्थिति में सुधार नहीं हुआ है। कल, जब मैं उनके कमरे में गई तो वह अपने वार्डरोब में कुछ कर रहे थे, संभवत: कपड़ों को ठीक से रख रहे हों या कुछ और। मेरे अचानक कमरे में पहुँचने से वे बुरी तरह अचकचा गए। उन्होंने तुरंत वार्डरोब का दरवाजा जोर से बंद किया और पैर पटकते हुए बाहर चले गए जैसे रँगे हाथों पकड़े गए हों।

एक महीने बाद

कुछ दिनों पहले सुरेश के दोस्त फिलिपॉज हमारे घर आए थे और उनके यहाँ रहने से एकाएक स्थिति सुधरने लगी। फिलिपॉज और सुरेश अच्छे दोस्त हैं और उनके बीच अच्छी आपसी समझ है। फिलिपॉज एक मृदुभाषी, परिष्कृत और परिपक्व व्यक्ति हैं और सबका ध्यान रखते हैं। उन्होंने हमारे घर का माहौल बहुत हलका, मधुर और जानदार बना दिया। वह सुरेश के एक और मित्र नगेंद्र, जिसे मैं कभी भूल नहीं सकती, से बिलकुल अलग थे। नगेंद्र तो हद करता है। वह बहुत मुँहफट और बिलकुल सिरफिरा है। हमारी शादी के रिसेप्शन के दौरान, जब हमें मुबारकबाद देने के लिए वह मंच पर आया, तब की गई उसकी एक टिप्पणी के लिए मैं उसे बिलकुल पसंद नहीं करती। वह बिलकुल ही अविश्वसनीय और अनपेक्षित थी । उसने सुरेश के कान में, पर इतनी जोर से की कि मैं भी सुन सकूँ, कहा, ''स्मॉल इज ब्यूटीफुल!'' मगर नगेंद्र जो था वह यही था—ढीठ।

दो भिन्न स्थानों पर अलग-अलग रहना केवल व्यक्तियों पर ही नहीं, बल्कि घर के सामान पर भी असर डालता है। जब दो घरों के सामान को मिला दिया जाता है तो हो सकता है कि बाद में बहुत सी चीजें आपको मिलें ही नहीं। परंतु धीरे-धीरे वे सामने आने लगती हैं। कल, जब मैं महत्त्वपूर्ण कागजात सहेज रही थी, मुझे हमारे बीस हजार के फिक्सड डिपॉजिट की रसीद नहीं मिली। मुझे विश्वास है कि कुछ और खोजने पर मुझे वह मिल जाएगी। अब सुरेश का व्यवहार पहले से बेहतर हो गया है और क्या आप एक अनुमान लगा सकते हैं? उनके चेहरे पर फिर पहले जैसी मुसकान आ गई है। फिलिपॉज की उपस्थिति ने जादू कर दिखाया था। मैं खुश हूँ कि हमारी गृहस्थी फिर से पटरी पर आ रही है।

□

22

गार्ड ऑफ ऑनर

मुझे गोरखपुर के पास पेट्रोकेमिकल कॉम्प्लेक्स बैंक शाखा में नियुक्त हुए छह महीने से ज्यादा हो गए थे। चूँकि हम कंपनी के साथ बहुत बड़ी राशियों का लेन-देन करते थे, मुझे उनके महा-प्रबंधक (वित्त) और कभी-कभी तो उनके मुख्य कार्यकारी अधिकारी (सी.ई.ओ.) के सीधे संपर्क में रहना पड़ता था। वैसे भी, चूँकि उनके परिसर में केवल हमारा बैंक था, हम उनकी व्यक्तिगत बैंकिंग जरूरतों को भी पूरा करते थे। इसलिए तीन महीनों की छोटी सी अवधि में ही उस संगठन के शीर्ष अधिकारियों के साथ मेरा अच्छा संवाद स्थापित हो गया था।

औद्योगिक अशांति

काफी समय से प्लांट के भीतर औद्योगिक अशांति की चिंगारी सुलग रही थी। असल में, एक और इकाई की स्थापना करके प्रबंधन अपनी क्षमता के विस्तार में लगा हुआ था। परंतु नए संयंत्र के शुरू होने से पहले या उसके दौरान तकनीकी कर्मचारी पगार में वृद्धि सहित अपनी सेवा शर्तों में सुधार चाहते थे। आंदोलन की अगुवाई तकनीकी कर्मचारी संघ कर रहा था जिसका नेतृत्व एक युवा मगर तुनुकमिजाज महासचिव के हाथ में था और जिसका स्थानीय लोगों पर भी अच्छा-खासा प्रभाव था।

यह बंदा एक बार एक नया प्लांट डालने की कंपनी की योजना पर पानी फेरकर इतिहास बना चुका था। असल में वह आंदोलन हिंसक हो गया था और कंपनी को छत्तीस घंटे से ज्यादा समय तक पूरे प्लांट को बंद कर देने के लिए मजबूर होना पड़ा था। इसलिए मुख्य कार्यकारी अधिकारी कर्मचारी संघ के उस महासचिव को प्लांट से निकालने की फिराक में थे परंतु दिल्ली स्थित कंपनी के निदेशक मंडल से उसे इसकी अनुमति नहीं मिल रही थी।

इसी बीच एक दिन ऐसा हुआ कि यह बंदा अपने किसी रूटीन कार्य से बैंक की शाखा में आया पर इसी दौरान किसी मामूली बात पर हमारे एक कर्मचारी से उलझ

गया। उसने कथित रूप से पूरे स्टाफ को गंभीर नतीजे भुगत लेने की धमकी दी और अपनी पैंट की जेब की ओर ऐसा इशारा किया जैसे कि उसमें एक हथियार हो। सुरक्षाकर्मियों द्वारा उसे बैंक परिसर से बाहर ले जाया गया। प्लांट के सी.ई.ओ. को एक अरसे से जिस मौके की तलाश थी, वह उसे मिल गया था।

देर अपराह्न में सी.ई.ओ. के सचिव से मुझे एक कॉल आया कि वह मुझसे मिलना चाहता थे और अगर वह शाम के करीब 7 बजे आएँ तो क्या मेरे लिए सुविधाजनक होगा। जब मैंने कहा कि मुझे कोई समस्या नहीं है, उसने टेलीफोन लाइन सी.ई.ओ. को पास कर दी। सी.ई.ओ. ने सुबह की घटना के लिए खेद व्यक्त किया और कहा कि वह निजी तौर पर मुझसे मिलना पसंद करेंगे, क्योंकि उन्हें एक गोपनीय विषय पर चर्चा करनी है। मैं उनके इरादे अच्छी तरह समझता था। यह अहं के टकराव का एक तुच्छ मामला था मगर मैं जानता था कि सी.ई.ओ. उसे बहुत ज्यादा तूल देने के लिए तैयार थे। सारा दिन कई तरह की अफवाहें फैलती रहीं। शायद सी.ई.ओ. के इशारे पर हर चीज को बहुत बढ़ा-चढ़ाकर बताया जा रहा था।

शाम की इस मुलाकात के दौरान सामान्य अभिवादन और सुबह की घटना के लिए क्षमायाचना के बाद सी.ई.ओ. मुद्दे की बात पर आ गए। उन्होंने महासचिव के खिलाफ एक औपचारिक शिकायत उन्हें देने के लिए कहा, ताकि उस पर जरूरी काररवाई की जा सके और उन्होंने मुझसे पुलिस में दर्ज कराई गई एफ.आई.आर. की एक कॉपी भी देने के लिए कहा। जब मैंने उन्हें बताया कि मैंने कोई एफ.आई.आर. दर्ज नहीं कराई है तो उन्हें ताज्जुब हुआ। उन्होंने मुझसे तुरंत ऐसा करने का आग्रह किया। उन्होंने एफ.आई.आर. दर्ज कराने के लिए अपने रसूख के जरिए संबंधित पुलिस अधिकारी को वहीं और उसी वक्त बुलाने का प्रस्ताव भी दिया। मैं सीधे-सीधे 'न' कहकर उनको नाराज नहीं करना चाहता था इसलिए मैंने विनम्रतापूर्वक यह कहकर इस स्थिति से बचने की कोशिश की कि मैं उनकी बात पर गौर करूँगा, मगर मैं महसूस करता था कि यह ऐसा मुद्दा नहीं था जिसके लिए पुलिस थाने में शिकायत दर्ज करानी पड़े। वे यह कहते हुए वहाँ से उठ गए कि "ठीक है, आप सोचिए पर भविष्य में उसके व्यवहार या उसके कारण कोई अप्रिय घटना घटती है तो हम जिम्मेदार नहीं होंगे। बहरहाल, अगर किसी भी मामले में आपको हमारे सहयोग ही जरूरत हो तो मुझे बताइएगा। आप अपनी औपचारिक शिकायत मुझे तो दे ही दीजिए। उसे लेने के लिए कल दोपहर को मैं अपने सेक्रेटरी को भेज दूँगा। गुडबाय।"

अगले दिन लोगों के बीच यह कहानी फैल गई थी कि उस बंदे ने पिस्तौल दिखाकर बैंक से नकदी लूटने की कोशिश की थी। इसी बीच, मेरे स्टाफ ने भी एफ.आई.आर. दर्ज कराने और प्लांट के प्रबंधन को औपचारिक रूप से एक शिकायती

पत्र देने के लिए मुझ पर दबाव बनाना शुरू कर दिया। उनकी इस पहल पर मुझे आश्चर्य हुआ क्योंकि पिछले दिन उनमें से किसी ने भी इस तरह की कोई बात नहीं की थी। असल में, इससे विपरीत, उनकी राय थी कि मामला खत्म हो चुका है। उनके रुख में आए एक सौ अस्सी डिग्री के इस परिवर्तन और वह भी एक दिन में, से मैं हैरान था। इस बात को समझने के लिए कॉमन सेंस से ज्यादा किसी चीज की जरूरत नहीं थी कि मेरे स्टाफ के रुख में रातोरात बदलाव लाने के लिए किसी ने चक्कर चलाया है। मुझे बाद में पता चला कि जिस समय सी.ई.ओ. मेरी केबिन में मुझसे बात कर रहा था, उसका सेक्रेटरी स्टाफ के सदस्यों से मेल-मुलाकात कर रहा था।

दोपहर को, जब सी.ई.ओ. का सेक्रेटरी बैंक का शिकायत पत्र लेने आया तो मैंने यह कहकर बहाना बना दिया कि चूँकि मैं सुबह से एक बहुत ही अर्जेंट विषय पर अपने लखनऊ हेड ऑफिस के साथ चर्चा में व्यस्त था, मुझे उसे तैयार करने का समय ही नहीं मिला। मैंने उससे कहा कि मैं खुद सी.ई.ओ. से मिलूँगा। एक तरह से मैंने जो कुछ कहा था वह सच था क्योंकि पिछले दिन सी.ई.ओ. के मेरे ऑफिस से जाने के बाद मुझे जोनल मैनेजर से इस आशय का फोनकॉल मिला था कि सर्किल जनरल मैनेजर (सी.जी.एम.) के गोरखपुर आने की संभावना थी और वे पेट्रो कॉम्प्लेक्स के गेस्ट हाउस में ठहरेंगे। इसलिए मैं सुबह से ही लखनऊ हेड ऑफिस की सलाह से उनके कार्यक्रम की योजना बनाने में व्यस्त था।

अगले दिन जब मैं सी.ई.ओ. से मिला तो सबसे पहले उसने शिकायत के बारे में पूछा। यह स्पष्ट था कि वह इस अवसर को हाथ से निकलने देना नहीं चाहता था, उसका उतावलापन और चिंता समझी जा सकती थी। मैंने सपाट लहजे में उससे कह दिया कि हालाँकि हमारे सी.जी.एम. के होनेवाले दौरे के मद्देनजर मुझे इस मामले पर सोचने का समय नहीं मिला पर अगर साफ कहूँ तो मेरी समझ से वह मामला खत्म हो चुका है। उसे बड़ा धक्का लगा और वह हताश हो गया। मगर वह एक चतुर व्यक्ति था और सी.जी.एम. के दौरे में उम्मीद की एक किरण देखकर एक फीकी सी मुसकान उसके चेहरे पर आ गई। अब उसने बातचीत का रुख सी.जी.एम. के दौरे की तरफ मोड़ दिया। जब मैंने उसे बताया कि सी.जी.एम. यहाँ आ सकते हैं और एक रात ठहरेंगे तो उसे वह मिल गया जो वह चाहता था। बातचीत के दौरान मैंने उससे पूछा कि क्या उनके लिए प्लांट के सुरक्षा बल (पी.एस.एफ.) द्वारा गार्ड आफ ऑनर की व्यवस्था की जा सकती है। उसने कहा कि केवल औद्योगिक इकाइयों की सुरक्षा के लिए गठित पी.एस.एफ. एक स्वायत्त संगठन है और वह उसके नियंत्रण में नहीं है। उसने यह भी स्पष्ट किया कि प्रोटोकॉल के अनुसार गार्ड ऑफ ऑनर की व्यवस्था केवल अति महत्त्वपूर्ण व्यक्तियों—कम-से-कम राष्ट्रीय महत्त्व के बहुत ऊँचे ओहदे पर बैठे व्यक्तियों—के लिए की जा

सकती है। मैंने इस गार्ड ऑफ ऑनर की योजना पहले से ही बना ली थी इसलिए जब उसने कहा कि यह संभव नहीं है तो मैं थोड़ा निराश हो गया। जब मेरा उतरा हुआ चेहरा देखा तो बोला, ''पर पूरे राज्य में एक ही सी.जी.एम. होगा।''

जब मैंने 'हाँ' कहा तो वह गहरे सोच में डूब गया प्रतीत हुआ। कुछ देर बाद उसनेकहा, ''मैं देखता हूँ कि मैं आपकी क्या मदद कर सकता हूँ।''

फिर उसने सीधे एक प्रस्ताव रखा, ''चलिए, हम एक सौदा करते हैं और एक-दूसरे की मदद करते हैं। बेशक मैं बैंक लूटने की कोशिश के आरोप में उस बंदे के खिलाफ एफ.आई.आर. दर्ज करने के लिए आग्रह नहीं करूँगा परंतु आप मुझे संबोधित अपनी शिकायत भेज दें यह बताते हुए कि स्टाफ को भुगत लेने की धमकी देते हुए वह कैसे हथियार लेकर बैंक में घुसा और बैंक के कामकाज में बाधा डाली।''

जब मैं चुप रहा तो उसने आगे कहा, ''मैं यह सुनिश्चित करूँगा कि गार्ड ऑफ ऑनर की व्यवस्था की जाए।'' उसके साथ ही उसने तुरंत अपनी वॉकी-टॉकी उठाई और पी.एस.एफ. के कमांडेट से संपर्क किया। मैंने सोचा था कि वह गार्ड ऑफ ऑनर की व्यवस्था करने के लिए कमांडेट से विनम्रतापूर्वक अनुरोध करेगा मगर उसने ऐसा कुछ किया कि कमांडेंट को उसका अनुरोध मानना ही पड़ा। सी.ई.ओ. ने कमांडेंट से प्लांट में हो रही चोरियों और वे उन्हें रोक पाएँगे या नहीं, के बारे में पूछकर उसकी दुखती रग पर हाथ रख दिया। फिर बिना किसी अंतराल के उसने आगे कहा, ''बैंक के राज्य स्तर के चीफ जनरल मैनेजर प्लांट का दौरा करनेवाले हैं। वे हमारे लिए वी.वी.आई.पी. हैं और उन्हें गार्ड ऑफ ऑनर जरूर दिया जाना है। आप बैंक के ब्रांच मैनेजर से मिलकर सारी व्यवस्थाएँ तय करें'' और वॉकी-टॉकी बंद कर दिया। संगठन में यह एक खुला सीक्रेट था कि प्लांट के लिए काम कर रहे ठेकेदारों द्वारा सुरक्षा बल के साथ मिलकर ट्रकों में भरकर कच्चा माल प्लांट से बाहर ले जाया जाता था।

फिर सी.ई.ओ. मेरी तरफ मुड़ा, ''ओ.के., फिर मैं अपने सेक्रेटरी के हाथों एक फ्लॉपी में शिकायत का प्रारूप भिजवा दूँगा। आप उसका प्रिंट अपने लेटरहेड पर ले लें और उस पर दस्तखत करके मेरे सेक्रेटरी को पकड़ा दें। अपने सी.जी.एम. के दौरे के सबंध में आपको किसी भी चीज की जरूरत हो तो मुझे बताएगा। मैं यह सुनिश्चित करूँगा कि यह दौरा शानदार रहे।''

एक हफ्ते के भीतर उस बेचारे ट्रेड यूनियन लीडर को कठोर अनुशासनात्मक चेतावनी जारी कर दी गई और उसे सुदूर पूर्वोत्तर भारत स्थित एक प्लांट भेज दिया गया।

सी.ई.ओ. के प्लान और आश्वासन के अनुसार सी.जी.एम. को एक शानदार गार्ड ऑफ ऑनर दिया गया।

□

23

पेशागत जोखिम

इसी बीच फिलिपॉज ने एक नई नियुक्ति पर आजमगढ़ की एक शाखा में रिपोर्ट कर दिया था। घरेलू मोरचे पर तो वह लगभग सेटल हो गया था मगर ऑफिस के मोरचे पर नहीं हो पाया था क्योंकि वह अब भी ब्रांच के कामकाज को समझने की कोशिश कर रहा था। भले ही वह कई डिवीजनोंवाली एक बड़ी जिला मुख्यालय ब्रांच थी, मगर एक ब्रांच मैनेजर के लिए बी.एम. की वेबले स्कॉट पिस्टल को छोड़कर वहाँ चार्ज लेने के लिए खास कुछ नहीं था। आजमगढ़ मेरे कार्यस्थल गोरखपुर से करीब 150 किलोमीटर दूर था। चूँकि मैं और फिलिपॉज दोनों एक ही कंट्रोलर के अधीन थे, हम लोग मीटिंग्स, सेमिनारों आदि में अकसर मिलते थे और फोन पर तो मैं लगभग रोज ही उससे बातें किया करता था।

इन संपर्कों से मैं महसूस कर सकता था कि वह कुछ परेशानी में था। परंतु मैंने सोचा कि इसमें असामान्य कुछ नहीं था क्योंकि इस आकार की एक जिला मुख्यालय ब्रांच का संचालन कुछ दूभर तो होना ही था। एक दिन, रोज की तरह फोन पर अपने अनुभवों का आदान-प्रदान करते समय उसने संकेत दिया कि उसकी बैंक के इंटरनल 'इंटर-ब्रांच' अकाउंट, जिसके जरिए बैंक की विभिन्न शाखाओं के बीच सौदे होते थे, में कुछ गड़बड़ी की जा रही थी। मैंने कहा कि वह जरूर लेखा संबंधी कोई चूक होगी जो बाद में ठीक कर ली गई होगी मगर उसने जोर दिया वह इससे कहीं ज्यादा बड़ी बात मालूम होती थी।

कुछ दिनों बाद मेरे फोन की घंटी बजी। वह फिलिपॉज था, उसने रात के 9:30 बजे, जब वह आमतौर से कॉल किया करता था, से कुछ पहले मुझे फोन किया। वह ब्रांच से बोल रहा था, ''सुरेश, इस सप्ताहांत में क्या तुम घर पर ही होगे?''

''हाँ, क्यों?'' मैंने पूछा।

''मैं तुमसे मिलना चाहता हूँ। क्या मैं आ सकता हूँ?''

''क्यों नहीं, दोस्त। पर तुम कुछ सीरियस लग रहे हो, सबकुछ ठीक तो है न?''

''वह मैं तुम्हें बताऊँगा। मैं घर पहुँचकर तुमसे बात करता हूँ। पर शनिवार-रविवार फ्री रखना।''

''ओ.के.'' मैंने कहा। आगे कुछ कहे बिना उसने तुरंत फोन रख दिया।

रात में उसने अपने घर से फोन किया, ''मुझे तुमसे कुछ जरूरी बात करनी है। साफतौर पर यह घपेलबाजी का मामला है।''

''मगर तुम यह बात कैसे कह सकते हो? आखिर हुआ क्या है?''

उसकी बात सुनकर मुझे धक्का लगा था।

''वहाँ आकर मैं सबकुछ विस्तार से बताऊँगा। फोन पर इस बात की चर्चा करना ठीक नहीं है। मगर मेरे लिए वीकएंड फ्री रखना, प्लीज।''

''श्योर, फिलिपॉज, मैं घर पर ही रहूँगा। फिक्र मत करो,'' मैंने उसे आश्वस्त किया। मैं बेसब्री से उसके आने का इंतजार कर रहा था।

शनिवार रात के करीब 9:30 बजे वह मेरे घर पहुँचा। डिनर के दौरान उसने अपनी आशंकाओं और उन सूत्रों के बारे में संक्षेप में मुझे बताया, जो उसके संदेहों की पुष्टि करते थे। संदेहास्पद सौदों में भारी राशियाँ दाँव पर थीं और उसे डर था कि घपला इससे कहीं ज्यादा राशि का हो सकता है। उसने स्टाफ के एक सदस्य की इसमें लिप्त होने की आशंका भी जताई। डिनर के बाद, हर उस सुराग की व्याख्या करते हुए जिससे उसे घपले का संदेह हुआ था, फिलिपॉज ने बारीकी से मामले का विश्लेषण मेरे सामने पेश किया। पूरे समय मैं डिटेल्स के प्रति उसकी पैनी नजर की मन-ही-मन तारीफ किए बिना न रह सका। उसकी जगह मैं होता तो इतनी छोटी बातों की ओर मेरा ध्यान नहीं जाता। उसके पास इन चीजों को देखने और जाँच करने का हुनर था। मामले के हर पहलू पर सारी रात चर्चा करने के बाद जब हम सोए तो भोर हो चुकी थी। मैंने फिलिपॉज को सोमवार तक गोरखपुर में ही रुकने और इसी बीच अपनी आशंकाओं के बारे में कंट्रोलर्स को सूचित करने की सलाह दी। पर फिलिपॉज इसके पक्ष में नहीं था, ''क्या तुम्हें नहीं लगता कि उसके लिए यह सही समय नहीं है? इससे हमारी आगे ही जाँच में रुकावट आ सकती है। देखो, इस वक्त तो यह मेरे और तुम्हारे बीच की बात है। जोनल मैनेजर के साथ उसकी चर्चा करते ही वह एक खुला सीक्रेट बन जाएगी और उसे ब्रांच तक पहुँचने में देर नहीं लगेगी। इसके अतिरिक्त, इस तरह का आरोप संगठन की कई हस्तियों को तबाह कर सकता है और इसलिए वरिष्ठ अधिकारी मेरी जाँच में बाधा डालने के हर मुमकिन तरीके अपना सकते हैं।''

उसकी बात में वजन था फिर भी मैंने अपनी बात पर जोर देते हुए कहा, ''मगर तुम सारा बोझ अपने सिर पर क्यों ले रहे हो? खासतौर पर जब तुम्हारा कुछ भी दाँव पर नहीं लगा है। इसके अलावा, हर बात, चाहे तुम्हारी नजर में वह कितनी भी छोटी क्यों न

हो, कंट्रोलर की जानकारी में रखना हमेशा ही ठीक होगा, क्योंकि कोई नहीं जानता कब कौन सी बात उलटी पड़ जाए। चाहे यह धोखाधड़ी अभी 'संदेह' के दायरे में ही है और 'साबित' नहीं हुई है मगर इसे किसी तरह से एक छोटा मुद्दा नहीं कहा जा सकता। चाहे यह खबर समय से पहले ही उजागर हो जाए, बात बिगड़ जाने पर कम-से-कम बाद में कोई यह नहीं कह सकेगा कि यह बात तुमने इतने दिनों तक अपने तक ही क्यों रखी।'' उसने इस पर विचार किया और अंततः मेरा सुझाव मान लिया।

हमारी योजना के अनुसार सोमवार को वह कंट्रोलर से मिला और संक्षेप में अपने संदेह और अपनी सोच के बारे में उन्हें बताया। जैसी अपेक्षा थी, जोनल मैनेजर द्वारा ऐसा सोचने की वैधता के बारे में सवाल उठाया गया मगर जब उसने और सबूत पेश किए तो उसने उन्हें ध्यान से सुना और चुप्पी साध ली। जोनल मैनेजर द्वारा उसे अपनी जाँच जारी रखने और एक विस्तृत रिपोर्ट पेश करने की सलाह दी गई। उसे इस मामले में नियमित रूप से जोनल मैनेजर को अद्यतन जानकारी देने के लिए भी कहा गया। इस मुद्दे की संवेदनशीलता का ध्यान रखते हुए जोनल मैनेजर ने उसे जाँच सावधानी से करने और इस बात को अपने तक ही रखने की भी सलाह दी। परंतु किसी तरह जाँच की यह खबर जंगल की आग की तरह फैल गई और इससे पहले कि फिलिपॉज वहाँ पहुँच पाता, ब्रांच तक भी पहुँच गई। जब उसे इस बात का पता चला तो वह चकरा गया और सोचने लगा कि यह खबर लीक कैसे हुई होगी। उसका स्रोत जोनल ऑफिस ही हो सकता था। मगर वहाँ किसने ऐसा किया होगा? यह बात रहस्य ही बनी रही क्योंकि इस मुद्दे के बारे में जोनल मैनेजर और फिलिपॉज के सिवाय और कोई नहीं जानता था।

जब फिलिपॉज ने मुझे बताया कि वह खबर पहले ही लीक हो गई थी तो मैंने उसे और भी ज्यादा सावधान रहने की सलाह दी, क्योंकि मुझे लगा कि अब कुछ तत्त्व उसे किसी-न-किसी बात में उलझाने की कोशिश कर सकते हैं। अगले दिन से ही मेरी चेतावनी सही सिद्ध होने लगी। फिलिपॉज के खिलाफ कई तरह के मुद्दे उठाए जाने लगे जिनसे निपटने में उसकी काफी ऊर्जा और समय नष्ट हुआ। सारी बाधाओं तथा मानसिक और शारीरिक तकलीफों के बावजूद उसने अपनी जाँच जारी रखी। इसी बीच, टेंपो के लिए कर्ज लेनेवाले एक ग्राहक ने पुलिस में शिकायत दर्ज करा दी कि जब फिलिपॉज गाड़ी के निरीक्षण के लिए उसके घर आया था तो उसने टेंपो-चालक की पत्नी के साथ कथित रूप से छेड़छाड़ करने की कोशिश की थी। खुशकिस्मती से शिकायत में छेड़छाड़ का जो दिन बताया गया था वह वही रविवार था जब फिलिपॉज मेरे साथ गोरखपुर में था। अंत में उसे निर्दोष करार दिया गया मगर जल्द ही उसे सीधे ही गंभीर परिणाम भुगत लेने की धमकी दी गई—अगर उसने जाँच जारी रखी। मगर तब तक फिलिपॉज अपनी जाँच पूरी करके रिपोर्ट भेज चुका था। उसकी रिपोर्ट के आधार

पर जाँच के आदेश दिए गए। वह साफ तौर पर घोटाले का मामला था जिसमें स्टाफ का एक सदस्य सीधे तथा कुछ और परोक्ष रूप से लिप्त हो गए। तत्काल क्षेत्रीय कार्यालय द्वारा निर्देश जारी कर दिए गए और इसी बीच घोटाले में कथित रूप से शामिल कर्मचारी के खिलाफ एक एफ.आई.आर. दर्ज करा दी गई।

आमदनी अठन्नी खर्चा रुपए

हालाँकि आरोपी प्रमोद को बैंक जॉइन किए हुए मुश्किल से छह साल हुए थे, वह एक बहुत ऐशो-आराम और तड़क-भड़क वाली जिंदगी जी रहा था। सारी दौलत, कथित रूप से, कृषि से होनेवाली उसकी आमदनी से आती थी। उसके तौर-तरीके परिष्कृत थे और वह सभी को इतना खुश रखता था कि ब्रांच में कोई उसके धोखेबाज होने के बारे में सोच भी नहीं सकता था। इसलिए जब घोटाले का परदाफाश हुआ तो कोई यह मानने के लिए तैयार नहीं था कि उसके पीछे प्रमोद था। जब उसने कहा कि उसे फँसाया जा रहा है तो कई लोगों ने उस पर भरोसा करके उसका समर्थन किया।

जब पुलिस की जाँच से मामला बिलकुल साफ हो गया और वारंट जारी किया ही जानेवाला था कि बंदा फरार हो गया। इसी बीच एक और घटना हुई। एक औरत ने आरोपी के खिलाफ पुलिस में शिकायत दर्ज कराई कि उसने उसका शोषण किया और फिर उसे बेनकाब करने की धमकी देकर उसे ब्लैकमेल करता रहा। उसने प्रमोद की कुछ परिचित महिलाओं के नाम और पते भी बताए। उनमें से एक लखनऊ में थी जो, इस महिला के अनुसार, इस वक्त उसकी सबसे ज्यादा चहेती थी। पुलिस ने यह सूत्र पकड़ लिया और बिना देर किए लखनऊ में उस महिला के घर पर छापा मारा। आरोपी वहाँ से गिरफ्तार कर लिया गया।

आजमगढ़ पहुँचते ही उसने जमानत के लिए अरजी दी और उसे जल्द ही जमानत दे भी दी गई क्योंकि उसके खिलाफ अभी जाँच ही चल रही थी और वह दोषी सिद्ध नहीं हुआ था—परंतु एक शर्त पर कि केस बंद होने से पहले वह आजमगढ़ नहीं छोड़ेगा। जाँच अब अपने आखिरी चरण में थी और अपना पक्ष रखने के लिए उसे बैंक की शाखा में बुलाया गया था। मगर वह हाजिर नहीं हुआ। केस का समापन करने से पहले महज औपचारिकता पूरी करने के लिए फिलिपॉज को साथ लेकर जाँच अधिकारी ने उससे मुलाकात की कि शायद उसे कुछ कहना हो, मगर उसने कुछ भी कहने से इनकार कर दिया।

अगली सुबह वह मृत पाया गया—कीटनाशक की एक बोतल उसके पास पड़ी थी।

जैसे ही यह खबर फैली सभी तरह के तत्त्व और लॉबियाँ—प्रोबेशनर्स लॉबी,

पदोन्नत अफसरों की लॉबी, कर्मचारियों की लॉबी, जाति-आधारित लॉबियाँ और कर्मचारी संगठन—सभी सक्रिय हो गए। सभी तरह की अफवाहें फैली हुई थीं और आप अपनी मनपसंद अफवाह चुन सकते थे। फिलिपॉज-विरोधी लॉबी अकेले फिलिपॉज को इसके लिए जिम्मेदार ठहरा रही थी। उन्होंने कहा कि उसकी मौत से एक दिन पहले जब जाँच अधिकारी और फिलिपॉज उसने मिलने गए थे तब उन्होंने उसे बुरी तरह प्रताड़ित किया होगा और इसी से अवसादग्रस्त होकर उसने आत्महत्या का रास्ता अपनाया होगा। एक और थ्योरी के अनुसार घोटाले के असली अपराधियों ने उसे खत्म कर दिया, क्योंकि प्रमोद उनके नाम बतानेवाला था। एक और कहानी, जो हवा में तैर रही थी, यह थी कि चूँकि लखनऊवाली उस औरत (जिसके घर आरोपी को गिरफ्तार किया गया था) ने उसे नहीं बचाया—जबकि वह आसानी से ऐसा कर सकती थी—इसलिए दिल टूट जाने के कारण आरोपी ने खुदकुशी कर ली।

सुबह जब मुझे इस घटना का पता चला, मैं तुरंत आजमगढ़ के लिए निकल पड़ा। आजमगढ़ के अपने सूत्रों के जरिए मुझे यह भी पता चला कि यूनियनें और जातिवादी संगठन फिलिपॉज के खिलाफ आंदोलन करने और उसका घेराव करने की योजना बना रहे थे। मैंने उन्हें इस आसन्न स्थिति के बारे में पुलिस को बताने और कम-से-कम मेरे वहाँ पहुँचने तक फिलिपॉज का ध्यान रखने के लिए कहा।

मैं दोपहर को आजमगढ़ पहुँचा। क्षेत्रीय प्रबंधक वहाँ पहले ही पहुँच चुके थे और पोस्टमोर्टम के बाद प्रमोद के शव को उसके रिश्तेदारों को सौंप दिया गया था। पुलिस ने 'आत्महत्या का संदेह' का मामला दर्ज किया था। शाम को उसका दाह संस्कार हुआ जिसके बाद हम पुलिस अधीक्षक से मिले और उन्हें मामले के तथ्यों के बारे में बताया। उन्होंने अपनी ओर से हमें पूरा सहयोग करने का आश्वासन दिया।

अगले दिन अपने सूत्रों के जरिए मुझे पता चला कि फिलिपॉज-विरोधी लॉबी आत्महत्या के इस मामले में किसी तरह फिलिपॉज को फँसाने की शातिराना योजना बना रही थी। वे लोग मृतक के रिश्तेदारों द्वारा पुलिस में दर्ज की जानेवाली रिपोर्ट में प्रमोद की मौत के लिए जिम्मेदार व्यक्ति के रूप में फिलिपॉज के नाम का उल्लेख करने के लिए भड़काने की पूरी कोशिश कर रहे थे। दूसरी ओर, वे जाँच अधिकारी को, जिसने अब तक अपनी रिपोर्ट दाखिल नहीं की थी, मृतक को घोटाले के आरोप से बरी करने के लिए राजी करने की कोशिश कर रहे थे। जब उसने ऐसा करने से इनकार कर दिया तो उन्होंने उसे धमकी दी कि यह कहानी बनाकर कि आत्महत्या से पिछले दिन उसके मृतक के घर जाकर उसे प्रताड़ित किया था, आत्महत्या के लिए प्रेरित करनेवालों में उसका नाम भी शामिल कर देंगे। अपनी रिपोर्ट पेश किए बिना ही जाँच अधिकारी लंबी छुट्टी पर चला गया।

अपने आजमगढ़ प्रवास के तीसरे दिन फिलिपॉज-समर्थक ग्रुप को मामले की ताजी जानकारी प्राप्त करने के लिए हर रोज पुलिस से मिलने की सलाह देने के बाद मैं गोरखपुर के लिए रवाना हो गया। मैंने उन्हें उन डॉक्टरों के संपर्क में रहने के भी निर्देश दिए, जिन्होंने मृतक का पोस्टमार्टम किया था और साथ ही केस के बारे में ताजा जानकारी देने के लिए दिन में कम-से-कम एक बार मुझे फोन करने के लिए भी कहा।

विसरा रिपोर्ट साफ तौर पर जहरीले कीटनाशक की उपस्थिति दरशा रही थी और मौत के कारण के रूप में उसने विषाक्तता की पुष्टि कर दी। मृतक के शरीर पर चोट के कोई निशान भी नहीं पाए गए। पहली नजर में यह रिपोर्ट फिलिपॉज की समस्याओं का अंत जैसी जान पड़ी परंतु वास्तव में ऐसा नहीं था।

मेरे विचार से दो बातें ऐसी थीं जो उसके लिए समस्या पैदा कर सकती थीं। एक, संयोग से आत्महत्या से एक दिन पहले जाँच अधिकारी के साथ वह आरोपी से मिला था। यह बात इस मान्यता की ओर ले जा सकती थी कि दोनों ने मिलकर आरोपी को प्रताड़ित किया था। दो, जाँच अधिकारी को अभी अपनी रिपोर्ट पेश करनी थी जो फिलिपॉज द्वारा आरोपी पर लगाए गए आरोपों की पुष्टि करती। अगर फिलिपॉज-विरोधी लॉबी में से किसी ने जाँच अधिकारी को प्रभावित कर दिया तो जाँच पर की गई फिलिपॉज की सारी मेहनत बेकार हो जाएगी। ये दो बातें उसके खिलाफ जाती थीं जिससे उसकी स्थिति अनिश्चित हो गई थी।

ठीक उस समय जब मामला सुलझने लगा था, उसने एक ऐसा मोड़ ले लिया कि फिलिपॉज की स्थिति बदतर हो गई। कोई आदमी कहीं से कथित रूप से मृतक द्वारा लिखा गया एक सुसाइड नोट निकाल लाया और उसे पुलिस को सौंप दिया। उसमें साफ-साफ लिखा था कि उसकी इस दयनीय दशा के लिए फिलिपॉज जिम्मेदार था और यह कि उसे फँसाया गया था। उसमें यह भी लिखा था कि घोटाले के इस मामले से उसका नाम वापस लेने के एवज में फिलिपॉज ने उससे एक बड़ी राशि की माँग की थी। उस पत्र को सत्यापन के लिए हेंडराइटिंग विशेषज्ञ के पास भेज दिया गया और इस पूरे समय फिलिपॉज और मैं सचमुच बेचैन रहे।

नियति

सुइसाइड नोट की सत्यापन रिपोर्ट अब तक नहीं आई थी। पुलिस ने पोस्टमार्टम रिपोर्ट के आधार पर मामले को 'आत्महत्या का संदेह' से बदलकर 'आत्महत्या' कर दिया था और अब सुइसाइड नोट मिलने के बाद उसे फिर से बदलकर 'आत्महत्या के लिए उकसाने का संदेह' कर दिया।

इसी बीच ब्रांच के कुछ लोगों ने फिलिपॉज को अग्रिम जमानत के लिए आवेदन

करने की सलाह दी। मुझे भी इसमें कोई हानि दिखाई नहीं दी। फिलिपॉज ने मुझे बताया कि उसने पहले ही इस मामले पर एक वकील से, जो संयोग से फिलिपॉज-समर्थक लॉबी के एक सदस्य का भाई था, चर्चा कर ली थी। दशहरे की छुट्टियाँ शुरू होने में सिर्फ तीन दिन बचे थे इसलिए छुट्टी होने से सिर्फ एक दिन पहले कोर्ट में अरजी दी जाए, क्योंकि पुलिस और कोर्ट से जरूरी कागजात पाने में कम-से-कम दो दिन लग जाएँगे। फिलिपॉज ने मुझे उस दिन सुबह 9 बजे आजमगढ़ पहुँचने के लिए कहा था। यह भी तय किया गया कि हम लोग फिलिपॉज के घर के बजाय गेस्ट हाउस में इकट्ठा होंगे, ताकि अनावश्यक प्रचार न हो।

मैं सुबह करीब 8:30 बजे आजमगढ़ पहुँचा और सीधे गेस्ट हाउस गया जहाँ फिलिपॉज पहले से ही मेरा इंतजार कर रहा था। हमें बताया गया कि सब बंदोबस्त कर लिया गया था और केवल औपचारिकता बाकी थी। हमें इंतजार करने के लिए कहा गया और यह भी कि जब कोर्ट में हमारी उपस्थिति की जरूरत होगी, हमें बुला लिया जाएगा। मेरे पहुँचने से पहले फिलिपॉज कुछ पेपर्स पर साइन कर चुका था और एक या दो पेपर्स गेस्ट हाउस में टाइप किए जा रहे थे। मैंने फिलिपॉज से उन कागजात के बारे में पूछा जिन पर उसने दस्तखत किए थे। उस पर वह बोला कि चूँकि वे हिंदी में और क्लिष्ट कानूनी भाषा में थे और कोर्ट के टाइपराइटर्स पर टाइप किए गए थे इसलिए ठीक से पढ़े नहीं जाते थे। मैं देख रहा था कि फिलिपॉज काफी नर्वस और बेचैन था। हालाँकि मैं ऊपर से शांत दिख रहा था पर अंदर से तनाव में था। हम दोनों को ही कोर्ट के मामलों का कोई अनुभव नहीं था और खुद को असहाय महसूस कर रहे थे, इसलिए हमने बस वकीलों पर भरोसा बनाए रखा और सारा काम उन्हें ही करने दिया।

दोपहर के करीब फिलिपॉज से एक और पेपर पर साइन करने के लिए कहा गया, जिसे मैंने पढ़ा तो उसमें 'एंटीसिपेटरी' के अर्थवाला कोई शब्द दिखाई नहीं दिया, मगर मैं भी उसकी ठीक से व्याख्या न कर सका। जब मैंने पहले से ही नर्वस फिलिपॉज को अपने संदेह के बारे में बताया तो उसने कहा, ''वे लोग ठीक ही कर रहे होंगे, यह सब हम उन्हीं पर छोड़ दें।''

दोपहर के करीब 2:30 बजे इस 'शो' के मैनेजरों—वकीलों—द्वारा हमसे कोर्ट में आने को कहा गया। हम जज के सामने उपस्थित हुए जो बहुत से लोगों से घिरे हुए थे। हमें हॉल के दूरवाले छोर पर इंतजार करने के लिए कहा गया। पाँच मिनट के अंदर एक पुलिसवाला हमारे पास आकर बोला, ''जमानत नहीं दी जाती है...कोर्ट की अगली सुनवाई तक इन्हें न्यायिक हिरासत में रखा जाए।'' हमें कुछ समझ नहीं आया मगर हमने अपने 'मैनेजरों' को पागलों की तरह यहाँ-वहाँ भागते देखा। उस सारी भागदौड़ के बीच मैं और फिलिपॉज बुत बने खड़े रहे। जब मैंने उनमें से एक को बुलाकर पूछा

कि आखिर हो क्या रहा था, उसने जल्दी में हमसे इंतजार करने के लिए कहा और भाग गया। मैं भीतर से महसूस कर रहा था कि कुछ बहुत ही गलत हो गया था।

कुछ समय बाद फिलिपॉज के लिए पूछते हुए कुछ पुलिसवाले आए। इससे पहले कि हम पूछ पाते, एक वकील दौड़ता हुआ आया। उसने मुझे और पुलिसवालों को हॉल के बाहर आने का इशारा किया। उसने बहुत चिढ़े हुए स्वर में पुलिसकर्मियों से पूछा कि वे फिलिपॉज के पास क्यों आए जब उनकी मुट्ठी पहले ही गरम कर दी गई थी। फिर वह मेरी ओर मुड़ा, ''क्या आप जिला जज (डी.जे.) के चेंबर में आ सकते हैं?''

''क्यों?'' मैं जो कुछ हो रहा था उसे जानने के लिए उत्सुक था।

''असल में कोर्ट की अगली बैठक होने तक सा'ब को न्यायिक हिरासत में रखने का आदेश हुआ है। हम एक रिक्वेस्ट करके देंखे, शायद वे कुछ कर सकें।''

''मगर···'' मेरा वाक्य पूरा होने से पहले उसने मुझे टोका, ''ये सब बाद में सा'ब, नहीं तो डी.जे. साहब भी चले जाएँगे।''

हम डी.जे. के चैंबर की और दौड़े। संयोग से, मैं इससे पहले उनसे गोरखपुर में मिल चुका था।

वकील ने जो कुछ डी.जे. से कहा उससे मैं भौचक्का रह गया, ''सर, आपको पता होगा कि पुलिस रिपोर्ट में सा'ब को संदिग्ध रूप से आत्महत्या के लिए उकसानेवाला बताया गया है और इन्होंने जमानत की अरजी के साथ सेशन जज II की माननीय अदालत में सरेंडर कर दिया है। मगर उन्हें जमानत देने के बजाय सेशन जज II ने कोर्ट की अगली बैठक, जिसमें इनकी जमानत अरजी पर फिर से विचार किया जाएगा, होने तक इन्हें न्यायिक हिरासत में रखने का आदेश दिया है। लेकिन सर, कोर्ट की अगली बैठक चार दिनों की दशहरे की छुट्टियों के बाद ही होगी और जब तक बहुत देर हो जाएगी।''

''मगर इन्हें 'सरेंडर' करने की जरूरत ही क्या है जब सुइसाइड नोट की सत्यता की पुष्टि होनी अभी बाकी है और ये अब भी केवल 'संदिग्ध रूप से उकसानेवाले' हैं?'' डी.जे. ने एक बहुत साधारण और सीधा सवाल पूछा था जिसका हमारे वकील के पास कोई जवाब न था। डी.जे. ने बेशक अपनी असहाय स्थिति व्यक्त की।

जहाँ फिलिपॉज बैठा था उस ओर वापस जाते हुए मैंने वकील से पूछा, ''न्यायिक हिरासत के दौरान फिलिपॉज को कहाँ रखा जाएगा?'' इसका उसने कोई स्पष्ट जवाब नहीं दिया, ''मैं समझता हूँ··· यहीं कहीं।''

जब हम कोर्ट हॉल के बाहर पहुँचे तो मैंने हमारे कुछ वकीलों को एक पुलिसवाले के साथ सौदेबाजी करते देखा। वे फिलिपॉज को पुलिस वैन या जीप के बजाय उसकी एंबेसडर कार में ले जाने के लिए उसे कायल करने की कोशिश कर रहे थे। खैर, किसी

तरह सौदा पट गया और फिलिपॉज को अपनी कार में जाने की इजाजत दे दी गई।

"हम कहाँ जा रहे हैं? क्या अग्रिम जमानत पाने के लिए हम सारी औपचारिकताएँ पूरी कर चुके हैं?" कार में दाखिल होते हुए फिलिपॉज ने पूछा।

जब उसे जवाब नहीं मिला तो उसने फिर पूछा, इस बार कुछ ज्यादा चिंता के साथ, "क्या कोई प्रॉब्लम है? क्या मुझे जमानत नहीं मिल रही है?" अचानक उसे वकीलों के बीच मची अफरातफरी, पुलिसवालों, खुसपुसाहट और जिस तरह से उसे कार में लगभग धकेल दिया गया था, इन सबका मतलब समझ आने लगा।

"सर, असल में....हाँ-हाँ, वह मिल जाएगी," कार में उसकी बगल में बैठा एक वकील बोला।

"क्या? मेरी जमानत मंजूर नहीं हुई है? कब मिलेगी?" उसकी बात से भयभीत होते हुए फिलिपॉज बोला। उसने बहुत ही ताज्जुब से मेरी और वकीलों की ओर देखा।

"सा'ब, शांत हो जाइए। चिंता की कोई बात नहीं है। हम कुछ ही दिनों में दशहरे की छुट्टियों के बाद कोर्ट खुलते ही जमानत ले लेंगे।"

"और तब तक?"

"कुछ नहीं।"

उसी समय उसने एक पुलिस जीप को हमारी कार के पीछे आते देखा। उसने फिर पूछा, "ये पुलिस जीप हमारे पीछे क्यों आ रही है?"

मगर इससे पहले कि वकील जवाब देता, 'न्यायिक हिरासत' हमारी कार सेंट्रल जेल के मुख्य प्रवेश को पार कर उसके कंपाउंड में दाखिल हो चुकी थी। पूरे रास्ते मैं एक शब्द भी नहीं बोला, क्योंकि मुझमें न तो ऊर्जा बची थी और न साहस। मैं पसीने से लथपथ फिलिपॉज की बगल में बैठा था।

"कैसी न्यायिक हिरासत? हम सेंट्रल जेल क्यों आए हैं? तुम बोलते क्यों नहीं, सुरेश?" लगभग रुआँसा होकर मुझे जोर से हिलाते हुए वह चीखा। मगर अब कार जेल की बिल्डिंग के सामने रुक गई थी। फिलिपॉज को जवाब मिल गया था, अब किसी के पास कहने के लिए कुछ नहीं बचा था।

हमें जल्दी से कार से उतार दिया गया और पुलिसकर्मियों ने तुरंत फिलिपॉज के चारों ओर एक घेरा-सा बना लिया। फिलिपॉज काँप रहा था और मुश्किल से अपने पैरों पर खड़ा हो पा रहा था। मैंने उसे थामा और मेन गेट की ओर जाने में उसकी मदद की। हम दोनों में से कोई एक शब्द भी नहीं बोला। हम दोनों समान रूप से सहमे हुए थे।

अंदर से किसी ने जोर से आवाज लगाई, "अमित फिलिपॉज अजरपुरकर वल्द अजीज अजरपुरकर हाजिर हो" और छोटे साइज के दरवाजे से फिलिपॉज को अंदर धकेल दिया गया। मेरी आँखें भर आई थीं और सबकुछ एक दुस्वप्न-सा लग रहा था।

बारह घंटों में हमारी दुनिया उलट–पुलट हो गई थी और ये बारह घंटे हमें सदियों जैसे लगे। हमारे वकील द्वारा, बिना हमारी सहमति के, सबकुछ जल्दबाजी में किया गया था और हमने भी तो सबकुछ उन्हीं पर छोड़ दिया था। इस दयनीय स्थिति तक पहुँचाने के लिए अगर उन्होंने हमें धोखा नहीं दिया था तो गलत रास्ता जरूर बताया था। हमने तो अग्रिम जमानत लेने के लिए योजना बनाई थी और कोर्ट के सामने आत्मसमर्पण करने के बारे में कभी सोचा तक न था। साफ कहूँ तो मैं ऐसे किसी प्रावधान के अस्तित्व तक के बारे में नहीं जानता था। इसके अतिरिक्त, जैसा कि डिस्ट्रिक्ट जज ने सही कहा था कि जब फिलिपॉज को एक अपराधी या भगोड़ा घोषित नहीं किया गया था तो उसके 'सरेंडर' का तो सवाल ही नहीं उठता था।

बाद में हमारे वकीलों ने हमें बताया कि जब उन्होंने समझ लिया कि अग्रिम जमानत नहीं मिलेगी तो सा'ब के लिए कुछ करने की चिंता में उन्होंने तुरंत सरेंडर के बारे में सोचा। ऐसा करते समय उन्होंने यह नहीं सोचा कि जमानत लेने के चक्कर में वे फिलिपॉज को और दलदल में धकेल रहे हैं। हमारे वकीलों के कारण फिलिपॉज फँस गया था। यही हमारी नियति थी। मगर सच यह था कि उन्होंने हमें अँधेरे में रखा था।

यही जीवन है

मैंने अपने जीवन में जेल तो क्या, एक पुलिस स्टेशन भी अंदर से नहीं देखा था। और यहाँ गेट के दूसरी ओर, एक टूटे, झुके हुए फिलिपॉज की बाँह थामे मैं जेल की ऊँची दीवारों के बीच खड़ा था। "सुरेश, प्लीज मेरी मदद करो। आई एम सिंकिंग।" फिलिपॉज अपना संतुलन खो रहा था। मैंने तुरंत उसे सँभाला और शांत करने की कोशिश की। असहायता के उस पल में मैंने उसकी आँखों में जो भय देखा वो अब भी मेरे मन में अंकित है। मैं पानी के लिए चिल्लाया पर जेल कर्मचारियों में से किसी ने उस पर ध्यान नहीं दिया। उनके मन में किसी प्रकार की संवेदना या दया नहीं थी। हर चीज (शायद एक को छोड़कर) से निरपेक्ष वे अपने ही नियमों से चलते थे। हमारे एक वकील ने, जो जेल के एक कर्मचारी के साथ किसी तरह की सौदेबाजी कर रहा था, फिलिपॉज को गिरते देखा। वह सुरक्षाकर्मियों में से एक की ओर दौड़ा। एक कीमती चीज—पानी—के लिए कुछ बेकार चीजों का हस्तांतरण हुआ। जिस तरह पहले कोर्ट में और अब यहाँ अपना काम करवाया जाता था, उसे देखकर मैं दंग रह गया।

वकील ने एक जेल कर्मचारी को सौ रुपए के नोटों की एक और गड्डी थमाई। इसके साथ ही मेन गेट की ग्रिल के बाजू में फिलिपॉज के बैठने के लिए चेयर भी मँगवा दी गई। मैंने उनसे पूछा कि क्या मैं अंदर जाकर उसके साथ बैठ सकता हूँ। उन्होंने मेरी तरफ ऐसे देखा जैसे मेरा सिर फिर गया हो। शायद सौ रुपए के नोटों के एक पैकेट के

बदले मैं कुछ ज्यादा माँग रहा था। मैं फिलिपॉज को, जो ग्रिल के दूसरी ओर बैठा था, थामे हुए जेल के दरवाजे के बाहर ही खड़ा रहा। वकील ने फिर कुछ जेलकर्मियों से बात की। फिर कुछ करेंसी नोटों का हस्तांतरण हुआ। वापस आकर वकील ने मुझे बताया कि जेल के डॉक्टर को बुलाने की व्यवस्था की जा रही है और जल्द ही फिलिपॉज को जिला अस्पताल ले जाएगा। उसने फिलिपॉज से कहा कि उसका असिस्टेंट हर समय उसके साथ ही रहेगा। फिर उसने मुझे तुरंत अपने साथ डॉक्टर के घर चलने के लिए कहा क्योंकि उसे पता चला था कि शाम को डॉक्टर शहर छोड़कर जानेवाला था। हम उसके घर की ओर भागे और खुशकिस्मती से ठीक उस समय वहाँ पहुँच गए जब वह निकलने ही वाला था। वकील ने अपनी वाकपटुता का इस्तेमाल करते हुए डॉक्टर से सिर्फ पाँच मिनट के लिए जेल तक आने और फिलिपॉज को तुरंत जिला अस्पताल में भरती कराने के लिए सलाह देने का अनुरोध किया। डॉक्टर तभी माना जब हमारे वकील ने सौ रुपए के नोटों की कुछ गड्डियाँ उसके हाथों में ठूँस दीं।

जल्द ही फिलिपॉज को हमारी कार में जिला अस्पताल ले जाए जाने के लिए जेल से बाहर लाया गया, दो पुलिसवाले आगे की सीट पर बैठ गए। हमारे वकीलों द्वारा जिला अस्पताल में भी कुछ चीजें 'मैनेज' कर ली गईं और फिलिपॉज को इलाज के लिए मेडिकल कॉलेज, गोरखपुर रेफर कर दिया गया। जब तक सारी औपचारिकताएँ पूरी होतीं और केस को गोरखपुर रेफर कर दिया जाता, रात के दस बज चुके थे मगर हमने तुरंत गोरखपुर के लिए निकलने का फैसला किया, क्योंकि फिलिपॉज की गिरफ्तारी की खबर पूरे शहर में जंगल की आग की तरह फैल गई थी तथा हम और ज्यादा शर्मिंदा होने की मनःस्थिति में नहीं थे। सुबह के करीब 4:30 बजे हम गोरखपुर पहुँच गए।

सुबह करीब 8:00 बजे तक फिलिपॉज को अस्पताल में भरती कराए जाने की सारी औपचारिकताएँ पूरी की जा चुकी थीं। हमारे वकीलों ने फिर चीजों को कुछ इस तरह से मैनेज किया कि व्यावहारिक रूप से वह मेरे साथ मेरे घर पर ही रहा। इसी बीच यह सुनिश्चित किया गया कि कोर्ट की अगली बैठक में उसे निश्चित रूप से जमानत मिल जाए। उसे न्यायिक हिरासत में भेज दिए जाने के बाद चौथे दिन उसे जमानत मिल गई और मेडिकल आधार पर कोर्ट से प्रार्थना की गई कि उसे मेडिकल कॉलेज, गोरखपुर से ही रिहा कर दिया जाए।

फिलिपॉज कुछ दिनों तक मेरे साथ गोरखपुर में रहा और फिर आजमगढ़ जाने के बजाय एच.टी.सी. (होम ट्रेवल कंसेशन फेसिलिटी) लेकर केरल में अपने गृहनगर कोट्टायम चला गया।

□

24

बीस दिन बाद

फिलिपॉज के जाने के बाद फिर से अपना सामान्य कामकाज सँभालने में मुझे काफी मुश्किल हो रही थी। हालाँकि आरोपी फिलिपॉज था, मैं खुद को भी उतना ही दोषी महसूस कर रहा था। वह मैं ही था जिसने फिलिपॉज को अपनी जाँच के निष्कर्षों के बारे में अपने वरिष्ठ अधिकारियों को बताने के लिए राजी किया था। जब वह पूरी तरह मुझ पर निर्भर था तो मैं अग्रिम जमानत पाने की बारीकियों में क्यों नहीं गया था? इतना महत्त्वपूर्ण मामला मैंने दूसरों पर क्यों छोड़ दिया था? मुझे ऐसा लगा कि वह इस दलदल में इसीलिए फँसा क्योंकि उसने मुझ पर भरोसा किया। अपने संगठन के प्रति पूरी निष्ठा और सच्चाई के कारण ही उसे इतनी मानसिक और शारीरिक पीड़ाओं से गुजरना पड़ा।

और बीस दिन बाद

वह शनिवार की एक सामान्य दोपहर थी। मैं ए.सी. की घरघर की आवाज के बीच अलसाया, अपने ऑफिस में आराम से बैठा था। अचानक कमरे की शांति को भंग करती हुई अपनी तीखी आवाज में फोन की घंटी घनघना उठी। मैं अनमने भाव से बड़ी मुश्किल से रिसीवर तक पहुँचा। वह कॉल बैंक के कंट्रोलिंग ऑफिस से आई थी। दूसरी ओर से एक कठोर आवाज ने मुझे निर्देश दिया कि मैं खुद को तुरंत रिलीव करा के अपनी नई पोस्टिंग के लिए निकल पड़ूँ। मेरे लिए यह वज्रपात जैसा था। 'इससे ज्यादा दर्दनाक और कुछ नहीं हो सकता,' दुःखी होते हुए मैंने अपने आपसे कहा। मैंने अपनी सारी ताकत और समझ को इकट्ठा किया और इस वक्त जितने तर्क मेरे दिमाग में आए, उनसे उन्हें कायल करने की पूरी कोशिश की मगर कंट्रोलिंग ऑफिस के वे सज्जन अड़े हुए थे और मुझे सुनने के मूड में नहीं थे। उन्होंने अपने आपको पूरी तरह बंद कर लिया था।

मैं यह समझ नहीं पा रहा था कि मुझे इतनी जल्दी और वह भी इतनी जल्दबाजी में वहाँ से क्यों हटाया जा रहा था। मैं तो इतनी कड़ी मेहनत कर रहा था! मैंने अपने

आपको समझाने और हिम्मत देने की पूरी कोशिश की पर वह व्यर्थ रही। मैं पूरी तरह टूटकर बिखर गया था। जिस तरह से मुझे अचानक रिलीव किया जा रहा था वह मेरे लिए एक बड़ा झटका था। उसके अतिरिक्त, कुछ ही दिनों में ब्रांच का ऑडिट होनेवाला था और मुझे पूरा विश्वास था कि ब्रांच के कामकाज में भारी सुधार का, जिसके लिए मैंने कड़े प्रयास किए थे, श्रेय मुझे दिया जाएगा और अब इस नए आदेश के कारण मैं अपनी कड़ी मेहनत के फल से वंचित रह जाऊँगा। मैं अब भी हक्का-बक्का था और एक शब्द भी नहीं बोल पा रहा था। हताशा से मैं अपनी चेयर पर निढाल हो गया। मैं सदमे की स्थिति में था और मेरा दिमाग काम नहीं कर रहा था।

कुछ समय बाद होश में आकर मुझे याद आया कि आज शनिवार था, सप्ताह का आधा कार्य दिवस और यह कि मुझे अपना चार्ज सौंपने से पहले बहुत सी औपचारिकताएँ पूरी करनी होंगी। भय के उन क्षणों में मैं ऑफिस से भाग जाना चाहता था मगर मैंने खुद को वश में किया और औपचारिकताएँ पूरी करने में जुट गया। शायद परिपक्वता का यही अर्थ है। जो व्यक्ति अपनी भावनाओं को जितना ज्यादा छिपा सकता है, वह उतना ही परिपक्व कहलाता है।

मेरे मन में सबसे पहले जो बात आई वह थी ऑफिस के लोगों को इस खबर के बारे में बताना। मगर वह किस तरह बताई जाए? आखिर वह कोई मामूली बात नहीं थी, वह एक ऐसी बात थी जिसका ताल्लुक मुझसे, मेरे सम्मान और हैसियत से था। मैंने कुछ देर सोचा और ऑफिस में अपने सबसे विश्वासपात्र जूनियर से बात करने का फैसला किया। इसलिए मैंने मि. शर्मा को फोन पर यह बात बताई और उन्हें अपने चैंबर में आने के लिए कहा। मैं उनके चेहरे पर विस्मय का भाव देख सकता था। उन्होंने हमेशा की तरह अपने विनम्र परंतु विस्मित स्वर में कहा, ''सर, मुझे विश्वास है कि आप मजाक कर रहे हैं।''

''आप विश्वास करें या न करें मि. शर्मा, मगर सच यही है कि मुझे तुरंत अपना चार्ज सौंपने के लिए कहा गया है।''

हम इस विषय पर चर्चा कर ही रहे थे कि फोन की घंटी फिर बज उठी। परंतु इस बार वह एक फैक्स था। फैक्स मशीन से एक संदेश निकलना शुरू हुआ जिस पर छपा था, 'मि. सुरेश चंद्र तुरंत ध्यान दें।' उसमें वही बात थी जो मुझे फोन पर पहले ही बता दी गई थी। अब सोच-विचार के लिए कुछ नहीं बचा था, क्योंकि आदेश लिखित रूप में आ चुका था।

किसी भी ऑफिस में आपके और आपके डेप्युटी के बीच हमेशा एक शीतयुद्ध चलता रहता है और दोनों में से कोई भी पीछे रहना नहीं चाहता है। ब्रांच में मेरे डेप्युटी थे मि. सिन्हा, जिनके साथ मेरे संबंध सचमुच अच्छे नहीं थे। इसलिए मेरा पक्का

अनुमान था कि इस सबके पीछे वही था। सिन्हा के जिस तरह के संपर्क थे, उससे मेरा अंदाजा अकारण नहीं था और ऑफिस छोड़ने से पहले मैं इस बात की पुष्टि करना चाहता था कि मेरा अनुमान सही है या नहीं। इसलिए मुझे रिलीव किए जाने के बारे में सीधे सिन्हा को बताने के बजाय मैंने जान-बूझकर ऐसा किया। मैं जानता था कि सिन्हा को इतना महत्त्वपूर्ण समाचार इस तरह उसके एक मातहत के जरिए पहुँचाना बिलकुल भी उचित नहीं और ऑफिस प्रोटोकॉल के खिलाफ था। परंतु आमतौर पर डेप्युटी का अपमान करने के लिए यही तरीका अपनाया जाता है—उसकी अनेदेखी करते हुए डेप्युटी के उत्तरदायित्व और शक्तियाँ उससे जूनियर कर्मचारी को दे देना।

सिन्हा एक छोटे ओहदे से तरक्की करके यहाँ तक पहुँचा था और अपने बॉस (अर्थात् मैं) से उम्र में दस साल बड़ा था। वह सही मायनों में एक पुराना खिलाड़ी था तथा उसने पूरी निष्ठा और समर्पण भाव से कई बड़े अधिकारियों की सेवा की थी और शीर्ष पदों पर बैठे लोगों से अपने संपर्कों और जान-पहचान पर उसे बड़ा नाज था। समय-समय पर अपने इन संपर्कों के बारे में डींग हाँकना उसकी आदत थी और वह अकसर अपने आपको एक शक्तिशाली व्यक्ति बताने का नाटक करता था जो चुटकी बजाते ही कोई भी काम करवा सकता हो। दुनिया में सिर्फ एक चीज को लेकर उसका हाथ तंग था, मगर जिसका उसे कोई अफसोस न था, वह थी उसकी पेशेवर क्षमताएँ और अपने काम के बारे में उसका ज्ञान। सिन्हा की ये दोनों विशेषताएँ उसके बॉस को, जो पेशेवर कुशलता की कीमत पर सिन्हा का अपना ही राग अलापना सहन नहीं कर पाता था, सबसे ज्यादा खलती और गुस्सा दिलाती थीं। यही उसकी और उसके बॉस के बीच की दरार और शीतयुद्ध का मुख्य कारण थीं। दूसरी ओर, उसका बॉस पेशेवर डिग्रियों से लैस एक अधिकारी था और प्रतियोगी परीक्षा पास करके सीधे सर्विस में आया था और इसलिए घमंडी और वर्गदंभी था। वह खुद को पूरे ऑफिस में एकमात्र ज्ञानी और दक्ष व्यक्ति समझता था जबकि अपने संपर्कों के दम पर सिन्हा भी अपने बारे में यही सोचता था। सिन्हा टॉप बॉसेज के साथ अपने संपर्कों की डींग हाँकने का कोई भी मौका नहीं छोड़ता था, यहाँ तक कि कभी-कभी तो परोक्ष रूप से दूसरों को धमकी भी देता था और यह बात उसके स्थानीय बॉस को बेहद नागवार लगती थी। इसके अतिरिक्त, यद्यपि ऑफिस पदानुक्रम के अनुसार सिन्हा सिर्फ अपने बॉस से ही नीचे था परंतु अन्यथा दोनों की वरीयता में भारी अंतर था, जिसमें सिन्हा बहुत जूनियर था। ये सब बातें मिलकर सिन्हा और उसके बॉस के अहं के बीच टकराव का कारण बनती थीं।

यद्यपि शर्मा इस समाचार से परेशान था, एक निष्ठावान और बुद्धिमान सिपहसालार की तरह वह अपने बॉस का इशारा समझ गया। वह सिन्हा के पास गया और बड़े कूटनीतिक तरीके से बोला कि हेड ऑफिस को 'बड़े सा'ब' की सेवाओं की कहीं और अर्जेंटली

जरूरत है, क्योंकि केवल वे ही वहाँ के हालात सँभाल सकते हैं। उसने आगे कहा कि चूँकि 'बड़े सा'ब' को जाना है, मि. सिन्हा को उनका अस्थायी चार्ज लेना होगा।

"हाँ-हाँ, मैं जानता हूँ कि मि. सुरेश चंद्र कितने होशियार और अनिवार्य हैं! मगर शर्मा मुझे कहना होगा कि इस खेल में तुम्हारे सा'ब नौसिखिया हैं," एक कुटिल मुसकान के साथ सिन्हा ने ताना कसा।

जल्द ही बात फैल गई और हर कोई सक्रिय हो गया। कुछ अपने पेंडिंग बिलों को पास कराने के लिए दौड़े, कुछ ने किसी और तरह के अनुग्रह की याचना की, कुछ ने राहत की साँस ली, कुछ ने दूसरे ऑफिस के अपने मित्रों को यह खबर देने के लिए फोन लगाया तथा कुछ और (मुझे दबाने की) नई रणनीति बनाने में जुट गए। अपना काम पूरा करके इस पूरे मुद्दे पर विचार करता हुआ मैं अकेला अपने चैंबर में बैठा था।

बीती बातें याद आईं

जब आप दुखी और अशांत होते हैं, अपनी वर्तमान परेशानियों को भूतकाल से जोड़ने के लिए आप बीती घटनाओं का विश्लेषण करने लगते हैं। और उस समय ठीक यही मेरे मन में चल रहा था।

"क्या मैं ऐसी विकट स्थिति का सामना पहली बार कर रहा हूँ? क्या यह घटना अलग-थलग है या पिछली घटनाओं की श्रृंखला की एक कड़ी? हमेशा मैं ही दुर्भाग्य का निशाना क्यों बनता हूँ?" आँखें बंद किए मैं सोच रहा था। मेरे मन पर एक बोझ था और सिर भारी हो रहा था। मेरे मन के चौखटे में मेरे जीवन की तसवीर उभरने लगी।

बचपन से लेकर आज तक यह चिंताओं और संघर्षों की—कभी आतंरिक और कभी बाहरी—एक लंबी कहानी रही है। मुझे याद है कि अपने बचपन में मैं किन ग्रंथियों में उलझा हुआ था और मैंने कैसे उनसे निजात पाई....। मेरा जीवन काफी घटनापूर्ण रहा है। मेरी माँ ने कैसे मुझे बहरा घोषित कर दिया था, जैसी हास्यास्पद घटना से लेकर स्कूली दिनों में शिक्षा का माध्यम बदलने तक, जो अब चाहे एक छोटी बात लगती हो पर उस समय मेरे लिए काफी दुखदाई थी।

जब हम कानपुर में रहते थे तब की एक ऐसी ही घटना मेरी स्मृति में हमेशा के लिए अंकित हो गई है। यह उन्नीस सौ साठ के दशक के आरंभ की बात है। उन दिनों न गैस का चूल्हा था और न प्रेशर कुकर। कोयले की अंगीठी पर पीतल के बरतनों में खाना पकाना पड़ता था।

एक दिन, हमारे एक पारिवारिक मित्र गोपाल चाचा, जो कलकत्ता में रहते थे, बिना बताए दोपहर के करीब 3 बजे हमारे घर आए। उस समय मेरी माँ दोपहर के भोजन के बाद बरतन धोना समाप्त कर ही रही थीं। उनके अकस्मात आगमन से हमें

आश्चर्य हुआ फिर भी हमने उनका हार्दिक स्वागत किया और कुछ देर आराम करने के लिए कहा। मेरी माँ और मैं किचन में गए और मैं उनके चेहरे के भाव देखकर कह सकता था कि वे परेशान थीं। कारण यह था कि भोजन का मुख्य आइटम चावल खत्म हो चुके थे। परंतु मेहमान को तो भोजन परोसना ही था। अब क्या करें? अंगीठी लगभग बुझ चुकी थी। इसलिए तुरंत ही कुछ पकाने का सवाल ही नहीं था। खुशकिस्मती से शाम को मेरे खाने के लिए माँ ने कुछ दाल बचा रखी थी क्योंकि वह दाल मुझे बहुत पसंद थी। फिर शाम के लिए कुछ परांठे भी बचे थे। कुछ उबले हुए आलू भी थे (उस समय ऐसी ही किसी आकस्मिक जरूरत के लिए घरों में हर समय उबले हुए आलू रखने का चलन था।)। इस तरह अचार और दही से लैस एक बढ़िया लंच तैयार करके मेहमान को परोस दिया गया। मुझे मेहमान का ध्यान रखने और परोसने के लिए कहा गया जबकि माँ अंगीठी की बची-खुची गरमी पर एक के बाद एक पराँठा गरम करने में लगी रहीं। मैं किचन से परांठा लेकर डाइनिंग रूम तक ले जाने का कर्तव्य निभा रहा था और उन्हें खुशी-खुशी परोस रहा था।

दो या तीन पराँठे खाने के बाद चाचा ने थोड़ा चावल लाने के लिए कहा। मैंने उनका अनुरोध माँ तक पहुँचा दिया। मगर चावल तो खत्म हो गया था! मेरी माँ ने कुछ देर सोचा और फिर मुझे निर्देश दिया, ''जैसा मैं कहती हूँ वैसा ही करना, उन्हें पराँठा ही देते रहना, और उनकी बात का जवाब मत देना। उनके चावल माँगने पर ध्यान मत देना, जैसे तुमने सुना ही न हो।'' तो मैं फिर पराँठा लेकर गया। जब उन्होंने मुझे चावल के बजाय पराँठा लाते देखा तो उनके चेहरे पर निराशा का भाव आ गया। उन्होंने दो या तीन बार चावल लाने के लिए कहा मगर जब मैंने उसे पूरी तरह नजरअदांज कर दिया तो वे पराँठे खाते रहे।

जब उन्होंने भोजन समाप्त कर लिया तो चेहरे पर कोई भाव प्रकट किए बिना मेरी माँ वहाँ आई और उनके लिए कोई विशेष चीज न बना पाने के लिए खेद व्यक्त किया। ''पता नहीं आपको मेरा साधारण खाना पसंद आया या नहीं। मुझे बड़ा अफसोस है, भैया। मैं बीच में परोसने के लिए भी नहीं आ सकी पर मुझे उम्मीद है कि मेरे बेटे ने आपका ध्यान रखा होगा।'' और फिर गंभीर स्वर में आगे बोली, ''...असल में मेरा बेटा कुछ ऊँचा सुनता है।'' मुझे अपने कानों पर विश्वास नहीं हुआ। मेरी माँ ने मुझे सिखाया था कि झूठ नहीं बोलना चाहिए और यहाँ हमारे एक रिश्तेदार के सामने वे किस तरह झूठ बोल रही थीं! मुझे विश्वास है कि मेरी माँ के ऐसा कहने के बाद मेरे चेहरे पर आश्चर्य का भाव आ गया होगा। और शायद इसीलिए उन्होंने मुझे एक कमरे में धकेलते हुए जाकर खेलने के लिए कहा।

...और फिर मेरे पिता के बार-बार होनेवाले तबादलों और इस कारण बदलते घरों

और स्कूलों से मेरे मन में असुरक्षा की भावना घर करती जा रही थी।

···धीरे-धीरे मेरा व्यक्तित्व एक अंतर्मुखी व्यक्ति—एक असुरक्षित और असामाजिक व्यक्ति जो अपने निर्माण के वर्षों अपने परिवार द्वारा दी गई अत्यधिक सुरक्षा के कारण कई तरह की ग्रंथियों से पीड़ित था—के रूप में विकसित होने लगा।

अस्तित्व का, एक पहचान का यह संकट न केवल मुझे उद्वेलित कर रहा था, बल्कि वह मेरी जड़ों में भी मौजूद था। मैं इस तरह के संकट का सामना करनेवाला अपने परिवार का पहला व्यक्ति नहीं हूँ और न मेरे परिवार का भूतकाल इतना सीधा और सच्चा है। बात सिर्फ इतनी है कि लोग इस बारे में नहीं जानते।

हमारे पूर्वजों ने यह सरनेम कैसे पाया, इसकी एक अलग कहानी है। एक परिवार के सभी सातों सदस्यों की हत्या कर देना और फिर प्रायश्चित्त स्वरूप एक धर्म को अपना लेना!

कहानी यह है कि सात पीढ़ियों पहले हमारे एक पूर्वज के एक महिला के साथ अंतरंग संबंधों का पता चल जाने के बाद उन्होंने उस महिला के परिवार के सातों सदस्यों की हत्या कर दी थी और उसके बाद प्रायश्चित्त स्वरूप वह धर्म अपना लिया जो अहिंसा का संदेश देता था। अपना अपराध कबूल करने के लिए एक अंग्रेज जज की अदालत में आत्मसमर्पण करने से पहले उन्होंने प्रायश्चित्त के रूप में यह धर्म अपना लिया और अहिंसा के वचन का पालन करते हुए उन्होंने अपने साथ नरमी या दया की हर पेशकश को ठुकरा दिया, उन्हें फाँसी दे दी गई।

बेशक, कानपुर में हमारे इस भूतकाल के बारे में कोई नहीं जानता और सभी हमें सफेदपोश, सुसंस्कृत लोगों के एक परिवार के रूप में लेते हैं, यहाँ तक कि कभी-कभी तो वे हमें उच्च-शिक्षित और बुद्धिजीवियों का परिवार भी मान लेते हैं। इससे ज्यादा असत्य और कोई बात नहीं हो सकती।

और किसी तरह एक बच्चे (मेरे पिता) को किसी दुष्ट आत्मा की छाया से बचाने—क्योंकि उनसे पूर्व के सभी बच्चे मौत के मुँह में समा गए थे—के लिए मेरा परिवार गाँव छोड़कर शहर आ गया था और किस तरह पढ़ाई के लिए उन्हें घर से दूर रखा गया था और वे कभी वापस नहीं आए थे!···

दरवाजे पर हुई दस्तक ने मेरे विचारों की श्रृंखला तोड़ दी परंतु मेरे भूतकाल की इन यादों ने मुझे शांत किया और हिम्मत बँधाई कि मेरी रगों में भी 'कभी हार न मानने' का वही जज्बा दौड़ रहा था।

मुझसे कहाँ चूक हुई

अपने तबादले के कारणों का अनुमान लगाते हुए एक बात की ओर तुरंत मेरा

ध्यान गया। न जाने क्यों मुझे लग रहा था कि इसका संबंध फिलिपॉज प्रकरण से जरूर है, चूँकि गोरखपुर जोन में फिलिपॉज-विरोधी गुट मुझे निशाने पर लिए हुए थे क्योंकि मैंने पूरे समय फिलिपॉज का साथ दिया था। मुझे पक्का विश्वास था कि उन्होंने ही मेरा तबादला कराया था। परंतु मुझे यह भी लग रहा था कि इसके अलावा भी कोई बात है। मुझे और ज्यादा सोचना नहीं पड़ा। मुझे अचानक फिलिपॉज की एक टिप्पणी याद आई, 'तुम चूक गए!' यह उसने तब कहा था जब मैं सी.जी.एम. के मेरे ब्रांच के दौरे के बारे में उसे बता रहा था।

हुआ यह था कि ब्रांच के नए परिसर के उद्घाटन समारोह के लिए चार फुट से ज्यादा ऊँचा पीतल का एक बड़ा दीया खरीदा गया। उद्घाटन समारोह के एक भाग के रूप में जब सी.जी.एम. उसे प्रज्वलित कर रहे थे तब वे बुदबुदाए थे कि वह उन्हें बहुत पसंद आया है। फिर गनमेटल से बनी नृत्य की मुद्रा में नटराज की एक विशाल मूर्ति थी जो ब्रांच मैनेजर के कक्ष के बाहर रखी थी। सी.जी.एम. ने उसे भी पसंद किया था और उसकी तारीफ की थी। मैं सिर्फ मुसकराया था और बोला था, "थैंक यू, सर।" उस समय मेरे दिमाग में कोई और बात नहीं आई थी।

जब मैं यह सब फिलिपॉज को बता रहा था तब उसने छूटते ही मुझसे कहा था कि तुम दोनों बार उनके इशारे को समझ नहीं पाए। उसने कहा कि मुझे उसी वक्त वे दोनों चीजें उनकी कार के बूट में रखवा देनी चाहिए थी। उसने कहा कि ऐसा करने से ब्रांच के खाते से ज्यादा-से-ज्यादा दस हजार रुपए जाते। फिर फिलिपॉज ने मुझे सावधान किया था, "सुरेश, तैयार रहना! यह चूक तुम्हें भारी पड़ेगी। सी.जी.एम. को मिले शानदार गार्ड ऑफ ऑनर के बावजूद किसी-न-किसी रूप में 'एंपायर' हमला जरूर करेगा।"

इस बात को हजम न कर पाते हुए मैंने जवाब दिया था, "इतनी छोटी सी बात के लिए? उनके पास इससे बेहतर कई काम हैं। इन छोटी-मोटी चीजों की परवाह कौन करता है?"

"तुम उनकी मानसिकता समझते नहीं हो। छोटी-मोटी चीजें ही इन लोगों के लिए सबसे ज्यादा महत्त्व रखती हैं। तुम्हारे मामले में तो ऑफिस की कुछ चीजों पर उनका दिल आया था मगर विकास के मामले में तो वह उसका पालतू कुत्ता था—एक पॉमेरेनियन पिल्ला! क्या तुम्हें याद नहीं कि जब उसने अपना कुत्ता देने से इनकार कर दिया तो उसे किस तरह अपमानित किया गया और उस शाखा से चलता कर दिया गया था? शायद तुमने देखा नहीं कि लोग किस तरह खामोशी से अपनी पत्नियों और बेटियों के साथ उनके बेहूदा और अश्लील व्यवहार को बरदाश्त करते हैं! इसे हलके में मत लेना। किसी और बात से ज्यादा यह उसके अहं का सवाल है। चूँकि ऑफिस सर्किल्स में बदले की

कारखाई एक आम बात है, वह इस बात को यूँ ही जाने नहीं देगा। तुमने उसकी 'प्रशंसा' का मतलब नहीं समझा, यह उसकी नजर में अवज्ञा ही है। तबादले के लिए तैयार रहना!'' फिलिपॉज ने पूरी गंभीरता से कहा था।

बेशक, उस समय यह कहकर मैंने उसकी भविष्यवाणी को हँसी में उड़ा दिया था कि इस ब्रांच में आए हुए मुझे मुश्किल से छह महीने हुए हैं, इसलिए तबादले का तो सवाल ही नहीं उठता।

अब मेरी समझ में आ रहा था कि इन सब बातों के सिन्हा के साथ चल रहे मेरे शीतयुद्ध के साथ जुड़ जाने के कारण यह कयामत आई है, परंतु मैं अब भी यह महसूस कर रहा था कि मेरे तबादले के पीछे मुख्य कारण सी.जी.एम. के दौरे के समय हुई मेरी चूक थी और दूसरे नंबर पर फिलिपॉज प्रकरण था। दूसरे कारकों ने पहले से जल रही आग को हवा देने का काम किया होगा। और मेरी विदाई को और नजदीक ला दिया होगा।

और एक लंबी छुट्टी

सत्रह वर्षों की निष्ठापूर्ण सेवा के बाद ऐसी अपमानजनक विदाई का सदमा इतना पीड़ादायक था कि रिलीव होने के बाद मैंने अपनी पोस्टिंग के अगले स्थान पर रिपोर्ट नहीं किया। आप कह सकते हैं कि मैंने विरोध प्रकट किया था या क्षोभ या दोनों ही। मेरे लिए वह बहुत ही कष्टप्रद समय था और अपने जमे-जमाए परिवेश से अचानक उखाड़ दिए जाने के बाद मैं नहीं जानता था कि मुझे क्या करना चाहिए। एक समय मैंने नौकरी छोड़ देने के बारे में सोचा मगर मेरी पत्नी ने जल्दबाजी में ऐसा कदम उठाने से हतोत्साहित किया, क्योंकि मेरी नौकरी अब तक पेंशन-योग्य नहीं हुई थी। इसलिए मैंने एक लंबी छुट्टी के लिए आवेदन किया और अपने गृहनगर कानपुर में अपने परिवार के साथ रहने के लिए रवाना हो गया। इसी बीच मेरे बेटे ने बोर्डिंग स्कूल जॉइन कर लिया था इसलिए उसकी पढ़ाई में व्यवधान आने की चिंता भी नहीं थी।

□

25

निष्क्रियता का अंतराल

बहुत लंबे समय के बाद ऐसा हुआ था कि मैं कानपुर में अपने बड़े परिवार के साथ रहने के लिए आया था। पिछले करीब सत्रह वर्षों से मैं एक असाइनमेंट से दूसरे और नियुक्ति के एक स्थान से दूसरे स्थान घूमता रहा था। मैं यहाँ किसी पारिवारिक जमावड़े या समारोह के लिए अल्पकाल के लिए नहीं आया था बल्कि ज्यादा लंबी छुट्टियों पर आया था और मुझे कुछ पता नहीं था कि मैं दोबारा कब ड्यूटी जॉइन करूँगा। बहुत छोटी उम्र में ही बोर्डिंग स्कूल में दाखिला ले लेने के कारण अपने गृहनगर में आराम से इतनी लंबी छुट्टियाँ बिताना मुझे तो याद नहीं आता था। परंतु जब मैं कानपुर वापस आया तो मुझे पता चला कि निश्चित रूप से यह शहर अब वैसा नहीं रहा था जैसा इतने वर्षों से मेरी यादों में था।

वो भी क्या दिन थे

इस शहर की, जिसे मैं बेहद पसंद करता हूँ, मेरी सबसे पुरानी यादें साठ के दशक के आरंभ की हैं, जब मैंने एक बालक के रूप में चीजों को मन में दर्ज करना शुरू किया था। मगर उस समय यह एक बिलकुल ही अलग तरह का शहर था। शहर मिलों के सायरनों और रिक्शे की घंटियों से हर समय गूँजता रहता था और मिलों की चिमनियाँ धुआँ उगलती रहती थीं। सड़कों पर धूल बिठाने के लिए पुराने फोर्ड ट्रकों की चेसिस पर फिट किए गए पानी के टैंकरों का इस्तेमाल किया जाता था। कभी-कभी आप भिश्तियों को भी कंधे पर लटके चमड़े के थैलों से सड़कों के किनारों पर पानी छिड़कते देख सकते थे। दिन में चायवाला, भुने अनाजोंवाला, कुलफीवाला, पट्टीवाला जैसे छोटा-मोटा व्यवसाय करनेवाले लोग सड़कों और गलियों के किनारे बैठा करते थे। शाम को चना-जोर-गरमवाले और सांध्यकालीन अखबार (जो घटिया सामग्री और लोगों को ब्लैकमेल करनेवाली खबरों से भरे होते थे) बेचनेवाले गलियों में घूमते रहते थे। उन दिनों लोग क्रिकेट टेस्ट मैचों के दीवाने होते थे।

शहर ताँगों और कुछ इक्कों के साथ रिक्शों से भरा होता था। बेशक, कारें भी नजर आती थीं मगर उनकी संख्या नगण्य थी। स्कूटर्स तब बाजार में आए नहीं थे। उस समय किसी ने टैंपो और मिनी बस का नाम तक नहीं सुना था। सिटी बस सेवा उपलब्ध थी मगर बसें बहुत अंतर से आती थीं। मुझे बताया गया था कि पचास के दशक के आरंभ तक शहर में ट्रामें भी रेंगती रही थीं। परिवहन के निजी साधनों में साइकिल और सार्वजनिक साधनों में रिक्शा प्रमुख थे।

परिवर्तन जीवन का नियम

ऐसे थे वे स्वर्णिम दिन। हाय! अब सबकुछ इतना बदल गया है कि पहचाना नहीं जाता। मिलें, जो एक समय शहर की मुख्य पहचान थी, अब बंद और बदहाली में हैं। अब इस बात पर कोई विश्वास नहीं करेगा कि हम अपने घर के बरामदे से दो किलोमीटर दूर चलती ट्रेन को देख सकते थे। जो दृश्य हमें बचपन में रोमांचित कर देता था वह आज के कांक्रीट जंगल में न जाने कहाँ खो गया है।

कभी-कभी तो मुझे अचरज होता है कि क्या यह वही स्थान है जहाँ मैं पला-बढ़ा हूँ और जहाँ मैंने अपने जीवन के पहले कुछ सबक सीखे थे? पुराने को नए के लिए रास्ता देना ही पड़ता है, वर्तमान को भविष्य के आगे समर्पण करके भूतकाल बनना ही होता है, संभवत: यही जीवन का नियम है।

वेदना

जिंदगी एक बड़ी अनसुलझी पहेली है। जब-जब मैंने अपने जीवन को नियंत्रित और निर्देशित करने का दावा करते हुए झूठी संतुष्टि पाने की कोशिश की है, मुझे यह याद दिलाया गया है कि वह मैं नहीं था बल्कि नियति का अदृश्य हाथ था जो मेरे जीवन को नियंत्रित और निर्देशित कर रहा था। मैं अपने ऑफिस चेंबर में निश्चिंत बैठा था, कंट्रोलिंग ऑफिस से आए बस एक फोन कॉल ने मिनटों में ही मेरे जीवन को उलट-पुलट कर दिया। एक पल में ही मेरी सारी डिग्रियाँ और योग्यताएँ धरी रह गईं। 17 वर्षों का शानदार सर्विस रिकॉर्ड, संस्था के प्रति अडिग समर्पण भाव, मेरी स्पृहणीय हैसियत, सब-कुछ क्षुद्र ऑफिस पॉलिटिक्स और उच्चाधिकारियों की खुन्नस की वेदी पर कुरबान हो गया। और सिर्फ इसलिए कि मैंने घोटाले के दोषियों के खिलाफ लड़ाई में अपने एक ईमानदार सहकर्मी का साथ दिया था।

इस तरह की रूखी विदाई बेहद अपमानजनक और तोड़ देनेवाली थी। बैंक जॉइन करने के दिन से अब तक की मेरी यात्रा इतनी आँखें खोल देनेवाली थी कि मैं उसे कागज पर उतारने के लिए मरा जा रहा था।...

और एक लैपटॉप खरीद लिया गया

मैं स्थिति से समझौता करने की कोशिश कर रहा था, परंतु अपने साथ किए गए व्यवहार का दर्द मुझे अब तक कचोट रहा था। जहाँ मैं सदमे से उबरने और सामान्य होने का भरसक प्रयास कर रहा था, मेरे मन में इन अनुभवों को लिख डालने की तीव्र लालसा पैदा हो गई थी और मैं एक लैपटॉप खरीदने के बारे में सोच रहा था। पर इस दौरान मैं यह भी जानता था कि मेरे जैसे मध्यमवर्गीय परिवार में लिखने के इस प्रोजेक्ट को आगे बढ़ाना इतना आसान नहीं होगा, क्योंकि यहाँ लीक से हटकर किए गए हर काम को संदेह की दृष्टि से देखा जाता है। इसलिए जहाँ मैं एक लैपटॉप की तलाश में था, मैं यह काम सावधानी से कर रहा था, ताकि किसी को उसकी भनक तक न पड़े।

इसी बीच, जब मुझे दिल्ली में एक पारिवारिक समारोह में शामिल होने का नियंत्रण मिला तो मैंने तुरंत इस मौके का फायदा उठाया। मैं इससे पहले मुश्किल से ही ऐसे किसी समारोह में शामिल हुआ था और वहाँ जाने के लिए मेरे हाँ कह देने से मेरे परिवार के सब लोगों को ताज्जुब हुआ था। पहले तो उन्होंने इसे एक मजाक समझा पर यात्रा के लिए मेरी तैयारियों को देखकर उन्होंने सोचा कि मैं कुछ बदलाव चाहता था। मगर किसी को मेरे असली मकसद की भनक तक न थी और वह था दिल्ली के बाजारों में एक सेकंडहैंड लैपटॉप की तलाश करना। मैंने अपनी योजना के बारे में उन्हें नहीं बताया था क्योंकि मैं जानता था कि वे निश्चित रूप से उसे सफल नहीं होने देंगे। मैंने उनकी आँखों में धूल झोंककर दिल्ली से एक सेकंडहैंड लैपटॉप खरीद लिया (बेशक, जिस कीमत पर मैंने उस समय वह सेकंडहैंड लैपटॉप खरीदा था, उससे आधी कीमत पर अब एक नया लैपटॉप खरीदा जा सकता है)।

लैपटॉप खरीदने के बाद मैंने अपनी कहानी टाइप करना शुरू कर दिया।

□

26

दूसरी पारी

मेरी दो महीने की छुट्टियाँ, जो एक महीना और बढ़ा दी गई थी, इतनी तेजी से गुजर गईं कि पता भी नहीं चला। बाधाओं तथा सभी ओर से विरोध के बावजूद 'लिखने' का मेरा प्रोजेक्ट जारी रहा और बाहरी दुनिया से कटकर मैं पूरी तरह से उसमें डूब गया। मैंने छुट्टियों को एक महीना और बढ़ाने के लिए फिर आवेदन किया, परंतु मुझे केवल पंद्रह दिनों का विस्तार दिया गया। इसी बीच, एक नए सर्किल जनरल मैनेजर ने पद ग्रहण कर लिया था और मेरी पोस्टिंग किसी दूसरी जगह कर दी गई थी। ड्यूटी जॉइन करने से पहले मैं तब तक के अधिकांश अनुभवों को रिकॉर्ड कर चुका था। यद्यपि कुछ समय के लिए मुझे अपने प्रोजेक्ट पर काम रोक देना पड़ा था, उस अनुभव ने मेरे भीतर एक नए जीवन का संचार कर दिया था और एक बड़ी हद तक मेरे पुराने जख्मों को भर दिया था और मेरे चोट खाए अहं को सहला दिया था। जैसा कि कई लेखक कहते हैं, लेखन व्यक्ति को एक उच्चतर लोक में ले जाता है।

वापस काम पर

साढ़े तीन महीनों की छुट्टी के बाद मैंने पहले से अधिक शांत मन से अपनी नियुक्ति के नए स्थान—एक जिला मुख्यालय शाखा—पर रिपोर्ट किया और उम्मीद की कि अब हालत में सुधार होगा। तब तक बैंकों के लिए एक नया चरागाह, अर्थात् आवास ऋणों का कारोबार काफी बढ़ गया था, और उसके साथ ही उससे जुड़ी हुई धोखेबाजी और जालसाजी भी।

आँखें खोल देनेवाला मामला

बैंक जॉइन करने के बाद मुझे पता चला कि तीन महीने की छुट्टियाँ बिताने के बाद फिलिपॉज ने अपने ऑफिस में रिपोर्ट नहीं किया था। इसी बीच हैंडराइटिंग एक्सपर्ट की रिपोर्ट भी आ गई थी। रिपोर्ट में कहा गया था कि उस तथाकथित सुइसाइड नोट की

केवल पहली लाइन, 'मुझे इस केस में फँसाया जा रहा है,' उसकी लिखावट से मेल खाती थी और नोट का बाद का हिस्सा, 'फिलिपॉज ने मुझे ब्लैकमेल किया और मेरे खिलाफ केस वापस लेने के लिए उसने मुझसे पैसे माँगे,' बाद में जोड़ा गया था। असल में जाँच के दौरान यह भी पाया गया कि उसे फँसाए जाने से संबंधित पहली लाइन उसने पुलिस द्वारा की गई पूछताछ के दौरान लिखी थी, जब उसे गिरफ्तार तक नहीं किया गया था। फिलिपॉज द्वारा पैसे माँगे जाने से संबंधित सुइसाइड नोट का बाद का हिस्सा किसी के द्वारा उसकी मौत के बाद जालसाजी करके जोड़ा गया था। यह एक आँखें खोल देनेवाला तथ्य था कि एक निर्दोष व्यक्ति को कैसे एक मामले में फँसाया जा सकता है।

बैंक के जाँच अधिकारी ने भी फिलिपॉज द्वारा मृतक के खिलाफ लगाए गए आरोपों की पुष्टि करते हुए, और इस तरह मृतक को बैंक के साथ धोखाधड़ी करने का दोषी मानते हुए अपनी रिपोर्ट पेश कर दी थी।

आत्महत्या के मामले में उसकी भूमिका को लेकर उसे पूरी तरह दोषमुक्त कर दिए जाने और एक दोषी कर्मचारी के खिलाफ उसके द्वारा की गई कारवाई को पूरी तरह सही ठहराए जाने के बावजूद फिलिपॉज ने इस्तीफा दे दिया। यह नियति के सिवाय कुछ न था। मेरे मन में उसे लेकर दुख था, इसलिए नहीं कि उसने बैंक की नौकरी छोड़ दी थी बल्कि उन परिस्थितियों के कारण जिनमें उसे ऐसा करना पड़ा था। परंतु इसके साथ ही मैं खुश था कि उस पूरे प्रकरण से वह बेदाग निकल आया था और उसके सम्मान पर कोई आँच नहीं आई थी।

□

27

खोई हुई एफ.डी. का रहस्य

काफी समय से मालिनी यह बात मनवाने के लिए सुरेश को तंग कर रही थी कि उनकी एफ.डी. (फिक्स्ड डिपॉजिट) के आधार पर एक ओवर ड्राफ्ट (ओ.डी.) अकाउंट खुलवा लिया जाए, ताकि वे अपने बेटे के बोर्डिंग स्कूल का आरंभिक खर्च उठा सकें। मगर इस विषय पर सुरेश हमेशा गोलमोल जवाब देता था। ''तुम ओ.डी. ही क्यों चाहती हो? उसके बगैर भी हमारा काम चल सकता है। इसके अलावा, ऐसे खर्चों के लिए हमेशा एजुकेशन लोन लेना ही ठीक होता है, क्योंकि वह कुछ इनकम टैक्स भी बचाता है।'' सुरेश समझाता। जब इस खींचतान में काफी समय निकल गया तो मालिनी ने उस एफ.डी. के आधार पर एक ओ.डी. हासिल करने के लिए खुद ही सारी औपचारिकताएँ पूरी करने का फैसला किया।

इस दिशा में सबसे पहला काम था उस एफ.डी. का पता लगाना जो एक दिन सारे महत्त्वपूर्ण कागजात सहेजकर रखने के दौरान उसे नहीं मिली थी। उसने वे सारी जगहें देख ली थीं जहाँ वह हो सकती थी, परंतु वह असफल रही थी। जब उसने उसके बारे में सुरेश से पूछा तो सीधा जवाब देने के बजाय सुरेश ने कहा, ''मगर तुम्हें उसकी जरूरत क्या है, जब हम ओ.डी. अकाउंट न खोलने का फैसला कर चुके हैं?''

''पर कम-से-कम हमें उसका पता तो होना चाहिए, आखिर वह एक महत्त्वपूर्ण दस्तावेज है जिसमें पैसा लगा हुआ है,'' मालिनी ने दलील दी।

''तुमने सारी जगहें देख लीं?''

''एक बार नहीं, कई बार, सुरेश,'' मालिनी ने कुछ खीझकर

जवाब दिया।

"ठीक है, मैं अपने ऑफिस के पेपर्स में भी देखूँगा।"

परंतु जब कुछ दिनों बाद तक भी सुरेश के पास इसका कोई पक्का जवाब नहीं था तो मालिनी ने सुझाव दिया, "हमें एक एफ.आई.आर. दर्ज कराकर एक डुप्लीकेट एफ.डी. हासिल कर लेनी चाहिए।"

"ठीक है, मैं देखूँगा।"

"इसमें देखने के लिए क्या है? अगर वह खो गई है तो बस खो गई है," मालिनी ने कहा।

"मगर एफ.आई.आर. दर्ज कराने से पहले हमें पूरी तरह निश्चित होना होगा।"

"ठीक है, पर यह एक या दो दिन में ही कर लेना," मालिनी ने चेतावनी दी।

फिर कुछ दिन बीत गए पर सुरेश ने कुछ नहीं किया।

"इसमें इतना सोचने के लिए क्या है? डुप्लीकेट एफ.डी. बनवाने के बाद अगर कभी ओरिजिनल मिल भी जाए तो हमें डबल पेमेंट तो मिल नहीं जाएगा?" मालिनी ने चिढ़कर कहा।

"पर अगर वह बाद में मिल जाए तो हमारी एफ.आई.आर. गलत साबित हो जाएगी," सुरेश ने शांत लहजे में कहा।

"तो क्या हुआ, यह एक मानवीय चूक होगी। इसके लिए किसी को फाँसी नहीं दी जाएगी," मालिनी चिल्लाकर बोली।

"मगर···।"

"मगर क्या? बोलो, मुझे तो लगता है इसमें कोई और बात है। आज मैं जानकर रहूँगी," मालिनी ने आखिरी तीर चला दिया।

"असल में··· उसे··कैश करा लिया गया है," सुरेश ने धीरे से कहा।

"क्या?··कब?··कैसे?" उसका मुँह खुला रह गया और उसने सुरेश को घूरकर देखा।

"जब मैं शुगर मिलवाली ब्रांच में था।"

"मगर क्यों?" मालिनी चीखी।

"यह दिवाली से ठीक पहले की बात है। कैश काउंटरों पर भारी भीड़ थी। ठेकेदार और मिल के कर्मचारी सभी को जल्दी थी।

शाम को कैश विभाग ने पाया कि तीस हजार रुपए कम पड़ रहे थे और उतनी राशि की तुरंत व्यवस्था करनी थी।''

''मगर तुम्हें ही उसे पूरा करने की क्या जरूरत थी? उस बात से तुम्हारा क्या लेना-देना था?''

''हाँ, सीधे तौर पर तो कोई ताल्लुक नहीं था मगर शाखा प्रमुख होने के नाते मैं अपनी जिम्मेदारी से बच नहीं सकता था। अगर यह बात उजागर हो जाती या बाय चांस कोई रिपोर्ट कर देता तो मुझ पर एक धब्बा लग जाता और वह मेरे प्रमोशन की पहले से ही धूमिल संभावना को और भी कम कर देता। इसलिए उस मामले को वहीं दबाकर रुपयों की कमी पूरी करने के सिवाय कोई विकल्प नहीं था। चूँकि कुछ ही लोगों से इतना धन इकट्ठा करना लगभग असंभव था, हम सभी को इसमें योगदान देना था और बैंक का शाखा प्रमुख होने के नाते स्वाभाविक रूप से मेरा योगदान सबसे ज्यादा होना चाहिए था,'' सुरेश ने उसे कायल करने की कोशिश की।

मालिनी ने तुरंत ही उसका प्रतिवाद किया, ''मुझे याद है कि तुमने एक बार मुझे एक ऐसी ही घटना के बारे में बताया था जो कुछ साल पहले राजेश की ब्रांच में घटी थी। तब उन्होंने बैंक के ग्राहक व्यवसायियों और ठेकेदारों से करीब पच्चीस हजार रुपए इकट्ठे किए थे जो कम पड़ रही बीस हजार रुपए की राशि से पाँच हजार रुपए ज्यादा ही थे। असल में तुमने यह भी बताया था कि इस तरह इकट्ठा की गई सरप्लस राशि से उन्होंने एक अच्छी पार्टी का भी मजा लिया था और अब तुम कह रहे हो कि कमी पूरी करने के लिए तुम्हें उलटे अपनी एफ.डी. तुड़ानी पड़ी!''

''उस मामले में कैश विभाग के लोगों ने ऐसा किया था। वहाँ अकसर ऐसा होता था, पर बेशक छोटी राशियों के लिए। सभी मूल्यवर्गों के नोटों को गिनने का समय न तो व्यवसायियों के पास होता था और न ब्रांच का स्टाफ कार्यसमय में उन्हें गिन सकता था। इसलिए आपसी समझ और चलन यह था कि कार्यसमय के दौरान नोटों के उन बंडलों को वैसे ही रहने दिया जाए और उन्हें शाम को गिना जाए। रुपए कम पड़ने पर उन्हें ग्राहक व्यवसायियों से वसूल कर लिया जाता था। यह चलन ग्राहक व्यवसायियों और

ब्रांच के कैश स्टाफ, दोनों के लिए सुविधाजनक था। बेशक इस व्यवस्था में कभी-कभी कोई आदमी हेराफेरी भी कर सकता था मगर छोटी राशियाँ होने के कारण व्यवसायी उस पर ध्यान नहीं देते थे। इसके अलावा ठेकेदारों जैसे ग्राहकों को इससे कोई खास फर्क नहीं पड़ता था और कम पड़ रही राशियों को पूरा करने के लिए कभी-कभार उन पर आसानी से दबाव डाला जा सकता था,'' सुरेश ने जवाब दिया।

''और तुम लोग एक बार भी ऐसा न कर सके जबकि उस समय सचमुच रुपए कम पड़ रहे थे। आखिरकार तुम लोग तो अच्छी सेवाएँ देने की ही कोशिश कर रहे थे और सिर्फ एक बार राशि कम पड़ने पर वैसा कोई कदम उठाना अनुचित नहीं होता।''

''देखो, अच्छी और त्वरित सेवा प्रदान करना हमारे काम का हिस्सा है और एक जिम्मेदारी भी, मगर त्वरित सेवाएँ देते हुए कोई चूक कर जाना हमारी एक देनदारी भी है और उसके लिए हमें ही जिम्मेदार ठहराया जाएगा। अपनी जिम्मेदारियाँ निभाते हुए हमसे किसी चूक की अपेक्षा नहीं की जाती। त्वरित सेवाएँ देने के बदले हम हमारे प्रति किसी नरमी का दावा नहीं कर सकते और न इस आधार पर अपनी जवाबदेही से बच सकते हैं,'' उसने तर्क किया।

''पर क्या कैश विभाग ने इस बात की जाँच की थी कि उस दिन जिन ग्राहकों को भुगतान किया गया था उन्हें ज्यादा राशि तो नहीं दे दी गई थी?'' मालिनी ने पूछा।

''क्या तुम सोचती हो कि ऐसा नहीं किया गया होगा? हालाँकि वह सूची बहुत लंबी थी, हमने सभी संभावितों को चेक किया परंतु ऐसा कोई व्यक्ति सामने नहीं आया जिसने ज्यादा भुगतान पाया हो,'' सुरेश ने उसकी शंकाओं का समाधान किया।

''पर तुम्हारा कैश स्टाफ इस घटना के बारे में कम-से-कम ब्रांच के ग्राहक ठेकेदारों को तो बता ही सकता था जो संभवतः अपनी तरफ से ही कुछ करते,'' मालिनी मानने के लिए तैयार नहीं थी।

''यह बात मैं खुद अपने स्टाफ से कैसे कहता? अगर वे अपनी ओर से ऐसा करते तो बात अलग होती। परंतु मैं अपने स्टाफ से ऐसा कुछ करने के लिए कहना तो दूर, ऐसी सलाह तक नहीं दे

सकता,'' सुरेश ने दृढ़ता से कहा।

''मैं इस पर विश्वास नहीं कर सकती। ठीक है, तो तुम हरिश्चंद्र बन जाओ और सबकुछ दान कर दो,'' चिढ़ने के साथ-साथ मालिनी थक भी गई थी।

''मैं अब इस विषय पर कुछ सुनना नहीं चाहता, मालिनी, प्लीज,'' यह कहते हुए गुस्से से बल खाती मालिनी को पीछे छोड़कर सुरेश कमरे से निकल गया।

□

28

बहुत दिया देनेवाले ने तुझको...

मुझे दोबारा जॉइन किए कुछ समय हो गया था। साढ़े तीन महीनों के अंतराल के बाद मैं जब तक अपनी नियुक्ति के नए स्थान पर जॉइन करता, फिलिपॉज पहले ही इस्तीफा दे चुका था। मैं रोज ऑफिस जाता और शाम को लौट आता। उन दिनों जीवन में कुछ भी असाधारण नहीं घट रहा था। ऐसा लग रहा था कि जीवन यंत्रवत हो गया था। मैं अब भी खुद को हिम्मत बँधाने और एक बार फिर नौकरी में सेटल हो जाने की प्रक्रिया में ही था कि मुझे फिलिपॉज से एक ई-मेल प्राप्त हुई—

प्रिय सुरेश

मुझे रोहन के जरिए यह जानकर तकलीफ हुई कि तुम्हें अपनी पिछली ब्रांच से अचानक रिलीव कर दिया गया था। मुझे खेद है कि मेरे कारण तुम्हें भी कष्ट झेलना पड़ा। तुम्हें तो पता ही होगा कि मैंने बैंक की नौकरी छोड़ दी है हालाँकि मेरे खिलाफ कुछ भी नहीं पाया गया था। मैं अब भी कोट्टायम में अपनी थकान मिटा रहा हूँ। मगर मुझे कोई पछतावा नहीं है, जिंदगी में यह सब तो होता ही रहता है। मुझे इस बात का संतोष है कि मैंने जो ठीक समझा वह किया। अंत में मेरा स्टेंड ही सही साबित हुआ। और इसी कारण तुम्हें भी निराश या अपमानित महसूस नहीं करना चाहिए क्योंकि तुमने भी परिणाम की चिंता किए बिना सही पक्ष का समर्थन किया था। अगर किसी में एक सही बात के पक्ष में उठ खड़े होने का साहस नहीं है तो वह एक कायर, एक असफल व्यक्ति के सिवाय कुछ नहीं है।

निश्चित ही यह दौर भी गुजर जाएगा। मुझे इस बात में रत्ती भर भी संदेह नहीं है कि तुम इस मुश्किल दौर को सहजता से पार कर लोगे, क्योंकि मैं पहले भी कठिन परिस्थितियों में तुम्हारी आंतरिक शक्ति और प्रतिबद्धता का गवाह रहा हूँ।

अपना ध्यान रखना।

फिलिपॉज

मैंने भी जवाबी ई-मेल भेजी—

प्रिय फिलिपॉज,

तुमने जिसे तरह से उस पूरे प्रकरण का विश्लेषण किया और सारी कठिनाइयों के बावजूद जिस दृढ़ता के साथ खड़े रहे, उस पर मुझे गर्व है। उन सारी तकलीफों को झेलकर भी तुम अपने रुख पर अडिग रहे।

यह मत सोचो कि तुम्हारे कारण मुझे दुःख झेलना पड़ा। कोई भी व्यक्ति किसी और के कारण नहीं, अपने ही कर्मों का फल भोगता है। हर आदमी को उन्हीं स्थितियों से गुजरना पड़ता है जो उसने कभी दूसरों के लिए पैदा की थीं। हाँ, तुम सही हो कि हम सच्चे हीरो हैं और मुझे गर्व है कि मैंने तुम्हारा साथ दिया।

मैं न केवल नियति से मिले वरदानों के लिए कृतज्ञ हूँ बल्कि उन वरदानों के लिए भी, जो साईं बाबा की कृपा से मुझे प्राप्त हुए हैं। मैं अपने सारे बोझ को बाबा के चरणों में रख देता हूँ और उन पर विश्वास करता हूँ, मेरी सभी प्रार्थनाएँ सुन ली जाती हैं।

फिलिपॉज, तुम्हारे और मेरे सिवाय कौन इस बात को बेहतर जानता होगा कि वरदान हमेशा परेशानियों का रूप धरकर आते हैं। 'उस' पर विश्वास रखो और तुम्हारी प्रार्थनाएँ सुन ली जाएँगी। उस घटना के बाद जीवन के प्रति मेरा नजरिया बदल गया है। मैंने महसूस किया है कि—

मुझे जो कुछ मिल रहा है वह एक वृहत्तर योजना का एक भाग है। इसलिए, अगर इस समय वह कड़वा है तो निश्चित रूप से वह फिर से मीठा भी होगा। अगर वह हमें नीचे की ओर ले जा रहा है, तो ऊपर भी उठाएगा।

हो सकता है संकट की यह घड़ी एक छिपा हुआ वरदान हो।

अपने सभी दुःख, तकलीफों और खुशियों के लिए कोई और नहीं, मैं खुद जिम्मेदार हूँ। मैं वही फसल काट रहा हूँ जो मैंने कल बोई थी। इसलिए हर चीज के लिए केवल मैं ही जिम्मेदार हूँ।

बाकी सब मैं बाबा पर छोड़ता हूँ।

सुरेश

फिलिपॉज ने जवाबी मेल भेजी—

हैलो सुरेश,

तुम्हारा यह कहना बिलकुल सही है कि उन कई लोगों से, जो कोरे उपदेश देते हैं, हमारे कर्म ज्यादा अच्छे हैं। जीवन की जटिलताओं का सामना किए बिना, एक सजे-सँवरे परिवेश में बड़ी-बड़ी बातें करना कोई बड़ी बात नहीं है। क्या पारिवारिक और

अन्य जिम्मेदारियाँ उठाए बिना ए.सी. की सुविधा में ऊँचे स्वर में सैद्धांतिक बातें झाड़ने का कोई मतलब है?

मैं इस बारे में तुमसे बात करना पसंद करूँगा, सुरेश। हमारे बुल-सेशंस को एक अरसा बीत गया। आज रात 9:30 बजे इंटरनेट पर बात करने के बारे में क्या ख्याल है?

अपना ध्यान रखना।

फिलिपॉज

और उस रात हमने इंटरनेट पर ऐसे चर्चा की।

मैं—हाय, फिलिपॉज,

अपनी चर्चा को आगे बढ़ाते हुए मैं एक बात कहना चाहूँगा कि इन आध्यात्मिक गुरुओं के लिए उपदेश झाड़ना एक पेशे के समान है। उन्हें उपदेश देने की अपनी भूमिका निभानी है, इसलिए यह बात कि वे खुद उन पर अमल करते हैं या नहीं, उनके लिए गौण है। यह उस डॉक्टर की तरह है जो एक अच्छा चिकित्सक हो सकता है पर उसका अपना स्वास्थ्य ठीक न हो। परंतु उसकी सामर्थ्य का आकलन उसके अपने स्वास्थ्य के आधार पर नहीं बल्कि उसके इलाज के कारगर होने और उससे मरीजों के स्वास्थ्य में हुए सुधार के आधार पर किया जाना चाहिए। बेशक, तुम कह सकते हो कि 'वह' बात इससे अलग है, उपदेश आपके अनुभवों से आने चाहिए, ताकि आप वास्तविक जीवन के समाधान दे सकें।

फिलिपॉज—सुरेश, वह संतुलित जीवन क्या है जिसके बारे में तुम बात कर रहे थे?

मैं—संतुलित जीवन से मेरा आशय उस जीवन से है जिसमें जीवन के विभिन्न रंग हों। परंतु कई लोगों का एक जीवनकालीन सपना होता है जिसके लिए वे जीवन के कुछ पहलुओं को स्थगित या उनका बलिदान भी कर सकते हैं और जीवन के कई क्षेत्रों में समझौता भी। निर्णायक तत्त्व यह है कि एक व्यक्ति अपने सपने के बारे में कितनी शिद्दत से सोचता है और उसके लिए वह किस हद तक बलिदान करने के लिए तैयार है। यह विशुद्ध रूप से एक व्यक्तिगत चुनाव है, परंतु यहाँ एक बीच का रास्ता भी हो सकता है। आदमी एक उपयुक्त समय, जब वह जीवन की दूसरी जिम्मेदारियों से अपेक्षाकृत मुक्त हो, आने तक अपने सपने को स्थगित भी कर सकता है।

जीवन में समय के अनुसार व्यक्ति की प्राथमिकताएँ बदलती रहती हैं। बचपन में प्राथमिकता होती है संगी-साथियों के साथ मौज-मस्ती करना, जवानी में वह प्यार, पेशेवर जीवन में काम और शादी के बाद वह परिवार और काम होती है। और उससे भी बाद में आपका एक सपना हो सकती है, जिसे आपने अब तक सतह पर नहीं आने दिया था, एक ऐसी चीज, जिसे एक या दूसरे कारण से आप अब तक स्थगित करते आ रहे

थे, अन्य सभी चीजों—कॅरियर, पैसा, परिवार या सामाजिक उत्तरदायित्व—सब पर भारी पड़ सकती है। इसलिए एक संतुलित जीवन वह होगा जिसमें उनका उपयुक्त समय आने पर आप हर चीज का औचित्य साबित करते हैं। इस एक बात, जो आपके मन में स्पष्ट होनी चाहिए, यह है कि जीवन के विभिन्न बिंदुओं पर आप स्वयं से क्या अपेक्षा रखते हैं और उस एक उद्देश्य के लिए आप किस हद तक जीवन के अन्य पक्षों का बलिदान करने के लिए तैयार हैं। महत्त्वपूर्ण यह है कि एक संतुलित जीवन की जरूरतों और माँगों के अनुसार आप समय-समय पर अपनी प्राथमिकताओं का आकलन और उन्हें पुनर्परिभाषित करते रहें। बाकी सब ईश्वर पर छोड़ दें।

फिलिपॉज—मगर बॉस, अपनी चाहत के बारे में कौन इतना ध्यान देता है, क्योंकि अधिकांश समय हम 'दूसरे क्या सोचेंगे' इस चिंता में दूसरों के लिए जीते हैं। हम अपनी भावनाओं और जरूरतों के प्रति मुश्किल से ही सचेत रहते हैं और अकसर दूसरों की सोच के अनुसार चलते हैं। हम हमेशा यह जानने में कि हमारे पड़ोसी क्या कर रहे हैं और फिर उन्हें नीचा दिखाने की जुगत में लगे रहते हैं। हम हमेशा इसी चिंता से ग्रस्त रहते हैं कि 'वे' हमसे आगे निकल जाएँगे। इसलिए अधिकांश समय हम पड़ोसियों ने जो वस्तुएँ हासिल की हैं, उनके आधार पर अपनी जरूरतों को ढालते रहते हैं।

अगर वे अपनी छोटी कार को बेचकर या अन्यथा एक मध्यम आकार की कार ले रहे हैं तो हमारी पहली प्राथमिकता होगी तुरंत ही एक मध्यम आकार की या उससे भी बड़ी और महँगी कार खरीदना। हम ऐसा तब भी कर सकते हैं जब हमें उसकी जरूरत न हो और न उसे एफॉर्ड कर सकते हों। कसौटी केवल एक है कि किसी भी मामले में हमें अपने पड़ोसियों से पीछे नहीं रहना चाहिए।

मैं—हाँ, कमोबेश यह बात सही है। मगर फिर भी ऐसे लोग हैं जिनके अपने सपने हैं और जो लोगों की चिंता किए बिना उन्हें साकार करने के लिए निकल पड़ते हैं।…इस तरह की आवाज आपके भीतर से आती है और वह 'दूसरे क्या सोचते हैं' इससे निर्देशित नहीं होती, वही तो एक सपना होता है, जिसके पूरा होने तक आप जी-जान से लगे रहते हैं और कुछ लोग ऐसे भी हैं जो अपनी दुःख-तकलीफों से छुटकारा पाने के लिए हवाई किले बनाते रहते हैं। वे इस तरह की कहानियाँ गढ़ते हैं, 'तुम्हें पता है, मैं अमेरिका जा रहा हूँ, वहीं एम.बी.ए. करने की सोच रहा हूँ। अमेरिका ही तो वह जगह है जहाँ हमें होना चाहिए!' ऐसे लोग अपनी हाँके चले जाते हैं जबकि असलियत में वे अपना बारहवीं का इम्तहान भी पास नहीं कर पाते।

फिर ऐसे भी लोग हैं, जो बस किस्मत से किसी पेशे में आ जाते हैं। उन्होंने उस पेशे की कभी कल्पना भी नहीं की होती और न अपने आपको कभी उस काम के योग्य समझा होता है। परंतु कुछ परिस्थितियों के कारण वे उस पेशे में आ जाते हैं और कभी-

कभी उसमें चमक भी जाते हैं। और ऐसे लोग भी हैं जो अपने पेशे में अच्छा प्रदर्शन कर रहे हैं। कभी-कभी तो इतना अच्छा कि वह दूसरों में ईर्ष्या पैदा कर देता है। परंतु अगर आप उन्हें गहराई से जानने की कोशिश करें तो आपको पता लग सकता है कि कई समस्याओं ने उन्हें घेर रखा है, जिससे उनके मन की शांति और आंतरिक खुशी उनसे दूर हो चुकी है। ये सब उदाहरण जीवन के एक सत्य की पुष्टि करते हैं। दूसरी तरफ की घास ज्यादा हरी लगती है, परंतु वह वैसी होती नहीं है, कम-से-कम हमेशा वैसी नहीं होती।

फिलिपॉज—बिलकुल सही, सपने अंत:प्रेरणा से ही तो आते हैं। तुमने एक बार 'भविष्य के लिए निवेश' और 'आफत के भेस में नेमत' जैसी चीजों का जिक्र किया था। क्या तुम उन्हें और स्पष्ट करोगे?

मैं—जिस तरह से हर चीज की 'लागत' होती है, उसी तरह हर 'निवेश' का एक 'प्रतिफल' होता है। कभी-कभी किसी घटना से आप नाखुश होते हैं और सोचते हैं कि वह आपको और पीछे की ओर ले गई, परंतु वही घटना भविष्य में आपकी खुशी का कारण भी बन सकती है। इसे आप 'वेश बदलकर आया वरदान' कह सकते हैं या यह भी कि जीवन की नेमतें अकसर भारी मुसीबतों का रूप लेकर आती हैं। व्यक्ति को कभी निराश नहीं होना चाहिए क्योंकि जो चीज आज एक मुसीबत के रूप में नजर आ रही है वह बाबा के आशीर्वाद से बाद में एक वरदान बन सकती है। इसलिए ईश्वर पर विश्वास रखो और सबकुछ उसी पर छोड़ दो।

फिलिपॉज—सुरेश, तुमसे बात करके सचमुच मुझे बहुत राहत महसूस हुई, जैसे हमारे बुल-सेशंस के पुराने दिन लौट आए हों। जब भी हमारे पास समय हो, हमें इसी तरह चैट करना चाहिए। संपर्क बनाए रखना। अलविदा।

मैं—बाय-बाय! अपना ध्यान रखना।

□

29

नौकरी के लिए अनुपयुक्त

कभी-कभी मुझे अचरज होता है कि मैं इस नौकरी के लिए उपयुक्त था भी या नहीं मुझे दोबारा नौकरी पर आए अभी नौ महीने ही बीते थे कि अचानक परिस्थितियाँ बदलने लगीं।

पिछले कुछ महीनों से मैं—एक व्यक्ति के रूप में—अपने बारे में सोचता रहा हूँ। मैंने महसूस किया है कि मेरे साथ समस्या दोमुखी है। एक ओर तो अंतर्मुखी होने के कारण मैं लोगों के साथ आसानी से घुल-मिल नहीं पाता। इसीलिए मैं अपना कोई 'नेटवर्क' नहीं बना पाया और किसी और के नेटवर्क में शामिल भी न हो सका। संभवत: इसलिए कि मैं सामाजिक हास-परिहास में भाग नहीं ले सकता। इसीलिए मुझे चुनकर ग्रुप से अलग कर दिया जाता है। जैसे कि इतना ही काफी नहीं था, दूसरी ओर, मेरे अकेलेपन को मेरा घमंड समझ लिया गया! मेरे जैसे अल्पभाषी और आत्म-केंद्रित व्यक्ति के लिए घमंडी करार किए जाने का जोखिम हमेशा रहता है।

एक मंत्र जिसका मेरे ऑफिस—किसी भी ऑफिस—में निष्ठापूर्ण अनुसरण किया जाता है, वह है, 'या तो अधिकारियों के कहे अनुसार चलो और फलो-फूलो या अपने दिमाग का उपयोग करो और नष्ट हो जाओ।' वहाँ 'यस बॉस' और 'फॉलो दि बॉस' का चलन काम करता है और अगर किसी कारण से आप बॉस के कृपापात्र नहीं रहे तो बाकी सब लोगों द्वारा आपको जाति से बाहर के एक व्यक्ति की तरह ट्रीट किया जाएगा। आपको पूरी तरह अलग-थलग कर दिया जाएगा और आपकी उपेक्षा की जाएगी। लोग आपसे इस तरह दूर भागेंगे जैसे आपको कोई छूत की बीमारी हो। वे यह सब इसलिए करते हैं कि वे 'बॉस हमेशा सही होता है,' इस सिद्धांत के कट्टर समर्थक होते हैं और अगर बॉस किसी को नापसंद करता है तो उसे नापसंद करना उनका कर्तव्य है।

मुझे ऐसा महसूस हुआ जैसे अठारह वर्षों की सेवा के बाद भी मैं अपनी ऑफिस लाइफ को सुचारु रूप से चलाने के लिए जरूरी इन 'गुणों' को हासिल करने में बुरी तरह असफल रहा।

एक और तबादला

इस नियुक्ति पर मैंने मुश्किल से बारह महीने पूरे किए थे कि एक बहुत वरिष्ठ अधिकारी के एक रिश्तेदार की नाजायज मदद न करने के कारण मुझे एक बार फिर वहाँ से निकल जाने का फरमान थमा दिया गया। यद्यपि कुछ जरूरी 'गुणों' के अभाव के कारण मुझे ज्यादा लोगों द्वारा पसंद नहीं किया जाता था, इस घटना का तात्कालिक कारण उस वरिष्ठ अधिकारी का गुस्सा था। इतना ही नहीं, मेरे पारिवारिक मोरचे पर एक अनपेक्षित घटना हो जाने से मेरे काम में भी कुछ ढिलाई आ गई थी और इस वजह से कुछ और अस्त्र उनके हाथों में आ गए थे। मैंने चुपचाप यह सब सहन किया। ऑफिस के मामले अब मुझे परेशान नहीं करते थे। एकमात्र चीज जो मुझे परेशान कर रही थी, वह मेरे व्यक्तिगत जीवन से संबंधित थी। मेरे बेटे राघव ने, जो बोर्डिंग स्कूल में था, अचानक छुट्टियों में घर आना बंद कर दिया था। वह दशहरे की छुट्टियों में घर नहीं आया था और इसी तरह आनेवाली सर्दियों की छुट्टियों में भी उसका ऐसा करने का कोई इरादा नहीं था। मैं और मालिनी समझ सकते थे कि अचानक ही उसने हमसे दूरी बना ली थी। हम दोनों बड़ी बेसब्री से उसके इस व्यवहार का कारण जानने की कोशिश कर रहे थे। क्या कोई बात उसे परेशान कर रही थी या वह किसी गलत संगत में पड़ गया था? हमारे अनुमानों का कोई अंत न था। ऑफिस में काम करते हुए भी मेरा मन उसी के विचारों से भरा रहता था। यह सब मेरे कार्य-प्रदर्शन पर भी असर डाल रहा था।

इस बार चूँकि मामला एक बहुत वरिष्ठ अधिकारी के रिश्तेदार से संबंधित था, मुझे निकम्मा करार देते हुए उन्होंने उत्तर-पूर्वी सर्किल में फेंक देने का फैसला किया। ऐसा करने के लिए उन्हें सेंट्रल ऑफिस की मंजूरी चाहिए थी, जिसमें कुछ समय लगता। परंतु 'साम्राज्य' तब तक ठहर नहीं सकता था। इसलिए स्वीकृति की प्रतीक्षा करते हुए उन्होंने मेरा तबादला करके मुझे वेटिंग में रखने का फैसला किया। शायद इसीलिए मेरे तबादला आदेश में नियुक्ति के नए स्थान का जिक्र नहीं था और उसमें लिखा था कि उसके बारे में जल्द ही बता दिया जाएगा। इससे मुझे अपने स्तर पर कुछ 'बंदोबस्त' करने का समय मिल गया। सेंट्रल ऑफिस में मेरे संपर्कों और कंप्यूटर्स में मेरी स्पेशलाइज्ड ट्रेंनिग के कारण उन लोगों द्वारा मुझे तुरंत ही बचा लिया गया और सेंट्रल ऑफिस में ही, जो मुंबई में था, नियुक्ति के लिए मुझे चुन लिया गया और इस तरह मुझे उत्तर-पूर्व सर्किल में फेंक दिए जाने का उनका दाँव असफल रहा।

यहाँ तक तो ठीक था, मैं बच गया था, परंतु मेरे जैसे आरामपसंद व्यक्ति के लिए मुंबई की तेज दौड़ती जिंदगी के साथ तालमेल बिठाना मुश्किल होता। इसलिए मैंने फिर से अपने संपर्कों को खँगाला और उनसे प्रार्थना की कि वे मुझे अपने टेस्ट और वृत्ति के अनुकूल शहर कलकत्ता स्थित सेंट्रल ऑफिस के किसी विभाग में नियुक्त कर दें।

कंप्यूटर्स में मेरी स्पेशलाइज्ड ट्रेनिंग फिर से मेरे काम आई और मेरे सर्किल को निर्देश दिया गया कि वे मुझे मार्च में, जो अभी करीब चार महीने दूर था, समाप्त होनेवाले वित्तीय वर्ष के बाद सीधे कलकत्ता के लिए रिलीव कर दें।

मुंबई से कलकत्ता

रोहन को, जो सेंट्रल ऑफिस में कार्यरत था, यह जानकर काफी हैरानी हुई कि मैंने मुंबई के स्थान पर कलकत्ता में पोस्टिंग माँगी थी। हमने इंटरनेट पर लंबी बातचीत की—

रोहन—मैंने सुना है कि तुम मुंबई से कलकत्ता तबादला लेने के लिए कोशिश कर रहे हो? क्यों? लोग तो मुंबई आने के लिए जान की बाजी लगा देते हैं और तुम हो कि चेंज माँग रहे हो।

मैं—तुम्हें उन्नीस साल पहले हमारे इंडक्शन ट्रेनिंग प्रोग्राम के दौरान हमारा कलकत्ता प्रवास याद होगा। मुझे उस शहर से प्यार हो गया था। वह मेरे मिजाज से बहुत मेल खाता है। यह बात नहीं कि मुंबई एक बढ़िया शहर नहीं है, बात सिर्फ इतनी है कि मैं वहाँ बिलकुल मिसफिट साबित होऊँगा।

रोहन—मगर तुम ऐसा क्यों कहते हो?

मैं—मुझे मुंबई में हर चीज बनावटी लगती है। कलकत्ता में हर चीज मजे की रफ्तार से चलती है जो उसकी 'अड्डा' संस्कृति से स्पष्ट है। एक-दूसरे से आगे निकलने के लिए लोग चूहा-दौड़ में शामिल नहीं होते। वे काफी पारदर्शी और सीधे-सच्चे टाइप के होते हैं। ज्यादातर वे अपने काम-से-काम रखते हैं। वे सरल होते हैं और दिखावा नहीं करते। मैं वहाँ खुद को बिलकुल सहज महसूस करता हूँ। एक शांतिपूर्ण जीवन जीने के लिए आपको और क्या चाहिए?

रोहन—यहाँ मुँबई में भी तो कोई किसी की परवाह नहीं करता। उनकी प्रवृत्ति 'कोई मरे, मेरी बला से' वाली है।

मैं—बिलकुल सही! उनकी प्रवृत्ति 'अपने काम से मतलब रखने' के बजाय 'कोई मरे, मेरी बला से' वाली है और इन दोनों में थोड़ा सा फर्क है। पहलीवाली प्रवृत्ति में आदमी अपने हित, अपने काम का ध्यान रखता है मगर दूसरों के मामले में टाँग अड़ाने में उसकी जरा भी दिलचस्पी नहीं होती। इसके अतिरिक्त, वह दूसरों की भावनाओं, दूसरों के कल्याण और दूसरे उससे क्या अपेक्षा रखते हैं, इस बारे में भी सदा सजग रहता है। दूसरी ओर, 'कोई मरे, मेरी बला से' वाली प्रवृत्ति में आदमी दूसरों की भावनाओं से पूरी तरह उदासीन हो जाता है और अगर उसके कृत्यों से किसी को नुकसान होता है तो उसे इसकी जरा भी परवाह नहीं होती।

रोहन—यह प्रवृत्ति किसी भी स्वनामधन्य शहर में हमेशा रहती है।

मैं—नहीं, कलकत्ता में लोग काफी आरामपसंद, विनोदी, उत्सवप्रेमी और घूमने-फिरने के शौकीन होते हैं। यहाँ पुराने और नए का अनूठा संगम है। गुजरे जमाने की यादें! अपनी धरोहर के प्रति लगाव! ट्रामों, हाथरिक्शों और फेरीज के साथ-साथ दौड़ती आधुनिक मेट्रो···आधुनिक युग के चिह्न—गगनचुंबी इमारतों के साथ खड़ी प्राचीनता की याद दिलाती ब्रिटिश राज के समय की विशाल इमारतें। यहाँ कलकत्ता में पुराना और नया का संगम मिलकर अनोखा सम्मोहक जादू पैदा करते हैं। कलकत्ता के लोग अपनी धरोहर को इतना कीमती समझते हैं और मैं उसका सम्मान करता हूँ। विक्टोरिया बग्घियाँ, वह विशाल मैदान, सड़क पर रेंगती ट्रामें, रिक्शों की पीतल की घंटियों की ट्रिन-ट्रिन की खास आवाजें—सबकुछ इतना सम्मोहक है। अगर मुंबई देश का वाणिज्यिक केंद्र है तो निश्चित रूप से कलकत्ता देश का सांस्कृतिक आईना है।

रोहन—ठीक है, तुम्हारे 'बेजोड़' कलकत्ता में पोस्टिंग लेने के तुम्हारे प्रयासों के लिए मेरी शुभकामनाएँ!

बहुत हो चुका, अब और नहीं

कुछ दिनों बाद मुझे रोहन से एक और ई-मेल मिली और हमने एक बार फिर इंटरनेट पर बात की—

रोहन—मैंने सुना है कि मुंबई के बजाय कलकत्ता पोस्टिंग लेने का तुम्हारा अनुरोध स्वीकार कर लिया गया है। अब तुम्हारी क्या योजना है?

मैं—हाँ, उन्होंने सर्किल से कहा है कि वे वित्तीय वर्ष के अंत, 31 मार्च तक कलकत्ता में पोस्टिंग के लिए मुझे रिलीव कर दें। इसलिए मैं तीन महीने से कुछ ज्यादा समय तक यहाँ रहूँगा। मैंने अभी-अभी उन्नीस वर्षों की सेवा पूरी की है और एक वर्ष से भी कम समय में हमारी सेवा पेंशन-योग्य हो जाएगी। इसलिए पेंशन का पात्र बनने के लिए मुझे हर हाल में एक साल तक सेवा में बने रहना होगा।

रोहन—क्यों? क्या तुम नौकरी छोड़ने की सोच रहे हो?

मैं—असल में फिलिपॉज प्रकरण के बाद ही जब लगभग अपमान जनक ढंग से मेरा तबादला कर दिया गया था, मेरा नौकरी छोड़ने का मन हुआ था। मगर फिर मेरे परिवार ने मुझे जल्दबाजी में इतना बड़ा कदम न उठाने के लिए राजी कर लिया, क्योंकि तब तक मेरी सर्विस पेंशन योग्य नहीं हुई थी। मैंने सोचा था कि अब हालात सुधरेंगे, मगर मेरे दोबारा जॉइन करने के बाद मुझे वहाँ से निकलने का आदेश थमा दिया गया। इसके अतिरिक्त इतनी समस्याएँ झेलने के बाद मुझे नहीं लगता कि बैंक में मेरा कोई ज्यादा कॅरियर बाकी रहा है।

रोहन—वैसे मैं नहीं समझ पाया कि कई निरीक्षणों और ऑडिट के बावजूद जो मामला वर्षों से पकड़ा नहीं जा सका था, उसे उखाड़ने की जरूरत क्या थी? मैं व्यक्तिगत रूप से ब्रांच के ऐसे मामलों में खुद को भागीदार बनाने से बचता हूँ और ऐसी चीजों से निबटने की जिम्मेदारी स्टाफ पर डाल देता हूँ। मेरे पास करने के लिए इससे बेहतर काम हैं, दोस्त। मैं संगठन द्वारा तय किए गए लक्ष्यों के लिए काम करता हूँ, उच्च अधिकारियों से मधुर संबंध बनाए रखता हूँ।

मैं—फिलिपॉज ने उस मामले को उजागर किया, क्योंकि वह अपने संगठन के प्रति या यूँ कहें कि अपने काम के प्रति सिंसियर था। वह मानता था कि गलत काम क रनेवालों का भंडाफोड़ करने से बैंक का भला होगा और मैंने उसका समर्थन किया क्योंकि मैं जानता था कि वह सही था।

मुझे अपने फैसले पर पछतावा नहीं है और मैं अब भी 'यस बॉस' कहनेवालों की भीड़ में शामिल नहीं हो सकता। मैं अब भी अपनी अंतरात्मा की आवाज से चलता हूँ और उच्च अधिकारियों के अहं को सहला नहीं सकता। मुझे अचरज है कि मेरे जैसा स्पष्टवादी व्यक्ति कभी भी इस नौकरी के लिए फिट था, जहाँ सही हो या गलत, बॉस की लाइन पर चलना एक नियम है। उस समय आप कुंठाग्रस्त हो जाते हैं जब आप पाते हैं कि एक व्यक्ति जो आपसे कम सीनियर, कम जानकार, कम वफादार है, आपसे बेहतर पोजीशन में है क्योंकि 'यस बॉस' की अपनी कवायद के कारण वह उच्च अधिकारियों का कृपापात्र है।

रोहन—सच है। परंतु कभी-कभी यह तय करना बहुत मुश्किल हो जाता है कि कौन सही है, विशेष रूप से तब जब आपको संगठन के लक्ष्यों को ध्यान में रखना पड़ता हो।

मैं—हाँ, ठीक यही बात है। असल में आप सांगठनिक लक्ष्यों का ध्यान रखो और देखो कि आपका बॉस जो कुछ कहता है वह उन लक्ष्यों के अनुरूप है या नहीं। इससे ज्यादा कुछ नहीं, पर इससे कम भी नहीं! आपके सभी कृत्य अंततः सांगठनिक लक्ष्य प्राप्त करने में सहायक होने चाहिए। मैं यह नहीं कहता कि मैं 'यस बॉस' का फार्मूला कभी व्यवहार में नहीं लाता या अपने 'संपर्कों' का कभी लाभ नहीं उठाता, मगर मैं विरले ही यह सब करता हूँ और वह भी एक हद तक। ऐसी स्थिति में मुझे किसी से कोई शिकायत या दुर्भावना नहीं है, मगर मैं यह महसूस करता हूँ कि जैसा मेरा सोचने का तरीका है उससे मैं सिस्टम में एक मिसफिट व्यक्ति हूँ। आदमी हर समय अपनी शर्तों पर काम नहीं कर सकता, मगर मुझे डर है कि मेरी प्रवृत्ति कुछ ऐसी ही है।

रोहन—सिस्टम को बदलने और उसे झेलने का एक ही तरीका है—उसका हिस्सा बन जाना और जैसा सब करते हैं वैसा करना…।

मैं—जैसा मैंने किया था जब मुझे उत्तर-पूर्वी भारत में फेंक देने के उनके दाँव को फेल करने के लिए सेंट्रल ऑफिस में अपने संपर्कों को चलायमान कर दिया था। बेशक, हम सामनेवाले को उसी की भाषा में जवाब दे सकते हैं परंतु हमें ऐसी अनुत्पादक गतिविधियों में हमेशा लिप्त नहीं होना चाहिए। क्या हमारे पास इससे बेहतर कोई काम नहीं है? कब तक आप अपने मतलब के लिए इन हथकंडों का इस्तेमाल करते रहेंगे? जब आप सिस्टम से समझौता नहीं कर पाते और आपके पास दूसरे विकल्प हैं तो अपने मन के विरुद्ध काम करने की पीड़ा झेलने की जरूरत क्या है?

इस सिस्टम के भीतर मैं घुटन महसूस कर रहा हूँ और वह मुझे भीतर से जला रहा है। अब मैं किसी की परवाह नहीं करता। अब न तो मैं किसी को उपकृत करना चाहता हूँ और न किसी के साथ अभद्रता। कुछ समय के लिए मैं बस अपने तक सीमित रहना चाहता हूँ। और ऐसा करने का एक ही तरीका है—नौकरी छोड़ देना।

रोहन—तुम सही कह रहे हो। परंतु हमारे साथ समस्या यह है कि ऐसा निर्णय लेकर नौकरी छोड़ देना अत्यंत कठिन हो जाता है। एक व्यक्ति को यह पसंद हो या न हो, वह एक विशिष्ट जीवनशैली का आदी हो जाता है और कंपनी के उस माहौल से उसे लगाव सा हो जाता है।

मैं—सच है, पर इसका नतीजा यह है कि नौकरी में कुंठित महसूस करते हुए भी हम चिरकाल तक वही सब किए चले जाते हैं। यह स्थिति न केवल नियोक्ता के लिए बल्कि कर्मचारी के लिए भी हानिकारक है और दोनों का विकास अवरुद्ध करती है। यह बहुत ही सही कहा गया है, 'अपनी नौकरी से प्यार करो पर अपनी कंपनी से कभी नहीं।' (श्री एन.आर. नारायण मूर्ति)

रोहन—केवल एक चीज महत्त्व रखती है—कि आप स्वयं से क्या चाहते हैं।

मैं—बिलकुल ठीक कहा।

□

30

उन्नीस वर्ष बाद

पेशे से जुड़ी तकलीफों के साथ-साथ घर पर भी अशांति का माहौल था। मैं और मालिनी अब तक इसका अंदाजा नहीं लगा पाए थे कि हमारा बेटा खुद को अचानक हमसे दूर क्यों ले जा रहा था।

''अगर वह इस बार भी सर्दियों की छुट्टियों में घर नहीं आता है तो मैं खुद उससे मिलने जाऊँगी। सुरेश, हमें पता लगाना ही होगा कि आखिर उसकी समस्या क्या है?'' मालिनी ने दृढ़ता से घोषणा की।

एक्ट I–बोर्डिंग स्कूल में

सर्दी की छुट्टियाँ चल रही थीं पर राघव नहीं आया। उसके बोर्डिंग स्कूल जाने के लिए मालिनी तुरंत रवाना हो गई।

मालिनी को देखकर वह चकित रह गया, ''मॉम, आप यहाँ कैसे?''

''तुमसे मिलने के लिए।''

''मुझसे?''

''हाँ, बेशक। तुम घर क्यों नहीं आए, बल्कि तुमने घर आना छोड़ क्यों दिया है?''

''मॉम, सारी रात सफर करके आप थक गई होंगी। चलिए, हम कुछ चाय-नाश्ता लेते हैं,'' उसने कुशलता से जवाब देने से बचते हुए कहा।

''नहीं, अभी नहीं। नाश्ता हम बाद में करेंगे।''

''मगर थोड़ा चाय और बिस्किट तो लीजिए।''

''ठीक है, मगर पहले यह बताओ कि तुम आए क्यों नहीं?'' डाइनिंग रूम की ओर जाते हुए मालिनी ने अपना प्रश्न दोहराया।

''माँ, ऐसा कोई खास कारण नहीं है।''

''ठीक है, मैं इस बात पर जोर नहीं दूँगी। वैसे बाकी सब कैसा चल रहा है?''

"फाइन, हमेशा की तरह।" इसी बीच उसके रूममेट्स वहाँ आ गए और चर्चा किसी दूसरी दिशा में चली गई और अब राघव काफी सहज लग रहा था।

डिनर के बाद दोनों हॉस्टल के स्वागत कक्ष की ओर बढ़े। मालिनी ने फिर वही विषय उठाया, "तुम बेहिचक मुझे बताओ कि कौन सी बात तुम्हें इतनी बुरी लगी कि तुमने घर आना ही छोड़ दिया?"

"मॉम···मैं आपको नहीं बता सकता," उसने अटकते हुए जवाब दिया।

"क्यों? ऐसी क्या बात है बेटे कि तुम अपनी मॉम को नहीं बता सकते?"

"मॉम, असल में···" वह झुककर बैठा था और फर्श की ओर एकटक देख रहा था मानो वहाँ से कोई अजीब सी शक्ति ग्रहण कर रहा हो, "असल में वह एक फोटो है जो डैड के पास है।"

"एक फोटो तुम्हें परेशान कर रही है? डैड के पास तो बहुत सारे फोटोग्राफ्स हैं।"

"नहीं मॉम, एक खास फोटोग्राफ।"

"मैं समझी नहीं। कौन सी फोटो और तुम्हारे घर न आने से उसका क्या संबंध है?"

"असल में मैं कभी सोच भी नहीं सकता था कि डैड के पास ऐसी कोई चीज होगी।" साफतौर पर माँ की घूरती आँखों से बचते हुए उसने कहा।

"कैसी चीज?" इस बार कुछ खीझते हुए मालिनी ने पूछा।

"एक फोटो··· एक अंतरंग फोटो," कमजोर आवाज में हकलाते हुए उसने कहा।

"एक अंतरंग फोटो, क्या?" भीतर तक आंदोलित होते हुए वह अपना आपा खो बैठी और लगभग खड़ी हो गई।

"हाँ मॉम, एक अंतरंग फोटो," वह अब भी फर्श की ओर नजरें गड़ाए बैठा था।

"फोटो?···किसी औरत का फोटो? क्या तुम उसका चेहरा देख सकते थे?" मालिनी ने सवालों की झड़ी लगा दी। वह बहुत उद्वेलित थी।

"मॉम, फोटो में उनके चेहरे नहीं दिख रहे थे। न उस पुरुष का और न उस महिला का। इसके अलावा फोटो बहुत स्पष्ट नहीं थी और मैं ज्यादा समझ नहीं पाया था, क्योंकि तब तक डैड वहाँ आ पहुँचे थे," उसने सिर और ज्यादा झुकाते हुए गंभीर स्वर में कहा।

थोड़ी देर चिंता मगन होकर मालिनी ने सिर नीचे किए हुए एक लंबी साँस ली, "ओह···।"

कमरे में सन्नाटा छा गया था। मालिनी अपने बेटे से फुसफुसाई, "वह फोटो वही होगी जो तुम्हारे डैड के दोस्त ने विदेश से भेजी थी।"

"क्या?" राघव का मुँह खुला का खुला रह गया।

"हाँ बेटे, वह फोटो तुम्हारे नगेंद्र अंकल ने भेजी थी, जब वे विदेश में थे," मालिनी ने बड़ी मुश्किल से दोहराया।

"पर मॉम, नगेंद्र अंकल ने ऐसी फोटो डैड की क्यों भेजी? और फिर डैड ने उसे इतना सँभालकर क्यों रखा?" वह एक साँस में कह गया।

"नहीं-नहीं, वह उनकी फोटो नहीं थी। वह फोटो एक विज्ञापन का हिस्सा था जो पुरुषों की एक पत्रिका के साथ आया था जो उन्होंने विदेश में खरीदी थी। मैंने भी वह फोटो देखी थी। हमने उसे नष्ट करने के बारे में सोचा था, पर बाद में भूल गए थे। अब तो मुझे भी याद नहीं है कि वह फोटो कैसी थी।"

कमरे में फिर से खामोशी छा गई थी; दोनों अपने-अपने विचारों में खोए हुए थे—बेटा अपनी माँ की व्याख्या से अब भी भ्रमित था और मालिनी को अचरज था कि क्या वह इस सच्चाई को छुपाने में सफल रही थी कि वह हमारी फोटो थी। उसे याद आ गया था कि यह वही फोटो थी जो सुरेश की बहन द्वारा दिए गए अमेरिका से खरीदे गए पोलराइड इंस्टॅन्ट कैमरा से खींची गई थी। यह सोचकर वह मन-ही-मन उबल रही थी कि उसने इस तरह की तस्वीर लेने से रोकने की कितनी कोशिश की थी, मगर सुरेश नहीं माना था। वह फोटो सिर्फ इसलिए नष्ट नहीं किया गया था कि हर फोटो कीमती होता है। हर फोटो एक मनोभाव को, जिसे दोबारा महसूस नहीं जिया जा सकता, कैद करते हुए भूतकाल के एक क्षण को सँजो लेता है, जिसे फिर से नहीं जिया जा सकता। सुरेश उसे नष्ट नहीं करना चाहता था।

चुप्पी तोड़ते हुए मालिनी ने पूछा, "पर वह फोटो तुम्हारे हाथ में कैसे आई?"

"आपको याद है मॉम कि आपने एक दिन मुझे डैड की मैरून कलर की शर्ट पहनकर देखने के लिए कहा था, जो उन्हें छोटी पड़ गई थी? मैं डैड के वार्डरोब में उसी शर्ट को ढूँढ रहा था। मैं कपड़ों के ढेर में से उस शर्ट को खींच रहा था जब एफ.डी. कवर के साथ वह फोटो भी नीचे गिर गई थी।"

"क्या? तुम्हें वह डैड के वार्डरोब से मिली थी?" मालिनी ने एक झटके के साथ अपनी गरदन घुमाई। वह पूरी तरह चकरा गई थी।

"हाँ मॉम, पर आपको इस पर इतना आश्चर्य क्यों हो रहा है?"

"नहीं बेटा, ऐसी कोई बात नहीं है, असल में मैं खुद भूल गई थी कि वह फोटो कहाँ रखी थी," मालिनी अपना आश्चर्य और असहजता छिपाने की कोशिश कर रही थी। उसने नरमाई से पूछा, "अब वह कहाँ है?"

"जैसे ही मैंने डैड को आते देखा, मैंने तुरंत ही उसे वापस एफ.डी. के लिफाफे में रख दिया था। वह अब भी डैड के वार्डरोब में शर्ट्स के ढेर के नीचे रखी होगी, अगर

किसी ने वहाँ से हटाया न हो तो।''

यद्यपि मालिनी ने एक शब्द भी नहीं बोला था, उसका चेहरा उसकी सारी भावनाओं को व्यक्त कर रहा था। उसके मन में चल रही उथल-पुथल उसके चेहरे पर बिलकुल स्पष्ट थी। दर्द और दोषी होने की अभिव्यक्ति धीरे-धीरे सदमे में और अब शक में बदल गई। उसके मन में बहुत से सवाल घूम रहे थे। हाल के दिनों में हुई कुछ घटनाएँ उसके दिमाग में दौड़ गईं और उनका अर्थ उसे अब समझ में आने लगा था।

'क्या राघव ने वही फोटोग्राफ देखा है? पर वह फोटो तो मेरे कब्जे में, मेरे वार्डरोब में था। और वह कहाँ रखा है, इस बारे में केवल मैं जानती थी, सुरेश नहीं। इसका मतलब जो फोटो राघव ने देखी है, निश्चित रूप से वह हमारी नहीं है।'

'ओ, गॉड, फिर तो वह कोई और स्त्री है। कौन है वह? ओह, तो यही कारण था कि शुगर मिल ब्रांच में पोस्टिंग के दौरान और बाद में जब सुरेश अकेले रहते थे, इतने खिंचे-खिंचे और उदासीन दिखाई देते थे।'

इन विचारों को वह अपने सवालों के जवाब मान रही थी। उसे विश्वास हो चला था कि सुरेश ने उसे धोखा दिया है।

'उसने मेरे साथ विश्वासघात किया है। उसने मेरे साथ ऐसा क्यों किया? उसे ऐसा फोटो खींचने की जरूरत क्या थी? अगर खींच ही लिया था तो उसे नष्ट कर देना चाहिए था। उसने उसे वहाँ क्यों रखा? उसने उसी वजह से ऐसा किया होगा जिस वजह से उसने हमारी फोटो सँभालकर रखी थी—उसे बार-बार देखकर मजा लेना।'

'ओ गॉड! वह बेहद उत्तेजित थी, जितनी जल्दी हो सके मुझे अपनी बुरी-से-बुरी आशंकाओं की पुष्टि करनी चाहिए और इसी वक्त सुरेश से जवाब माँगना चाहिए।'

अपने आपको छली और भीतर से टूट गई महसूस करते हुए वह रोना चाहती थी मगर रो नहीं सकती थी, क्योंकि उसका बेटा अब भी उसके पास बैठा था और वह मासूम यह-सब क्या समझता? कुछ देर के लिए तो वह यह भी भूल गई कि वह वहाँ क्यों आई थी। यद्यपि उसने अपने आँसुओं पर काबू पा लिया था, मन-ही-मन रोने से वह खुद को रोक न सकी। उसने अपना रूमाल निकालकर गालों पर घुमाया, जबकि वे सूखे थे।

असहज होने के कारण राघव खुद को दोषी और दबा हुआ सा महसूस कर रहा था, ''यह विषय उठाने के लिए मुझे सचमुच खेद है। मैं कभी भी आपका दिल दुःखाना नहीं चाहता था। मैं खुद इतना परेशान था। अगर मैंने इस विषय पर आपसे चर्चा नहीं की होती तो मैं यह मानसिक संताप झेलता ही रहता।...''

अपने बेटे को बीच में ही टोकते हुए मालिनी ने कहा, ''इट्स ओ.के. बेटा, पर चूँकि अब तुम्हारी सारी आशंकाएँ दूर हो गई हैं, मुझे बताओ कि तुम घर कब आ रहे

हो?'' वह अपने मन में चल रही उथल-पुथल को दबा रही थी।

''सेमेस्टरों के बीच होनेवाले अगले अंतराल यानी होली पर।''

''नहीं-नहीं, वह तो बहुत दूर है।''

''मॉम, आप तो यहाँ आकर मुझसे मिल ही ली हैं।''

''पर तुम अपने डैड से नहीं मिले हो इसलिए तुम्हें जल्दी ही आना होगा। इसके अलावा 31 मार्च के बाद उनका तबादला कलकत्ता होनेवाला है।''

''मुझे मालूम है मॉम। मगर सेमेस्टर पहले ही शुरू हो चुका है।''

''मुझे पता है बेटा। इसीलिए मैं तुमसे नहीं कह रही हूँ कि कल ही मेरे साथ चलो। अगले शनिवार और रविवार को तो तुम्हारी छुट्टी है ही और पहली जनवरी होने के कारण सोमवार को भी छुट्टी रहेगी। तो तुम शुक्रवार की रात को ही रवाना क्यों नहीं हो सकते? तुम शनिवार को सुबह घर पहुँच जाओगे और तीन दिन घर पर बिताकर सोमवार की रात को वहाँ से निकल सकते हो। मैं जानती हूँ कि तुम्हें काफी भागदौड़ करनी पड़ेगी, फिर भी तुम्हें यह करना चाहिए।''

''ओ.के. मॉम, मैं आऊँगा। असल में मंगलवार को भी दोपहर में मेरी सिर्फ एक लैब क्लास है और सुबह कोई क्लास नहीं है। इसलिए मैं जल्दी सुबह निकलकर दोपहर एक बजे तक तो यहाँ पहुँच ही जाऊँगा।''

''यह तो और भी अच्छा है।''

एक्ट II-में हुआ नाटक

जब मालिनी घर पहुँची सुरेश ऑफिस से लौटा नहीं था। उसने अपना बैग फेंका और तुरंत सुरेश के वार्डरोब की ओर लपकी। उस समय वह शर्ट्स के ढेर के नीचे रखी चीज के सिवाय कुछ और सोच नहीं पा रही थी। उसका दिल जोर से धड़क रहा था और हथेलियाँ पसीने से गीली थीं। जब वह वार्डरोब के नजदीक पहुँची, उसका आत्मविश्वास कम होने लगा, उसके पैर काँपने लगे और उसकी चाल धीमी हो गई। उसने बुरी-से-बुरी स्थिति का सामना करने के लिए अपनी पूरी ताकत जुटाई पर वह काम न आई। उसके मन का एक भाग वार्डरोब खोलकर सच का सामना करना चाहता था और दूसरा भाग विश्वासघात के कठोर सच से दूर भागना चाहता था।

वह भीतर से दो हिस्सों में बँट गई थी। उसके काँपते हाथ टीकवुड से बने वार्डरोब के दरवाजे को टटोल रहे थे। दरवाजे के हेंडल को कसकर पकड़े वह वहीं खड़ी रही। जिस समय वह वार्डरोब के दरवाजे पर अपने शरीर का भार दिए खड़ी थी, सुरेश के साथ बिताए प्यार, आनंद, पीड़ा और झगड़ों के पल तेजी से उसके मानस पटल से गुजर गए। उसके मन में उसके बेटे के शब्द 'फोटो', 'अंतरंग', 'औरत' बार-बार बज रहे थे।

जैसे नींद से जगी हो, उसने एकाएक वार्डरोब खोल दिया और सारे कपड़े निकाल फेंके। कपड़ों के बीच एक लिफाफा था जिसमें संभवतः वही फोटोग्राफ था, उसने सोचा—'यह पल मेरा जीवन बदल सकता है।…'

लिफाफा उठाने के लिए वह झुकी। फोटो का एक भाग उसमें से झाँक रहा था। 'तो फोटो तो है, पर…' एक लंबी साँस लेकर वह बुदबुदाई। इससे पीड़ा और बढ़ गई क्योंकि किसी शंका से परे अब इस बात की पुष्टि हो चुकी थी कि सुरेश के वार्डरोब में कोई फोटो तो थी। उसी समय कोई बात उसके मन में बिजली की तरह कौंधी। एकाएक वह उस अनछुए लिफाफे सहित सबकुछ वैसे ही छोड़कर अपने वार्डरोब की ओर भागी। वहाँ पहुँचकर उसने जल्दी से अपना हैंडबैग निकाला और उसका जिप खोल दिया। उसने हैंडबैग के भीतर हाथ डाला और बेसब्री से कुछ खोजने लगी। यह साफ था कि जिस चीज की उसे तलाश थी, वह वहाँ नहीं थी। उसने बैग में रखी सारी चीजें एक-एक कर बाहर निकालीं और उन्हें वार्डरोब की शेल्फ पर रखती गई। उनमें उसका ड्राइविंग लायसेंस (जिसका कभी इस्तेमाल नहीं हुआ था क्योंकि उसने मुश्किल से ही कभी कार चलाई होगी), कभी इस्तेमाल न हुआ फैमिली प्लानिंग पिल्स का एक पत्ता, उसकी शादी से पहले के एक बैंक अकाउंट की पासबुक, जिसके बारे में उसने सुरेश को बताया नहीं था, और वह एकमात्र प्रेमपत्र जो सुरेश ने शादी से पहले उसे लिखा था, शामिल थे। उसने एक बार फिर हैंडबैग के भीतर उँगलियाँ फिराईं पर अब उसमें कुछ नहीं बचा था। उसने बेसब्री से कपड़े से बने हैंडबैग के भीतरी भाग को बाहर निकालकर झँझोड़ दिया। फिर अभी-अभी शेल्फ पर रखी चीजों को एक बार फिर गिनना शुरू कर दिया। लायसेंस, स्ट्रिप, पासबुक और लेटर—बस चार चीजें! वह पाँचवीं चीज—हमारा फोटोग्राफ—कहाँ है? उसने पासबुक को उठाकर पन्ने पलटे और उसे उलटा करके हिलाया, ताकि बाय चांस अगर वह फोटो उसमें हो तो नीचे गिर जाए। ऐसा कुछ नहीं हुआ। उसे ढूँढ़ने के आखिरी प्रयास में उसने उस प्रेमपत्र की परतें खोलीं परंतु उसमें कभी कम न होनेवाले प्यार और विश्वास के बड़े-बड़े दावों (जो अब झूठे लगते थे) के सिवाय कुछ न था।

वह भावनात्मक और शारीरिक, दोनों तरह से निढाल हो चुकी थी। वह फर्श पर ही धम से बैठ गई। पूरी तरह किंकर्तव्यविमूढ़ होकर वह सिर पकड़े कपड़ों के बीच बैठी रही। 'तो क्या मेरा अनुमान सही था? क्या सुरेश के पास वही फोटो है जो कभी मेरे पास था? और जब वह मेरे पास था तो सुरेश के पास कैसे आया, जबकि उसे तो पता भी नहीं था कि मैंने उसे कहाँ रखा है?' अपने आप से बात करते हुए वह दोबारा सुरेश के वार्डरोब की ओर लपकी। वह लिफाफा अब भी बिखरे हुए कपड़ों के बीच पड़ा था मानो धैर्य के साथ उसका इंतजार कर रहा हो। अगर लिफाफे के भीतर उसका भूतकाल

था तो सुरेश के साथ उसका भविष्य होगा लेकिन अगर उसमें 'उसका' भूतकाल नहीं था तो सुरेश के साथ उसका कोई भविष्य नहीं होगा। उसने लिफाफा उठाया और फर्श पर बैठ गई। उसने धीरे से फोटोग्राफ निकाला। 'ओह, यह तो बहुत ही गंदा है, पूरी तरह से असहनीय। ये कुतिया है कौन? वेश्या?' उसने तीखी प्रतिक्रिया व्यक्त की। अब वह फोटो उसके हाथ में था। फोटो को इधर-उधर घुमाकर हर एंगल से उसे देखती वह बैठी रही। अब वह 'सिक' महसूस कर रही थी और उसका दिमाग काम नहीं कर रहा था। कुंठाग्रस्त होकर उसके मुँह से निकला 'उफ।' फोटो में दोनों व्यक्ति पहचाने नहीं जा रहे थे। असहाय और थकी हुई वह निश्चल वहीं बैठी रही।

"तो तुम उन्हें पहचान नहीं पा रही!" यह सुरेश की आवाज थी। मालिनी अवाक् रह गई। उसे पता ही नहीं चला था सुरेश कब आकर उसके पीछे खड़े हो गए थे। पर अगले ही पल वह गुस्से से तमतमाकर उठ खड़ी हुई और सुरेश की ओर देखते हुए चिल्लाना शुरू कर दिया, "मक्कार, तुमने मेरे साथ ऐसा क्यों किया? मुझे धोखा क्यों दिया?" चिल्लाने के साथ-साथ उसने सुबकना भी शुरू कर दिया, "सुरेश, बताओ तुमने ऐसा क्यों किया? इतने सालों बाद? यह वेश्या है कौन?"

कुछ पलों तक वहाँ बिलकुल खामोशी छाई रही, फिर सुरेश बोला, "तुम्हारी बात खत्म हुई? अब बताओ, हमारा बेटा कैसा है? वह घर क्यों नहीं आया?"

"तुम्हारी वजह से! इस फोटो की वजह से। तुमने हमें धोखा दिया है," वह बौखलाते हुए बोली और उसने कपड़ों को सुरेश पर फेंकना शुरू कर दिया।

अपने आपको कपड़ों से बचाता हुआ वह मालिनी की ओर बढ़ा, "मालिनी, शांत हो जाओ।" उसने उसकी बाँह पकड़ी और अपने साथ बिठा लिया, "मेरी बात तो सुनो," उसने कहा।

उसका हाथ झटकते हुए मालिनी चीखी, "नहीं, नहीं, मुझे कुछ नहीं सुनना," उसकी आँखों से आँसू बहने लगे।

"ठीक है, तुम जरा नजदीक तो आओ," सुरेश ने फोटो उसके हाथ से ले ली और उसे पलंग पर अपने साथ बिठा लिया, "अब जरा इस फोटो को ध्यान से देखो और दोनों पात्रों के आसपास की चीजों को भी। फोटो के ऊपरवाले दाहिने छोर की तरफ देखो। तुम इसमें फूलपत्तियोंवाली हमारी पसंदीदा बेडशीट का एक छोटा सा हिस्सा देख सकती हो।"

उसने फोटो को ध्यान से देखा और सहमति में सिर हिलाया।

"और यह औरत?" उसने व्यग्रता से पूछा।

"रुको, तसल्ली रखो। तो एक बात साफ हो गई कि यह हमारा बेड है। अब तस्वीर में जो औरत है उसकी बात करें तो उसे जरा ध्यान से देखो। केवल उसकी पीठ

दिखाई दे रही है। और यहाँ, उसके शरीर और बेड के बीच में खुली हुई पारदर्शी ब्रा का एक हिस्सा देखा जा सकता है। यह वही ब्रा है जो मैंने कलकत्ता के एक बढ़िया शोरूम से, जहाँ इंपोर्टेड सामान मिलता था, तुम्हारे लिए खरीदी थी,'' सुरेश ने अपना बयान पूरा किया।

मालिनी अब मुसकुरा रही थी। वह एक अनोखी राहत, एक अनोखी शांति महसूस कर रही थी। उसका विश्वास टूटा नहीं था।

एक शरारती मुसकान के साथ उसने कहा, ''सु, तुम मेरी ब्राज की छोटी-से-छोटी बात भी नहीं भूलते। तुम सचमुच पागल हो।''

''वेल…'' सुरेश ने मुसकराने की कोशिश की और फिर, जैसे कुछ याद आया हो, उसने पूछा, ''…पर इसका हमारे बेटे के घर आने से क्या संबंध है?''

''बहुत गहरा संबंध है। यह फोटो उसके हाथ लग गया था,'' मालिनी ने कहा।

''क्या?'' सुरेश बुरी तरह हिल गया था।

''हाँ,'' और उसने पूरी कहानी विस्तार से बताई।

''इस फोटोग्राफ के बारे में उसे एक मनगढंत कहानी सुनाते हुए मुझे शर्म से मर जाने की इच्छा हुई। जब उसने बताया कि उसे तुम्हारे वार्डरोब से यह फोटो मिला था तो मैं चकरा गई और मुझे जोरदार झटका लगा। तुम्हारे पास यह फोटो कभी न था और न तुम जानते थे कि वह कहाँ था। बेशक, उस समय मैंने अपना शक जाहिर नहीं किया पर मुझे सचमुच संदेह था कि जो फोटो उसने देखा था वह यही था, घर लौटने पर सच जानने की तीव्र इच्छा में मैं तुम्हारे वार्डरोब की ओर भागी,'' मालिनी ने कहा।

''शिट! बेचारा बच्चा, उसे बहुत शर्म महसूस हुई होगी। हे भगवान्, मेरे बारे में उसने क्या सोचा होगा! मुझे खुशी है कि तुमने बड़ी समझदारी से इसे निबटाया'' सुरेश ने बहुत पछतावे के भाव से कहा, ''फिर भी, ईश्वर की कृपा है कि तुम कुहासा दूर करने और कुछ हद तक उसकी नफरत को कम करने में सफल रही हो।''

''पर यह फोटोग्राफ तुम्हारे पास आया कैसे? यह तो मेरे पास था और मैंने इसके बारे में तुम्हें कभी बताया नहीं था,'' मालिनी अब भी भ्रमित थी।

''ओह, यह एक लंबी कहानी है। पर तुमने फोटो में जो आदमी है, उसके बारे में नहीं पूछा? वह कौन है?'' चेहरे पर एक नटखट मुसकान के साथ सुरेश ने पूछा।

''और कौन होगा? तुम्हीं तो हो। क्या तुम्हें मुझ पर शक है?'' मालिनी फिर चकरा गई थी।

''नहीं…पर मेरे लिए इसकी पुष्टि करना बहुत मुश्किल था,'' सुरेश ने कहा, ''चलो, मैं तुम्हें पूरी कहानी ही सुना दूँ। असल में यह फोटो मुझ तक कैसे पहुँची और इस फोटोग्राफ के आदमी को मैंने कैसे पहचाना, ये दोनों बातें एक-दूसरे से जुड़ी हैं।''

"इंटरेस्टिंग, सुनाओ," मालिनी खिसककर उसके और पास आ गई।

"तुम्हें वह नौजवान याद है जो हमारे लखनऊवाले घर के पास रहता था? वह समय जब तुम लखनऊवाले घर में रहती थीं और मैं एक अर्द्ध-शहरी ब्रांच में नौकरी कर रहा था?" सुरेश ने पूछा।

"हाँ, हाँ, वही न, जिसने एकाएक अपना फ्लैट खाली कर दिया था और बिना बताए चला गया था?" मालिनी को आसानी से याद आ गया। आखिर वह गैस बुकिंग, बिलों के भुगतान, लायसेंस के नवीनीकरण जैसे कई तरह के काम उसे सौंपा करती थी। वह उसके बड़े काम आता था।

"हाँ वही भलामानुस जो मदद के लिए हमेशा तैयार रहता था। अगर मुझे ठीक से याद है तो उसका नाम अनंत था। अनंत का अर्थ है असीम, अकल्पनीय और उसने सचमुच ऐसा कुछ किया जिसकी कल्पना भी नहीं की जा सकती थी," सुरेश ने कहा।

"क्या, उसने कोई खेल खेला था?" मालिनी ने अनुमान लगाया।

"हाँ, एक बड़ा ही गंदा खेल, उसने हमें ब्लैकमेल किया था। वह घास में रेंगनेवाला एक साँप था, एक छटा हुआ चालबाज। तुमने कभी सोचा कि वह इतनी जल्दबाजी में क्यों गया था? हमें ब्लैकमेल करने के लिए क्योंकि उसने किसी तरह यह फोटो हासिल कर लिया था," सुरेश ने खुलासा किया।

"यह फोटो! तुम क्या कह रहे हो?" यह सोचकर कि एक बिलकुल अजनबी इनसान ने उसका ऐसा फोटो देखा था मालिनी को गहरा आघात लगा और शर्मिंदगी भी महसूस हुई।

"हाँ, यही फोटो। एक दिन टेलीफोन पर उसने मुझसे कहा कि तुम्हारी एक अंतरंग फोटो उसके पास है और वह उसे तभी वापस करेगा जब उसे उसकी अच्छी कीमत मिल जाए। उसने यह भी कहा कि अगर मैं उसे पैसे न दूँ तो वह उस तस्वीर को सार्वजनिक कर देगा और उस तरह से कमाई कर लेगा। जब मैंने उससे पूछा कि वह कैसे कह सकता है कि वह फोटो तुम्हारी है तो उसने ठंडे लहजे में कहा, 'क्योंकि वह मुझे आपकी पत्नी से मिला है, सिंपल! आप मुझसे और कोई डिटेल्स के बारे में मत पूछिए। अगर आप मुझ पर भरोसा करने के लिए तैयार हैं तो पेमेंट कर दीजिए। अगर नहीं, तो मैं उसका जैसे चाहूँगा, इस्तेमाल करूँगा।' फिर उसने मुझे चेतावनी दी, 'आप फैसला कर लीजिए। आधे घंटे बाद मैं फिर फोन करूँगा। और किसी को बताने की जुर्रत न करना। अगर ऐसा किया तो तस्वीर सार्वजनिक हो जाएगी' और उसने फोन काट लिया।"

'मेमने की खाल में भेड़िया! कोई सोच भी नहीं सकता था कि एक आदमी, जो इतना विनम्र और समझदार लगता था, इतना बड़ा धोखेबाज होगा। वह इतना विनम्र और

समझदार लगता था लेकिन परले दरजे का धूर्त निकला,' मालिनी सोच रही थी कि भोले-भाले चेहरेवाले लोग कितने छलिया हो सकते हैं। यह सच है कि एक पुस्तक को उसके कवर से जज नहीं किया जाना चाहिए।

"उस शातिर ठग ने सोचने के लिए मुझे ज्यादा समय नहीं दिया। जब उसने कहा कि वह फोटो उसे तुमसे मिली थी, मुझे याद आया कि हमारे पास ऐसी एक फोटो थी जरूर। पर मुझे यह याद नहीं था कि वह कैसी लगती थी। मैं अचरज कर रहा था कि वह उसके पास कैसे पहुँची। अभी मैं इस मसले पर सोच ही रहा था कि ठीक आधे घंटे बाद उसने फिर फोन किया और बोला, 'तो आपने फोटो की कीमत चुकाने और उसे वापस लेने का मन बना लिया, वैसे भी आपके पास कोई दूसरा रास्ता नहीं है। अब मेरी बात ध्यान से सुनिए। आज शाम तक आपको पचास हजार रुपए देने हैं। देखो, ज्यादा होशियारी दिखाने की कोशिश मत करना। मैं तुम्हारी पत्नी के चरित्र हनन सहित किसी भी हद तक जा सकता हूँ।'

"जब मैंने यह कहकर विरोध जताया कि उसने मुझे बहुत कम समय दिया है तो उसने जवाब दिया, 'मि. सुरेश, आप एक बैंकर हैं और मुझे यह कहने की जरूरत नहीं है कि आपके पास ओवरड्राफ्ट की सुविधा है, जिसके जरिए आप तुरंत रुपयों का इंतजाम कर सकते हैं। किसी काम को लटकाए रखना काम करने का मेरा तरीका नहीं है—न तो इस मामले में और न उन छोटे-मोटे कार्यों में, जो मैं आपके परिवार के लिए किया करता था। यह काम आज शाम तक होगा या कभी नहीं होगा, चॉइस आपकी है। मैं कीमत कम करके चालीस हजार तक ला सकता हूँ।' बहुत सौदेबाजी के बाद सौदा पच्चीस हजार में पट गया। शायद वह अपने पेशे की बारीकियों को बखूबी जानता था। उसने वह समय और जगह बताई जहाँ रुपयों का हस्तांतरण होना था। उसने कहा, 'मैं आपको फोटो दूँगा, आप मुझे रुपए देंगे। मैं अपने नोट गिनूँगा, आप फोटो चेक करेंगे और फिर कभी नहीं मिलने के लिए अलग-अलग हो जाएँगे। ध्यान रहे यह ही एक मौका है फोटो वापस लेने का।' और उसने फोन काट दिया," सुरेश ने कहा।

"और तुमने उसे उसी दिन रुपए दे दिए?" मालिनी ने पूछा।

"हाँ, ठीक उसी तरह जैसा उसने निर्देश दिया था, क्योंकि और कोई विकल्प नहीं था। शैतान! उसने मुझे इतने मनोवैज्ञानिक दबाव में डाल दिया था कि अगर यह सब एक नाटक ही साबित होता तो भी यह जुआ खेलने में मुझे कोई आपत्ति नहीं होती। आखिर यह तुमसे जुड़ा हुआ मामला था, मालिनी। और जिस पल उसने कहा था कि उसके पास तुम्हारा इस तरह का फोटो था, तभी से मैं शक से मरा जा रहा था। मेरे मन में तरह-तरह के सवाल उठ रहे थे। हालाँकि मुझे याद था कि हमने एक बार ऐसा एक फोटो खींचा था पर चूँकि उस कमबख्त ने फोटो के बारे में और कोई ब्योरा बताने से इनकार

कर दिया था, मैं इस बात की पुष्टि नहीं कर सकता था। पर तुम्हें पता है, उसने एक बिलकुल सज्जन आदमी—एक सच्चे पेशेवर—की तरह बर्ताव किया। उसने जाते समय 'थैंक यू', 'गुडबाय' और 'कोई फोलोअप नहीं' भी कहा।''

''क्या तुमने बाद में कोई शिकायत पुलिस में दर्ज कराई?'' मालिनी ने पूछा।

''नहीं। कैसे करा सकता था? मैं उनसे कहता क्या? इसके अलावा, इतने रुपयों के लिए मैं अपने परिवार की इज्जत को दाँव पर नहीं लगा सकता था,'' सुरेश ने कहा।

''सु, तुम्हें इस बारे में मुझे बता देना चाहिए था,'' मालिनी ने शिकायत भरे स्वर में कहा।

''हाँ, और अब यहाँ फोटो में जो आदमी है, इसकी पहचान का सवाल उठता है। इसलिए, जैसे ही मुझे फोटो मिला, मेरा पहला काम इस बात की पुष्टि करना था कि वह फोटो हमारा ही था या नहीं। चूँकि उसने कहा था कि उसे वह फोटो तुमसे मिला था, यह मानते हुए कि फोटोवाली औरत तुम थी, सच कहूँ तो मेरी पहली चिंता उस आदमी को पहचानना थी जो फोटो में तुम्हारे साथ था। मगर ऐसा करना सचमुच मुश्किल था क्योंकि फोटो में चेहरे साफ नहीं दिख रहे थे। मैं भी उसी उथल-पुथल से गुजरा था जिससे कुछ समय पहले तुम गुजर चुकी हो। इसलिए और भी ज्यादा मैं याद नहीं कर पा रहा था कि जो फोटो हमने खींची थी, वह कैसी दिखती थी। वह प्रकरण मुझ पर भारी पड़ रहा था—मैं पूरी तरह आत्म-केंद्रित, उदासीन और चिड़चिड़ा हो गया था और यह सब हमारे संबंधों को बुरी तरह प्रभावित कर रहा था। मैं अपनी बेचैनी को किसी के साथ बाँट भी नहीं सकता था। खुशकिस्मती से उन्हीं दिनों फिलिपॉज हमारे घर आया और उसने महसूस किया कि हमारे बीच कुछ गड़बड़ थी। मैंने अपनी ऊहापोह के बारे में उसे बताया क्योंकि वह मेरा बहुत अच्छा दोस्त था। उसने तुरंत फोटो के व्यक्तियों की पहचान उनके कपड़ों आदि सहित आसपास की चीजों से करने की सलाह दी। इस सलाह ने मुझे सही दिशा और ठोस सुराग दिया। इस तकनीक से मैंने तुम्हें पहचान लिया पर उस पुरुष को पहचानना ज्यादा मुश्किल था चूँकि वह पूरी तरह नग्न था। पर बहुत बारीकी से छानबीन करने के बाद मैंने फोटो के निचले बाएँ किनारे पर नीली-काली धारियोंवाले कपड़ों का एक भाग देखा। वह दरअसल मेरी धारियोंवाली अंडरवियर थी जो बेड के किनारे पर पड़ी थी। बस, उसने सारा मामला सुलझा दिया। वह मैं ही था!''

चिंतातुर स्वर में मालिनी ने कहा, ''तुमने वह फोटो फिलिपॉज को क्यों दिखाया? मुझे इतनी शर्म महसूस हो रही है...। पर अगर उन्होंने हस्तक्षेप नहीं किया होता तो तुम अब तक मेरी वफादारी पर संदेह कर रहे होते।...मुझे याद है कि कैसे फिलिपॉज ने तुम्हें सहज बनाया था और मेरे प्रति तुम्हारा व्यवहार कैसे पूरी तरह बदल गया था। परंतु इस बात की पुष्टि हो जाने के बाद भी तुमने मुझे नहीं बताया कि वह हमारी ही फोटो थी?''

"दो कारण थे—एक तो यह कि मैं खुद को अपराधी महसूस कर रहा था कि मैंने तुम्हारी वफादारी पर शक किया और दूसरे, अब जब सारा मामला खत्म हो चुका था, मैं तुम्हें परेशान नहीं करना चाहता था," सुरेश ने कहा।

"एक बात मुझे और बताओ। ओवरड्राफ्ट को क्लीयर करने के लिए बाद में तुमने रुपयों का इंतजाम कैसे किया?" मालिनी ने पूछा।

"बीस हजार की हमारी एफ.डी. को कैश कराके," सुरेश ने कहा।

"बीस हजार की एफ.डी.? पर हमारे पास तो बीस हजार की एक ही एफ.डी. थी और तुमने बताया था कि तुमने उसे अपनी ब्रांच के नकदी विभाग में आई कमी को पूरा करने के लिए तुड़वा लिया था। अच्छा, तो इस पूरी घटना को छिपाने के लिए तुमने झूठ बोला था!"

चेहरे पर मुसकान लिए सुरेश ने सहमति में केवल सिर हिलाया।

"ओह, माय स्वीहहार्ट," मालिनी ने उसके माथे पर एक चुंबन दिया।

"पर एक सवाल अब भी बाकी है—फोटो, जो तुम्हारे पास था, उस शैतान के हाथों में पहुँचा कैसे?" सुरेश ने पूछा।

"हाँ, मुझे खुद भी इस पर ताज्जुब है। यह सचमुच आश्चर्यजनक है क्योंकि मेरे और तुम्हारे सिवाय उसके अस्तित्व के बारे मे कोई नहीं जानता था और तुम तो यह भी नहीं जानते थे कि मैंने उसे कहाँ रखा है," मालिनी ने कहा।

"तुमने उसे रखा कहाँ था?" सुरेश ने पूछा।

"चलो, मैं तुम्हें दिखाती हूँ...मैं उसे इस्तेमाल में न आनेवाले इस हैंडबैग के छिपे हुए पॉकेट में एक पाउच के भीतर बहुत सँभालकर रखती थी। मैंने इस हैंडबैग को अपनी वार्डरोब में बहुत सँभालकर रखा था और उसे कभी निकाला भी नहीं था," मालिनी ने खाली किया गया बैग और पाउच दिखाते हुए कहा।

"पर क्या तुमने कभी उसके सामने यह हैंडबैग खोला या निकाला था?" सुरेश ने पूछा।

"नहीं, कभी नहीं,...कभी ऐसी नौबत ही नहीं आई," ऐसी किसी घटना के बारे में मालिनी अपने दिमाग पर जोर दे रही थी।

हैंडबैग की ओर देखते हुए सुरेश ने पूछा, "इस हैंडबैग में तुम कोई और चीज भी रखती थी?"

"मेन पॉकेट में रखी कुछ चीजों के सिवाय ज्यादा कुछ नहीं," मालिनी ने उन चीजों को दिखाना शुरू कर दिया जो बार्डरोब के शेल्फ पर लाइन से रखी थीं। "जिंदगी में एक लवलेटर, जो तुमने मुझे लिखा था, कभी इस्तेमाल न की गई गर्भ निरोधक गोलियों का एक पत्ता, एक पुरानी पासबुक और मेरा ड्राइविंग लायसेंस।"

"याद करने की कोशिश करो, मालिनी। तुमने कभी इनमें से कोई चीज उसके सामने निकाली थी?" सुरेश ने पूछा। अचानक कुछ याद आते ही वह खुशी से चिल्लाया, "ओह यस! अब मुझे पता चल गया," और उसने हवा में एक मुक्का चलाया।

लगभग साथ-साथ ही मालिनी भी खुशी से चिल्लाई, "अरे हाँ। ड्राइविंग लायसेंस! मुझे अपना ही ड्राइविंग लायसेंस रिन्यू कराना था इसलिए मैंने वह अनंत को दिया था।"

"या तो फोटो लायसेंस के साथ चला गया होगा या बैग में से लायसेंस निकालते हुए जमीन पर गिर गया होगा। और वह किसी तरह उसके हाथ लग गया," सुरेश ने कहा।

"बिलकुल सही," मालिनी ने कहा।

"तो इस रहस्य, कि फोटो उस तक पहुँचा कैसे, पर से आखिर परदा उठ ही गया," सुरेश ने कहा।

सुरेश अपना वाक्य पूरा कर पाता, उससे पहले ही मालिनी ने उसे कसकर अपनी बाँहों में भर लिया और उसके चेहरे पर चुंबनों की बौछार करती हुई धीमे स्वर में बोली, "अब सबकुछ भूल जाओ, हनी।"

□

31

ऑफिस में आखिरी दिन

जब तक मैंने कलकत्ता ऑफिस में रिपोर्ट किया, जुलाई महीना शुरू हो चुका था। मेरी सर्विस के बीस साल पूरे होने में केवल चार महीने बाकी थे। मुझे कलकत्ता में अपनी पोस्टिंग काफी सुखद और पसंदीदा लगी। इसके अलावा मैं सर्किल की गंदी राजनीति से भी दूर था। यहाँ का माहौल बहुत पेशेवराना था। पहले मैं पेंशन की पात्रता हासिल करने के तुरंत बाद नौकरी छोड़ने की सोचता था, परंतु ऑफिस के खुशनुमा माहौल और घरेलू मोरचे पर तनाव कम होने से मुझे इस्तीफा देने की कोई जल्दी नहीं थी, इसलिए और भी ज्यादा कि मेरा बेटा अब भी बोर्डिंग स्कूल में था और उसका कोर्स पूरा नहीं हुआ था। मगर इसी बीच एक अप्रत्याशित घटना हो गई। ट्रांसफर ऑर्डर्स की ताजा सूची के अनुसार मोनालिका का तबादला दिल्ली से कलकत्ता हो गया था और वह मेरी बॉस के तौर पर जॉइन करनेवाली थी। यह पूरी तरह अप्रत्याशित (और अस्वीकार्य भी!) था। चूँकि मैं वैसे भी नौकरी छोड़ने की सोच रहा था, मैंने अपने फैसले पर जल्दी अमल करते हुए तीन महीने के नोटिस के साथ अपना इस्तीफा दे दिया, जिससे मेरे नौकरी छोड़ने की तारीख और बीस साल की सेवा पूरी करने की तारीख एक ही दिन पड़ीं। इसके बाद, अपनी बची हुई छुट्टियों, जो तीन महीनों से कुछ कम अवधि की थीं, का इस्तेमाल करते हुए मैं लंबी छुट्टी पर चला गया। छुट्टी पर जाने से पहले एक पुराने बैचमेट ने, जो दिल्ली में नियुक्त था, मुझे बताया कि उसी के जरिए मोनालिका को कलकत्ता में मेरी पोस्टिंग के बारे में पता चल गया था।

□

आज 1 दिसंबर है और आज ही मैं अपनी सर्विस के बीस वर्ष पूरे करूँगा। वह ऑफिस में मेरा आखिरी दिन होगा। जल्द ही मैं उस ऑफिस में जाने के लिए निकलूँगा, जहाँ मैं मोनालिका से मिलने की उम्मीद कर रहा हूँ। मेरी छुट्टियों के दौरान ही किसी दिन उसने जॉइन कर लिया होगा। इन महीनों के दौरान मैं ऑफिस में किसी के संपर्क में नहीं था, क्योंकि मैं अपनी पुस्तक पूरी करने में जुट गया था। मैं नहीं जानता कि मुझसे

मिलने पर वह कैसी प्रतिक्रिया व्यक्त करेगी। कोई अनुमान है?

सुबह के साढ़े आठ बज चुके हैं, अब तो ऑफिस के लिए तैयारी करनी ही पड़ेगी। अपनी कहानी लगभग पूरी करते हुए मेरी पुस्तक भी यहीं समाप्त होती है। प्रसंगवश, जैसा मैं पहले बता चुका हूँ, उसकी गिरफ्तारी प्रकरण के बाद फिलिपॉज ने बैंक की नौकरी छोड़ दी थी और उसके बारे में आखिरी समाचार यह था कि वह यूरोप में किसी जगह पर था। प्रोबेशन अवधि पूरी होते ही अमित ने बैंक की नौकरी छोड़कर भारतीय रेल जॉइन कर ली थी और उसके बारे में कुछ सुनने में नहीं आया था। नगेंद्र विदेश में पोस्टिंग लेकर बैंक से भाग गया था और कभी भारत नहीं लौटा। मैंने सुना था कि पी.बी.आई. से गायब होकर उसने कोई विदेशी बैंक जॉइन कर लिया था तथा कुछ और नौकरियाँ करने के बाद वह एक जाने-माने इनवेस्टमेंट बैंक का साउथ ईस्ट एशिया पेसिफिक प्रमुख बन गया था, फिर उसे भी छोड़कर उसने सिंगापुर में एक डॉटकॉम कंपनी खोल ली थी। बेशक रोहन नीता के साथ अब भी पी.बी.आई. में मजबूती से जमा हुआ है। एक बार हाउसिंग लोन के एक घोटाले में उसका नाम उछला था हालाँकि जल्द ही उसे क्लीन चिट दे दी गई थी।

जब मैं इन वर्षों की ओर मुड़कर देखता हूँ तो पाता हूँ कि मैंने कई गलतियाँ की थीं और कई बार मेरी जीत भी हुई थी। दोस्तों के साथ मस्ती भरे वे दिन, मेरी नौकरी और सहकर्मियों से संबंधित मेरे संघर्ष, वैवाहिक जीवन का आनंद—सबकुछ इतना अद्‌भुत अनुभव था। जिंदगी ने मुझे कई सबक सिखाए हैं, जिनमें सबसे महत्त्वपूर्ण है—कभी हार न मानो, विश्वास बनाए रखो। मेरा जीवन फूलों की सेज नहीं था पर वह एक अच्छी तरह जिया जीवन था। इस पुस्तक के प्रकाशन की उत्सुकता से प्रतीक्षा करते हुए मैं उसे यहीं समाप्त करता हूँ। अगर मैंने यह पुस्तक नहीं लिखी होती तो मैं खुद को अधूरा समझता।

□

उपसंहार

मोनालिका ने कलकत्ता में अपनी नई नियुक्ति पर रिपोर्ट नहीं किया। उसने किसी दूसरे स्थान पर नियुक्ति के लिए अनुरोध किया, जिसे स्वीकार नहीं किया गया। कलकत्ता जाने के बजाय उसने इस्तीफा देना ठीक समझा।

तीन साल बाद

सुरेश अपने पहले प्यार—इंजीनियरिंग और टेक्नालॉजी—की ओर वापस लौट गया है। वह अपना खुद का उद्यम शुरू करने की प्रक्रिया में है जहाँ वह अपने बेटे राघव द्वारा एम.बी.ए. की पढ़ाई पूरी करने के बाद, उसे जॉइन करने की उम्मीद कर रहा है। उसकी पत्नी ने शिक्षण का काम हाथ में ले लिया है और वह गरीब बच्चों की कोचिंग भी करती है और इस तरह अपने समय का सर्वोत्तम तरीके से उपयोग करती है। इसी बीच, एक लोकप्रिय सोशल नेटवर्किंग वेबसाइड के जरिए सुरेश ने अमित का पता लगाकर उससे दोबारा संपर्क बना लिया है। वह अब रेलवे में एक डी.आर.एम. है और उसकी बेटी एम.बी.बी.एस. कर रही है। पी.बी.आई. से इस्तीफा देने के बाद मोनालिका अपनी बहन से मिलने इंग्लैंड चली गई थी, जहाँ संयोग से उसे फिलिपॉज मिल गया। वे जल्द ही शादी करने की योजना बना रहे हैं। रोहन पी.बी.आई. के अमेरिकी कारोबार का प्रमुख बन गया है और नीता ने भी वही संगठन जॉइन कर लिया है। और हम सब का 'बॉस' सचमुच एक 'बॉस' बन गया है। नगेंद्र (बॉस) ने सिंगापुर की अपनी डॉटकॉम कंपनी सहित सबकुछ त्याग दिया है और अपने आपको पूरी तरह अध्यात्म में लगा लिया है। वह एक 'गुरु' बन गया है और सारी दुनिया में अपने आध्यात्मिक संदेश का प्रसार कर रहा है। पुराने सुहाने दिनों की याद ताजा करने के लिए इस साल के अंतिम भाग में अपनी शादी की इक्कीसवीं सालगिरह के अवसर पर सुरेश और मालिनी ने पुराने दोस्तों के लिए एक शानदार पार्टी का आयोजन किया है, जिसमें अपने नए अवतारों में सभी के आने की उम्मीद है।

□□□